U0908966

FAULT LINE

黑曜杀机

〔美国〕巴里·艾斯勒 著
邹凤群 李建红 译

译林出版社

图书在版编目（CIP）数据

黑曜杀机 /（美）艾斯勒（Eisler，B.）著；邹凤群，李建红译.
—南京：译林出版社，2013.11
（外国通俗文库）
书名原文：Fault Line
ISBN 978-7-5447-4086-9

Ⅰ.①黑… Ⅱ.①艾… ②邹… ③李… Ⅲ.①长篇小说
-美国-现代 Ⅳ.①I712.45

中国版本图书馆CIP数据核字（2013）第150273号

书　　名　黑曜杀机
作　　者　〔美国〕巴里·艾斯勒
译　　者　邹凤群　李建红
责任编辑　王振华
特约编辑　周冬辉　郭迎花
出版发行　凤凰出版传媒股份有限公司
　　　　　　译林出版社
出版社地址　南京市湖南路1号A楼，邮编：210009
电子信箱　yilin@yilin.com
出版社网址　http://www.yilin.com
印　　刷　北京京都六环印刷厂
开　　本　640×960 毫米　1/16
印　　张　18.25
字　　数　170千字
版　　次　2013年11月第1版　2013年11月第1次印刷
书　　号　ISBN 978-7-5447-4086-9
定　　价　26.80元
　　　　　　译林版图书若有印装错误可向承印厂调换

目　录

第一章　就要转运了……………………………………………………1
第二章　一次机会……………………………………………………5
第三章　简单的认识………………………………………………16
第四章　等候室的门………………………………………………22
第五章　小小的意外………………………………………………26
第六章　难以平静…………………………………………………33
第七章　只要他们还怕我们………………………………………40
第八章　淡淡的感觉………………………………………………46
第九章　永久的悲伤………………………………………………53
第十章　世界之王…………………………………………………66
第十一章　闹鬼的屋子……………………………………………70
第十二章　情况紧急………………………………………………80
第十三章　似曾相识………………………………………………86
第十四章　不是废话………………………………………………95
第十五章　抬杠……………………………………………………99
第十六章　因果报应………………………………………………107
第十七章　按我说的做……………………………………………122

第十八章　下次运气好点儿……136
第十九章　仪式咖啡馆……148
第二十章　另一个千年……155
第二十一章　虚幻……165
第二十二章　无尽的争执……179
第二十三章　技高一筹……185
第二十四章　病毒……195
第二十五章　有点疯狂……201
第二十六章　宛如梦中……211
第二十七章　两不相欠……214
第二十八章　中止行动……228
第二十九章　背后一蜇……240
第 三十 章　总在抱怨……242
第三十一章　陷入困境……249
第三十二章　短兵相接……258
第三十三章　只是场谈判……264
第三十四章　发布程序……268
第三十五章　打破常规……281

第一章　就要转运了

在子弹射进脑袋之前，理查德·希尔卓想着的最后一件事是：他就要转运了。

他正准备去他的律师亚历克斯·特雷文位于硅谷的办公室。亚历克斯·特雷文安排了他和克莱纳·帕金斯见面。克莱纳是风险投资界的大佬，只要他开口说准备投资，一家公司就会增值百倍。现在克莱纳正在考虑为理查德·希尔卓开一张支票。理查德是一个天才，黑曜石的发明者。黑曜石是全世界最先进的数据加密软件，其他同类软件与之相比都显得很落伍。亚历克斯已经开始申请专利，如果和风险投资人的合作顺利，希尔卓就会租办公室，购买设备，雇用员工……他就要着手做每一件需要做的事情，使他的产品商业化，并且在网上销售。只要几年，他的公司就能上市，而他所持的股份将会值很大的一笔钱。或者他也可能不让公司上市，他要让他的产品在安全软件行业拥有像杜比系统在音响界那样的地位，从而坐收数十亿美元的使用费。也许谷歌会购买他的产品，因为他们现在扩张到了各个领域。反正一句话，他就要发财了。

这些是他应得的。他在甲骨文软件公司的实验室里为了微薄的薪水而工作，夜深人静的时候他一杯接一杯地喝红牛提神，在寂静无人的公司停车场抽烟时他冷得瑟瑟发抖，忍受着人们在背后的嘲笑。去年他的妻子和他离了婚。她现在该后悔了吧。如果那女人有头脑的话，就应该等到他赚了大钱后狠狠地敲上一笔再走。不过，她从来没指望他会有什么出息，而其他人也一样。除了亚历克斯。

他从居住的圣荷塞公寓楼外裂了缝的台阶上走下来，迎着早晨灿烂的阳光，他眯起了眼睛。他听见离他半条街的280号高速公路上交通繁忙：有私家车呼啸而过的声音，有卡车从南十街的入口爬坡进入州际公路时齿轮吱吱咯咯的声音，偶尔还有愤怒的喇叭声。他第一次没有觉得这些让他厌烦。甚至附近建筑物边上靠着的破自行车、锈迹斑斑的烧烤摊、塑料垃圾筒，和秋风带来的停车场垃圾堆的恶臭，所有这些都没有让他感到厌烦。

因为亚历克斯就要把他从臭水沟里拯救出来了。甲骨文是亚历克斯所在事务所的客户，而亚历克斯联系专利问题时找的人就是希尔卓。起初希尔卓对亚历克斯根本没有什么印象。他只是看了一眼亚历克斯的金发碧眼，认为他不过是一个纨绔子弟，有着富裕的双亲，并且受过良好的教育。但是很快他就发现亚历克斯是个懂行的人。原来，亚历克斯不仅仅是名律师，他还和希尔卓一样，拥有斯坦福大学电器工程学学士学位，而且他还是计算机学博士。所以，当希尔卓鼓起勇气把他拉到一边，询问有关黑曜石的专利申请问题时，亚历克斯当即就明白了是怎么回事。他不仅先不收取他的费用，还把希尔卓介绍给天使投资①，他们可以为希尔卓投很多资金，让他告别他的原有工作，购买他所需要的设备。现在他已经做好准备，从那些有钱的家伙口袋里拿钱了。所有这一切都发生在一年当中，简直是不可思议。

① 天使投资是权益资本投资的一种形式，指具有一定净财富的个人，对具有巨大发展潜力的初创企业进行早期的直接投资，属于一种自发而又分散的民间投资方式。该词源于纽约百老汇，特指富人出资资助一些具有社会意义演出的公益行为。后来，天使投资被引申为一种对高风险、高收益的新兴企业的早期投资。那些进行投资的富人就被称为投资天使，那些用于投资的资本就叫天使资本。

当然，黑曜石的某些地方，如果风险投资商知道了，可能会不喜欢。他们甚至会感到恐惧。但他们不会知道的，因为没有理由要告诉他们。黑曜石能够提供网络保护，世界500强企业不会有一家不愿意为此掏钱。风险投资者就是这样想的。至于其余的嘛，那就是他的小秘密了，万一黑曜石没有让他赚到足够的钱，他还留了一手。

他看了一下手表，对这次会面感到有些紧张。反正还有点时间抽烟，这会使他的情绪平静下来。他站在最底下的台阶上，点燃了一支烟。他深深地吸了一口，然后把烟盒和打火机放进口袋。一辆白色货车停在他的小轿车旁边，他的这辆1988年款的别克君越是他在离婚期间卖掉奥迪之后买的。那辆货车上写着：灭害中心。他上周看到过这辆车三次，还是四次？他有一次在垃圾堆下面看见过一只老鼠，还看到了不少蟑螂。肯定有人和大楼的物管吵过了，现在那些傻瓜试图表明，他们在解决问题。管他呢。很快，这些就不关他的事啦。

申请专利可能有些问题，亚历克斯所担心的就是目前已有的那些相关发明会让他无法取得专利。一旦国防部签发“保密令”，事情的进程就会慢下来。但是就目前而言，亚历克斯总是能想到解决问题的办法。即使专利一时没有获批，专利申请表也可以作为银行的担保凭证。

希尔卓起初担心专利申请中需要描述源代码，因为掌握了源代码就能破译黑曜石的构成。但是亚历克斯说，专利商标局会在18个月之内对所有的专利申请保密，而到了那个时候，他们就会知道该专利是否获批了。只要专利获得批准，知道不知道黑曜石的构成就无关紧要了——人们不付出巨额款项就不能使用黑曜石。如果有人想试试，亚历克斯会起诉他们，让他们吃不了兜着走。就是这么一回事，伙计，你要玩，就得付出代价。

他站在别克汽车旁，掏出了钥匙。这车真是垃圾，才跑了十多万公里，就破烂不堪了。你就是把它的上上下下都撒上尿，也不会有人看出来的。买辆奔驰，他已经不止一次这样想了。或者宝马。黑色的敞篷汽车。他会一年保养四次，让它看上去永远是新的。

灭害中心的家伙从车里走出来。他戴着棒球帽、手套、太阳镜，穿着防护服。那人对希尔卓点点头，从他身边走过。希尔卓也对他点头招呼。他感到高兴的是，他用不着靠杀老鼠谋生。

他吸了一口烟，就扔掉了。他喜欢这种浪费东西的感觉。他对着天空吐出烟雾，打开车门。嘿，宝贝，他想，啊，太棒啦。就要转运了。

第二章　一次机会

亚历克斯·特雷文在沙利文和格林瓦尔德律师事务所的办公室里踱着方步。窗外是一片湛蓝的天空,柔美的苍穹下帕罗奥多市群山起伏,但亚历克斯对此美景毫无觉察。他向前走了五步，在阳光照耀下的墙壁跟前停下来，然后转身，朝着另一个方向重复这一过程。他在心里默默数着步子，想象着他正在磨薄这块绿色的地毯，让这些小事来分散自己的注意力。

亚历克斯十分生气。希尔卓这个家伙过去总是比亚历克斯准时,可是恰巧选择了今天迟到。他们准备去拜访克莱纳·帕金斯。如果希尔卓第一次和他会面就不守时,克莱纳是不会对他有什么好感的,而且,亚历克斯也不好交代。

他看了看自己的表。还好，还有 30 分钟。希尔卓应该提前一个小时到场，练练该怎么说话，把握一下自己的角色。但是，如果实在没时间，这些也可以省略。见鬼！他究竟在哪里?

他的秘书阿里莎开了门。亚历克斯站在那里，盯着她，她表现出有些畏缩。“我已经给他打过电话，至少有 20 次,”她说，“可每次都转到了他的语音信箱。”

亚历克斯忍住没有发作，因为这不是她的错。

“到他家去,”他说,“看能不能在那里找到他。在圣荷塞的南十街。我忘了他的确切地址，在档案里可以查到。继续给他打电话，一到他家就通知我。时间不多了，过了时间就得取消会面，快行动，别像傻瓜一样待着。”

“那你——”

“我不知道。你一到那里就来电话。去吧。”

阿里莎点点头，关上了门。亚历克斯又开始在办公室里不安地踱步。

老天啊，千万不要让他把事情搞砸了，他想，我对此抱有很大的希望啊。

亚历克斯在这家事务所已经干了6年，他的职业生涯已经到了不进则退的关卡。好像也没有人希望他滚蛋，因为他是科学和专利法方面的专家，对事务所来说他是有价值的，是难得的人才，所以不用担心失业。但他的问题很棘手：公司的合伙人希望他能够满足现状，再过一年，最多两年吧，他们会给他一个终身律师的职位，给他更多的金钱、更灵活的工作时间和更稳定的保障。

但他要的不是这些，他要的不是终身保障，而是权力。他知道，在这家事务所里，只有握牢自己的客户资源，才能拥有一席之地。如果你不能独立捕食，就得一辈子吃人家饭桌上的残羹剩饭，这对别的普通律师来说也许可以，但他从来没有觉得满足过。

这也是希尔卓显得非常有价值的原因。亚历克斯了解黑曜石的巨大前景，而这很少会有其他人知道。他并不轻信希尔卓的话，而是深入考察了黑曜石的基本设计后做出了结论。他花了心思，甚至运用了一点政治手腕（他以前还不知道自己有这一手呢），才让律师事务所的那些合伙人同意，先不收取希尔卓的任何费用，而且还把亚历克斯列为该项业务的介绍人。别看这些合伙人穿着随便，和秘书、助理律师称兄道弟的，其实，这些家伙全都是鲨鱼。一旦在水里闻到血腥味，他们就想自己动手，独吞一切了。

亚历克斯的老板是一个叫作戴维·奥斯本的合伙人。此人精明狡猾，却没有任何技术背景。多年来，在战略专利咨询这方面的实际工作中，他越来越要依靠亚历克斯敏锐的技术才能了。他能够保证亚历克斯在公司里一年拿两次最高奖金，但是在当事人的面前，他总是想方设法把亚历克斯的见解说成是自己的功劳。他穿着标志性的牛仔靴和紫红色T恤衫，表面上很自信，但亚历克斯知道，在内心里，那些比他更加有能力的人让奥斯本感觉到了威胁。所以，尽管他不时放出烟幕弹，说时机成熟时会支持亚历克斯成为合伙人，但亚历克斯已经慢慢认识到，时机是永远也不会成熟的。亚历克斯明白，合伙人的位子不是别人给的，而是自己争取的。

和希尔卓私下见了几次面后，他确信希尔卓的确拥有黑曜石技术，至少没有人能够证明还有其他人掌握这一技术。亚历克斯深深吸了一口气，走进了铺着昂贵地毯的走廊。这条走廊把他中等规模的高级律师办公室与奥斯本这样的合伙人大佬的办公室隔了开来。两间办公室都在主楼内，主楼是幢宽敞结实的圆形建筑，合伙人都欣赏它的古罗马风格，而普通律师则喜欢称其为“死亡之星”。能在主楼拥有一间办公室，而非在邻近的两幢副楼内，这是一种地位的象征——奥斯本觉得这很重要，当然，亚历克斯也不得不承认，他自己也觉得很重要——“死亡之星”里的人处于公司活动的中心位置。

亚历克斯站在奥斯本的门外，整理了一下自己的情绪，他的面前是一堵为了庆祝律师事务所和思科、电子海湾、谷歌及其他一百余家公司成功合作而建立的纪念墙。墙上还挂着奥斯本和不少硅谷精英合影留念的照片，还有和泰国首相一起的照片，奥斯本一年要去泰国三四次，接洽他在那里开发的项目。亚历克斯努力不去思考通过这种方式表现出的权威和影响力，这套伎俩是为了让自己在对手面前更加自信，要让对手在谈判中受制于己，让他感到自己需要你，而你不怎么需要他。

他振作了一下精神，走了进去，把黑曜石的事说得很有吸引力。但是要注意一种平衡——既要说得很有趣，以获得奥斯本的认可，但又不能让他太动心，以至想要取代亚历克斯，由自己做这个项目的联系人。毕竟，如果顺利的话，申请专利只是一个开端，需要做的事还多着呢。当然，调动整个事务所的力量，就是奥斯本的事了。

亚历克斯说完后，奥斯本背靠着椅子，把脚搁在了桌面上。他心不在焉地抓了抓痒，放松的姿态让亚历克斯紧张起来。这是装的。他知道，在这表象的背后，奥斯本已经在算计了。

“我的客户甲骨文公司对此会有何看法？”奥斯本过了一会儿用带有鼻音的语气问。

亚历克斯耸了一下肩，说：“他们能说什么？这项发明和甲骨文的核心业务无关，和希尔卓在那里的日常工作也无关。我已经认真看过希尔卓的劳动合同，甲骨文没有什么好说的。”

“那么——”

“他在家里发明了这个，用的是他自己的时间，使用的是他自己的设备。我看没什么问题。”

奥斯本微笑着说：“你准备工作做得不错啊。”

“我向最棒的人学习。”亚历克斯说，但立即就感到这句话还是不说为好。奥斯本很可能在不停地琢磨他这句话，一直到它变成*你教了我很多，戴维，我现在的一切全是靠你栽培。*

“告诉我，你是怎么认识这家伙的？”奥斯本过了一会儿问。

“他打电话问我是不是可以对他在家里做的一样东西提些建议。”亚历克斯说。这个谎话他已经在心里预演过多次，现在说出来的时候，他自己都觉得是真的了。“我和他在星巴克见了面，他向我作了展示。我想这东西有前景，所以就接手了。”

当然，这不是奥斯本需要的答案。如果亚历克斯告诉他真相——他和希尔卓最初讨论黑曜石一事的时候，亚历克斯还在甲骨文公司里处理一些法律事务——说不定奥斯本会说“要不是我，你根本就没有这个机会”。亚历克斯料到奥斯本很可能会找希尔卓悄悄核实一下他话的真假，如果有机会的话。而亚历克斯也已经和希尔卓说好，做了可能的准备。他们见面的地点离甲骨文、沙利文和格林瓦尔德律师事务所越远越好，这对他们俩都有好处。

“我不喜欢这样，”奥斯本说，“客户会说你是通过他们才认识这家伙的。即使他们没有案子要和我们合作，我也不准备冒险得罪甲骨文这样的客户，因为比较起来，这是件小案子。”

“戴维，你知道硅谷里成长起来的每一家公司多少都与那些大公司有些关联的。这一点甲骨文也知道。”

奥斯本望着他，好像在思考。他很可能在享受这样的时刻，因为他能悠闲地看着亚历克斯在他面前坐立不安的样子。

“这事让我来吧，戴维。”亚历克斯说，语气坚定得连自己都感到惊讶。

奥斯本摊开手，耸了耸肩，仿佛这根本没有问题，又好像他从这次交谈的一开始，就没有在想方设法使亚历克斯放弃。“嘿，”他问，“咱们到底谁说了算？”

亚历克斯没有回答，或者说没有正面回答。“把希尔卓交给我？他的案子算是我介绍的吧？”

“这样做好像很公平。”

“你答应了吗？”

奥斯本叹了口气。他把腿一甩，双脚着地，向前探了探身子，好像准备接着刚才被打断的话继续说下去。“是，答应了。”

亚历克斯克制住自己的笑容。最难办的事办成了一部分，可还有一部分。

“还有一件事。”亚历克斯说。

奥斯本带着怀疑的表情，扬了扬眉毛。

“希尔卓……去年离婚了，他近况很不好。他现在没有钱——”

“哦，看在上帝的分上，亚历克斯——”

“是这样的。他付不起我们的费用。但是如果我们把他接纳进来，让公司拿一小部分——”

“要让合伙人资格审查委员会看上这种有风险的项目，你知道有多难吗？”

“是很难。不过他们会听取你的建议的，不是吗？”

这就是亚历克斯几年来在替客户谈判时学到的技巧。当对方说他们无法决定事情，说要请示董事会、经理层或其他什么人时，你就拍拍他们的马屁，让他们感觉飘飘然，之后用激将法迫使他们下决定。

但奥斯本是老手，他不会这么容易上钩。“不，不总是如此。”

“好吧，这次他们应该会的。这个技术前景很好。我也亲自进行了考察，你知道我对此是很内行的。我要自己动手来做。我不会放下手头的案子。这件事算是额外的。”

“算了吧，亚历克斯，今年你的计费时间已经超过三千小时了。你不能——”

“不，我能。你知道我能。好啦，我们要讨论的是公司提成的比例——

金额不会少，但公司实际上不用投资一分钱。即使你建议投资，合伙人资格审查委员会也不会听，对吗？”

奥斯本没有回答。亚历克斯希望自己不要表现得过于急切。因为那样一来，奥斯本可能就会想，为什么他愿意冒风险作如此大的牺牲呢？难道这件案子比他说的更重要吗？

亚历克斯又试探地问：“委员会听你的，不是吗？”

奥斯本露出一丝微笑，好像是对亚历克斯的演技表示赞许。“有时如此。”他说。

“那么，你打算推荐了？”

奥斯本搓了搓下巴，看着亚历克斯，仿佛他一心只想为他好。“只要你真的要我推荐。不过，你知道，亚历克斯，这是你第一次介绍的业务——”

亚历克斯想，这是你第一次同意算在我头上的业务，以前的都让你霸占了。

“——如果搞砸了，你脸上可就不好看了。那说明你的眼光不准。”

眼光不准。在沙利文和格林瓦尔德律师事务所，“眼光不准”的评价是很笼统的。只要是错误，哪怕不是律师本身的错误，都可以说是律师“眼光不准”。

亚历克斯没有回答。奥斯本继续说：“我要说的是，面对这种风险，你要尽量避免犯错，要留有余地。”

亚历克斯非常讨厌奥斯本的这种说话方式，好像他是亚历克斯最贴心的朋友一样。他知道，奥斯本希望他这样回答：你说得很对，戴维。就说这项业务是你介绍的吧。感谢你保护了我，嘿，你是最棒的。

不过他没有那样回答，他说：“我想你就是我的依靠。”

奥斯本眨了眨眼睛，说：“呃，我是你的依靠。”

亚历克斯耸了耸肩，仿佛事情已经谈妥。“除了你我还能指望谁。”

奥斯本发出一声怪笑。

亚历克斯向门边走去。“我去填新客户表和新业务单，再查查有没有相冲突的申请。”

好了。如果奥斯本不同意，他现在就会说出来的。如果他不说，那么随着时间的流逝，不断会出现新情况，奥斯本要反悔就难上加难了。

“如果不收取费用，”奥斯本说，“我还是要把这件事上报给委员会。”

“我懂。但是我肯定，他们会听你的，”亚历克斯望着奥斯本，“戴维，这对我很重要。”

他的潜台词是：这非常重要，如果你搞我，我下个礼拜就去别家事务所工作，到时你上哪儿去找像我这样机灵的人给你做事？

过了一会儿，奥斯本说：“我不希望你一个人为这件事操劳。”

亚历克斯没料到他会这样说，也不知道他葫芦里卖的是什么药。他胜了吗？奥斯本让步了吗？“你什么意思？”他问。

奥斯本哼着鼻子说：“这么说吧，要是你手下没人，怎么能顺利开展工作呢？”

这话真是让亚历克斯感到诧异。大部分时间他都是一个人工作的。他喜欢单打独斗。“瞧你说的，现在为时还早了点——”

“还有，”奥斯本说，“如果只让一名律师围着他转，又怎么能让那家伙知道我们重视他呢？”

亚历克斯不知道自己是否该笑。奥斯本实际上是要找人监督他的工作。如果这样做能使奥斯本感到自己获得了一个小小的胜利，那也行。

“我明白你的意思。”

“用那个漂亮的阿拉伯姑娘。她叫什么名字？”

亚历克斯感到脸上有些发烫，他希望奥斯本没有注意到这点。“莎拉。莎拉·侯赛尼。她不是阿拉伯人，是伊朗人。”

“管他呢。”

“为什么用她？”

“你们合作过，是吗？”

“一两次吧。”

奥斯本望着他说：“实际上是三次。”

活见鬼，奥斯本虽然是个技术白痴，但他对于谁干了什么活、拿了多少钱简直一清二楚。

亚历克斯挠了挠腮，他希望这个动作在奥斯本看来是一副无所谓的样子。“是的，我想也是。”

“在你的评语中，你认为，作为一名新手，她表现出了不同寻常的自信和能力。”

“事实上，这样的评语并不为过。对。”

“她很机灵吗？”

亚历克斯耸耸肩。“她拥有加州理工学院的信息安全与取证学学位。”他知道奥斯本可能对此不屑一顾。

“嗯，她手上没什么活，就用她吧。你们俩组个队，有问题吗？”

他为什么要这么干？难道多用一名律师会使奥斯本更有理由来监督这项工作，或者把功劳揽到自己身上？

或者他只是开开玩笑，逗逗亚历克斯，让他和莎拉一起工作，因为他知道——

“不，”亚历克斯不再胡思乱想，说：“没有问题。”

奥斯本从曼谷回来后，就说服了合伙人资格审查委员会同意接受希尔卓。奥斯本告诉他，有人提出反对意见，但亚历克斯觉得他是在撒谎。据他的了解，奥斯本根本不需要费什么口舌。也许委员会就喜欢这样的事——好的，让那些普通员工多干活吧，只要他的工作有什么成果，我们都可以乐享其成。或许奥斯本是想把这件事说得很大很难，这样，在以后的日子里，亚历克斯就会觉得欠了他人情。

这无关紧要。亚历克斯不欠任何人的情。他靠的是他自己。他的父母已经过世，姐姐凯蒂也不在了，他唯一活着的亲人就是哥哥本。本闯了一屁股的祸，然后在父亲死后跑去参军了。8 年前，他们的母亲下葬之后，亚历克斯就没有再跟本说过话。即使是从那时开始——这世界上只剩他们弟兄俩——本也没有说他究竟在哪里，在做什么工作。他在母亲的葬礼上露了个面就走了，所有琐事都留给亚历克斯处理；在母亲最后的日子里，他也是这样——留下亚历克斯一个人服侍她。亚历克斯在见习期满后，曾经给本发过一封电子邮件，告诉他他分到了多少遗产。他们的父亲很富有，而受益人只有他们两个，所以那是一大笔钱。可是本甚至没有说声谢谢，只是告诉他把相关文件寄到北卡罗来纳的布拉格堡，说他有空时会在上面签字。亚历克斯现在只知道本在伊拉克或者阿富汗，但有时亚历克斯也在想，他是不是还活着。他管不了啦。不管怎样，他再也不会和本说话了。

该死的希尔卓。亚历克斯需要他，这让他很不爽，但是他的确需要他。因为如果黑曜石有他所期望的一半成功，在初次融资之后还会有第二次、第三次，甚至是第四次融资。被人收购或者首次公开发行后，公司的股票将非常值钱。希尔卓将永远不会忘记是谁让他有了那样的成就。此后，所有法律方面的事务，所有与之有关的费用，就都是亚历克斯一人的了。他的名字将和黑曜石联系在一起，年度最热门，说不定是十年里最热门的公司的律师，就非他莫属了。到时，戴维·奥斯本之流就只能求他从餐桌上赏一些残羹剩饭了。

可能希尔卓还不知道其中的利害关系。他不知道这些风险投资商有多忙，不知道这些人每天会收到多少请求投资的报告，不知道投资商会关注的项目少之又少。亚历克斯曾经告诉过他，他获得了这些人关注的机会，但只有一次。

如果希尔卓把事情搞砸了，亚历克斯会杀了他。

第三章 简单的认识

在伊斯坦布尔的公园饭店，本·特雷文一动不动地坐在椅子边上。透过烂成一条条的薄纱窗帘，他监视着两层楼下午后雨中的街道。本住的这间房间狭小而简陋，但是对于空间和陈设他并不在乎。房间的窗户打开了几英寸，外面的声音时不时地传入他的耳朵：汽车轮子碾过古老的鹅卵石路，发出咚咚的声响；凹凸不平的路面上溅起了阵阵水花；卖地毯的小商人熟练地招呼着路过店铺的游客；回教徒一日五次的祷告声也常回荡于脑海之中。

打开的窗户放进来的不仅有声音，还有寒冷的空气。他套好麂皮手套，戴好毛线帽，穿上羊绒衬里的防雨夹克，一旦目标出现就立刻行动。他天生一头金发，黏的假胡须却是黑色的，不过头上戴着帽子，没人能识破他的伪装。

他的这身行头除了可以对付雨天和12月的严寒，还有一些其他功能：手套可以防止留下指纹，帽子可以掩盖他的部分相貌特征，而夹克衫可以隐藏他左腰枪袋内的格洛克17型手枪。

他身旁的咖啡桌上放着一只背包，里面装着衣服、两块三明治、一瓶水、一只急救包、若干子弹、伪造的旅行证件，以及一些其他的必需品。除了背包，房间里再找不到他的个人物品，一旦他背上包出了门，这里将不会留下任何他待过的痕迹。

本此行的目的是要干掉两名伊朗核科学家——奥米德·加法里和

阿里·卡齐米。他已经掌握了这两个人的许多情况，包括他们的真实姓名、他们旅行用的假名，以及他们的详细行程。他知道伊朗人来伊斯坦布尔是要跟俄罗斯人见面，他还知道他们就住在四季饭店，所以他在四季饭店对面的公园饭店开了房。他看过两个伊朗人的护照相片，所以早在3天前他们乘饭店的宝马礼宾车抵达时，他就认出了目标。他知道两名科学家受到特工24小时的严密保护，这些特工除了身手不凡外，还都绝对不允许自己犯错。他们深知，如果被保护的科学家遭绑架、暗杀，或者像前国防部副部长阿里·礼萨·阿斯加里将军一样被策反，那谁犯了错谁就有可能被处决。

本对俄罗斯人的情况了解不多，只知道来伊斯坦布尔与伊朗人会面的那个家伙真名叫罗兰·瓦希里耶夫，不过他在旅行中是不会使用真名的。华盛顿方面已就莫斯科对德黑兰的核援助施加了压力，而克里姆林宫也认为让伊朗人到俄罗斯，即使是用假名也过于冒险。伊斯坦布尔正好是个中立城市，它的地理位置居中，航线分布也合适，而且它的安保系统锁定的是库尔德人，而非俄罗斯人和伊朗人。

在饭店下榻之后，伊朗人每天早上都在特工保护下乘豪华轿车离开，至夜幕降临方才返回。本料到他们外出是去和瓦希里耶夫会面，他想跟踪他们多了解些情况，但又觉得那样做弊大于利。一个人单独驾车或骑摩托跟踪，很容易暴露身份，即便有幸没被对方盯上，想要功成身退也得听天由命。他也考虑过在对方进出饭店时动手，但四季饭店内外都装有摄像头，另外还有门卫和安全人员。这里不是动手的好地方，所以一开始伊朗人就选择了这里。

不过没关系，他的胆识告诉他，一定会找出破绽的。毕竟，这些伊朗人要在城里待上一周，他们可能会在四五天内完成指定工作，然后利用剩下的时间好好享受一番。要知道，伊斯坦布尔可是一座诱人的城市，而四季饭店又是一家高级饭店。

事实上，饭店的选择增加了本对于下一步行动的信心。他知道，如果伊朗人能够说服替自己买单的人让自己住在四季饭店，那么显然成本不是问题。如果成本不计入考虑，他们可以选择入住城里任何一家同档次的高级饭店。所以问题是，他们为什么会选择这家饭店？

本认为，他们看中的是这里的地理位置。其他的高级饭店都在新城，只有四季饭店位于老城区，从这家饭店步行5分钟就可以到达蓝色清真寺、圣索非亚大教堂、托普卡帕故宫、大巴扎等著名景点。如果本没猜错的话，伊朗人肯定会用一两天的时间步行参观这些名胜古迹，到时他就可以尾随其后，伺机下手了。现在，他要做的就是等待。

这样很好，他不在乎等待。他喜欢等待，实际上他喜欢事情变得简单。等待是一件简单的任务当中最简单的部分。

本时不时地会收到任务指令。指令永远简短、直接，而配合他完成任务的物质条件总是很充裕。他可以申请他所需要的任何物资，然后它们就像变戏法一样落入他的手中。没有喋喋不休的提问，看不见任何的官僚做派，而且还不受监督。

现在唯一限制他行动的问题是，不能对瓦希里耶夫下手。在早些年的“冷战”时期，吃掉敌方的棋子是游戏的一部分。后来，人们开始像敌对的黑帮家族一样，认识到流血的代价过于昂贵，于是局面开始变得缓和。如今，谁都不想再挑起争端，重返过去的血腥年代。

他尽力不让自己受到这一限制的影响。毕竟，俄国佬不像山姆大叔那样守规矩。他们在伦敦毒杀了那个叫维克多·利特维年科[①] 的家伙。他们还杀了不少新闻记者，比如安娜·波利特科夫斯卡娅[②] 和保罗·赫

① 俄罗斯前特工。

② 激烈批评车臣战争的俄罗斯著名女记者，其正直敢言得罪了很多军方人士和政府官员。2006年10月7日下午5时在其位于莫斯科的寓所电梯内被人枪杀而死。

列布尼科夫[①] ——被杀的记者实在是太多了。本认为，由于山姆大叔过分钟情于规则，所以俄国佬变得越来越好斗了，他可以就此作一番很好的讨论。不过这类废话不该由他这种级别的人来讲，而且也没人会听他讲。但是如果给他机会讲话，他想问问人们“你要么和我们同道，要么与恐怖分子在一起”[②] 该作何解。难道这又是一句扯淡政客喊出的空洞口号？

事实上，他们都在撒谎。左派分子很天真，他们认为你可以谨慎而高效地应对那些美国人反对的狂热情绪；而右派分子很虚伪，他们认为你可以一边对别人不客气，一边继续占领道德高地。

是啊，左派分子不可能理解战斗的本质，而右派分子不可能接受真实的结果。对于本来说，他们都是满嘴废话。他根本不关心是否谨慎，也不关心什么道德高地，他关心的只是获胜。获胜的方法很残酷、很肮脏，也很致命，是该死的敌人在最可怕的噩梦里都想不出来的。天哪，如果输了，那些规矩还有什么用？那些后方的专家总也弄不明白，在前方的同胞受到攻击时，他们要做的就是想办法获胜。获胜可以不择手段。成者为王败者为寇，这话不错，首先必须获胜。

可问题是，大部分美国人只想要安全地活着。也许美国人并不总是这样想的，事实上他发现有一回情况就很不同。但是，现在的美国人已经没有进攻性了。他感到就这样软弱地活着有点难堪，所以报名参了军，逃离了那种文化，走上了保护羊群不受狼侵扰的道路。他多少能够理解那些狗屁规矩和马后炮言论与领土问题有关，最令他烦恼的是，与其说他害怕基地组织，不如说他更加害怕有线电视新闻网。

---

① 《福布斯》杂志俄文版总编辑、俄裔美籍著名记者。2004 年 7 月，在位于莫斯科的杂志编辑部大楼外遭枪杀。俄罗斯当局当年 9 月逮捕两名枪手，并于 2005 年确认，暗杀赫列布尼科夫的幕后主使是车臣非法武装头目努哈耶夫。

② 美国前总统乔治·沃克·布什（即小布什）语。

一辆宝马 750L 型轿车在四季饭店门口缓缓停下，一名撑着雨伞的门童迎上前去打开了车门。本紧张起来，哦，不，是一对亚洲男女，不是伊朗人。他又坐回到椅子上继续等待。

没有人告诉本，他手上拿到的情报是从哪里来的。这是当然。但是他猜，伊朗人当中应该有一只“鼹鼠”，因为伊朗方面泄露出的信息远比俄罗斯方面要多。他想，这人可能在为伊朗的核项目服务，更可能是负责相关安全事务的。因为只有这样，他才弄得到科学家的姓名和行程，也才弄得到特勤部门的相关资料。但是，只有安全部门的负责人才能掌握科学家的假名、假证件以及护照相片等情报。还有，考虑到同行被害会给自己的命运蒙上阴影，核项目部门的人很难干出出卖其他科学家的事。毕竟他们是同事关系，彼此间还有些私交。比较而言，出卖自己的祖国比出卖自己的朋友更合理些。

有一件事很有趣。曾经，山姆大叔打算把加法里和卡齐米之流都交给像埃及、沙特那样的友好国家，让他们在那里受到“适度”的严厉审判。但是后来中情局强行从米兰“引渡”了阿布·奥马尔[①]，这一做法影响极坏，意大利方面感到非常不满，于是搜集了不少证据，向 13 名中情局特工发出了逮捕令。之后，五角大楼觉得，未来的行动还是应该更加谨慎和直接些。再后来，中情局局长开始由新出炉的国家情报总监兼任，而机构的任务就是调查没影的伊拉克大规模杀伤性武器问题。没有人再拿中情局当回事儿了。如果想要拿到真正有用的情报，只能靠五角大楼。

本对于这事心知肚明，但他并不真正关心。他不想和国家政治或组织政治有什么关联。见鬼，那些政客压根儿就不知道他这样的人存在，

① 2003 年 2 月 17 日，13 名美国特工未经授权在意大利北方城市米兰绑架了一位名叫阿布·奥马尔的埃及裔宗教人士，并将其转运至埃及首都开罗进行审讯。

即便他们怀疑他存在，也知道最好什么都别问。要知道，“不问，不谈”的策略并不是军方发明的，而是他们从国会学来的。

总的来说，事情进展顺利。要干的活不少，而他也干得不错。所有的一切都基于一个简单的认识：如果不想干了，你就什么都没干过，也没为谁干过，然后自己承担后果；如果还想干下去，你就得接受形单影只的现实。这就是他的生存方式。他知道规矩，也知道后果。不能让家庭绊住了手脚。不过，他现在除了亚历克斯再没有别的亲人，而亚历克斯也已离他的生活远去。

又一辆宝马轿车驶来。本俯向窗户，这样可以从窗帘缝隙中看得更加清楚。这回对了，来的是伊朗人，他们第一次在黄昏之前回到饭店。事情就是这样，他很肯定这一点，他等待已久的机会终于到了。他感到体内的肾上腺素在上升，这种感觉他很熟悉，而他的心跳也开始变得更为强劲。

伊朗人进了饭店，一名特工在前面开道，另一人殿后。不出意外的话，一个小时内他们会再次出门，最多不会超过两个小时。

本直起身，扭了扭脖子，伸展了一下僵硬的四肢。他坐得太久了，除了上厕所之外，他就那么一直坐着。尽管等待的感觉并不赖，但现在他无需再等了。

第四章　等候室的门

亚历克斯的手机响了。他扫了一眼屏幕，是阿里莎打来的，于是按下接听键。

“找到他了？”他问。

“没有。但我在他的公寓门口，这里停满了警车。许多人在围观，他们说有人被杀了。”

亚历克斯感到他的脊背一阵发麻。他听到微弱的嗡嗡声，像是萤火虫发出的声音。“哦，该死。是他——”

“我不知道。我试着问了一名警官，但是他只说这里是犯罪现场，这一点我凭着四周围起来的橙色标带也判断得出。他们不放任何人进去，从我现在的位置看不到里面的任何情况。”

“是谁说有人被杀了？”

“一些围观的人。也许他们说错了。也许这只是个谣言。”

现在他的全身都麻木了，呼吸声变得很粗。

他想马上开车过去，但他知道那样做很不理智。阿里莎看不到的，他也不可能看到。如果这一切只是个非常凑巧的巧合呢？如果他离开后，希尔卓立马打电话来或是现身了怎么办？他会把一件本没有危害、太太平平的事搞成一场灾难的，而这一切都是因为他“眼光不准”。

不，他不能让灾难发生。

他深吸一口气，然后慢慢地把气吐出来。通过调整呼吸，他的情绪稍微平复了些。

“待在那儿，”他说，“看能否打听到一些情况，如果有，立刻通知我。”

他挂断电话，看了看表。还有20分钟。如果够幸运的话，遇不上红灯和交警挡道，亚历克斯可以驾着他的宝马M3，在6分钟后到达位于沙山路尽头的克莱纳的办公室。所以在取消会面之前，他还有14分钟。在最后关头取消会面，会让他显得很愚蠢，但总比彻底不露面要好。第一次会面就搞砸了，这帮家伙还会给他第二次机会吗？可能不会了，至少不靠奥斯本或其他合伙人的帮忙是不会了。奥斯本会知道发生的事情，知道亚历克斯有多么需要自己。他是不会白帮忙的。

该死！该死！该死！

他突然觉得办公室令他窒息。他需要离开这里出去透透气。他出门进了走廊，在转弯处看见莎拉，她正朝他的方向走来。该死！

他不想马上跟她说话，不想向她解释。他没有邀请她参加与客户的会面。她有时过于坦率，尽管私底下他很佩服她的勇气，但在一屋子的风险投资人面前，他不相信她会弄清楚自己的位置。他要重点推出的是希尔卓，他不想让别人抢了他的风头。

不管怎么说，作为一个入行才一年的年轻律师，莎拉的举止算是循规蹈矩，很符合她的身份。但是，她身上还是有些东西会叫人分神。每个人的注意力都会被她乌黑光亮的头发，焦糖色的皮肤和饱满的双唇吸引过去，进而会想：为什么亚历克斯要带她来开会？他们俩是什么关系？他有什么企图？

哦，是的，他当然有企图。而且并不仅仅是因为她太美了。让他疯狂的还有，她从来都不炫耀自己的美。她极少化妆，一头乌发束在脑后，裙子的下摆也总是过了膝。但是，每周有好几个晚上，亚历克斯能在事务所的健身房里看到她。在那里，她穿着瑜伽服，身体柔美、修长而且富有曲线。每次看到她，亚历克斯都要强迫自己把视线挪开，因为他害怕身体会出卖他的想法。有时，夜已深了，他躺在父母留给他的房子里，闭上双眼，对她展开性幻想。他想着他和她在一起，他要她怎么做，她会怎么做。这些幻想甚至比她的美貌更让他疯狂。到了第二天，这些幻想还会时不时地浮现在他的脑海中，让他在面对她的时候感到尴尬。所以，为了不让她发现自己的秘密，他总是对她表现得很冷淡。

不过，她好像对他也不感兴趣。即使她有，别人会怎么说呢？一名高级律师，如果上帝保佑，他不久就要当上合伙人了，而他现在跟一个小自己十岁、刚入行的姑娘打得火热。然后他该怎么办？合伙人是不能和普通律师搅和在一起的，至少这样的关系不能公开。当然，事务所里流传着不少合伙人跟普通律师约会的八卦。但已经混成合伙人的家伙，不怕被说成是猪。也许等亚历克斯爬上合伙人的宝座后，也可以钓几个辣妹律师，但上帝啊，现在不行。他没必要把事情弄得复杂，他不想分心。

“亚历克斯，”她说，声音中有一丝惊讶。“希尔卓在哪里？我想你们——”

“他不在，我……我不认为他会来了。”

“那会面的事怎么办？”

她似乎真的很关心他，一点儿也不在意他对她的排斥。他感到既高兴，又内疚。他想要说些什么，说些真话，但是……

“亚历克斯？”她又喊了他一声。

他望着她，不知道自己是不是已经脸红了。他想找个借口离开，但又觉得那样做颇为唐突。也许他应该立刻带上她去找希尔卓。

“你能跟我待上 12 分钟吗？”他问。

他们回到他的办公室，关上门。他跟她讲了发生的事，讲了阿里莎在希尔卓公寓门口打听到的消息。

“哦，我的天哪！”她低呼道，“你认为他……”

“我不知道，但我有一种不祥的预感。”

他为自己讲出的话感到吃惊。他从没和同事——特别是莎拉——谈过自己的感受，或者任何稍微带点儿私人性质的事。哦，别。哦，上帝啊，别这样。希尔卓的事唤醒了他内心深处一些不好的记忆。

他们谈了很多。莎拉关切的表情，她棕色眼睛里流露出的同情，让他感觉好受了些。这种感觉如此……舒服。有人可以用那样的眼神望着你，让你觉得她完全理解你，完全站在你的一边。他觉得，她能够明白他连续几个小时盯着等候室的门，会是怎样的一种感受；她也会明白，他等待消息时是多么急切与恐惧。

他清了清嗓子，然后看了下表。离约好的会面时间还有 5 分钟。即使希尔卓马上出现，也来不及了。

但是希尔卓不会出现了。今天不会，永远不会。亚历克斯感到胃部一阵绞痛。他知道这种感觉。他记得这种感觉。

“我最好还是给风险投资人打个电话吧。”他说。

第五章　小小的意外

本跑到蓝色清真寺的漂亮门廊下躲起了雨，他的周围是一些叽叽喳喳的游客。透过眼角，他注视着 50 英尺外的出口。目标在 10 分钟前进了清真寺，正如他所料，他们是从饭店步行过来的。他之前踩过点，知道这座清真寺只有一个出口，所以没有跟进去。

他周围的人游兴正浓，互相比对着十来种不同文字的旅游指南。他们举着照相机，不断地对着高耸入云的尖塔、巨大的圆顶和洗礼用的水龙头拍照。本压低帽檐，把夹克衫拉链一拉到顶，遮着脸的下半部分。这里不是动手的好地方——视野太开阔了，还有太多的潜在目击者——但如果有好机会，他也不会放过。他只是不希望哪个傻瓜游客拍下他的照片，以后辨认出他来。

从饭店到清真寺，一路过来，伊朗科学家表现得完全没有戒备心，但两名特工却异常小心。他们一人在前面开道，一人殿后，彼此间的距离始终保持在 25 英尺。

对于四个人的行程，本有十足的把握。他们要去的是城里最著名的一些景点。他们随着观光的人群，从一处景点移向另一处，本用不着时时刻刻盯住他们不放。不过，因为周围挤满了游客，即便朝某个人多看几眼，也不会让人怀疑。在几百名游客当中，有约一半人和本一样撑着黑色雨伞，这一点对他格外有利。

由于是孤军作战，本必须借着三三两两的游客来掩护自己。他不时低下头去，装作在研究自己的旅游指南；不时又得停下脚步，阅读关于某座尖塔或圆顶的景点说明。他拍了不少照片，尽可能地和周围的游客打成一片。

伊朗人出来了，其中一名科学家和一名特工下了台阶向左拐，剩下的两个人则站在门廊下。本立刻意识到他们为何会分开：有位科学家想要方便了。本知道他们会去哪个厕所，而且还知道那个厕所是个下手的好地方。但他不愿冒险跟上去，怕万一有点闪失，就只能完成一半的任务，或者更少。不，最好再等一等，等他们四个都逃不出他的手心的时候。

过了几分钟，两个人回来了，本又跟着他们去了圣索非亚大教堂，这一次他还是在出口附近守着。接下来，伊朗人去了托普卡帕故宫，一名特工待在外面没跟进去。这样的安排使本更加坚信，两名伊朗特工是随身带着武器的。托普卡帕故宫藏有许多无价之宝，包括镶宝石的奥斯曼宝刀、王冠和国王的宝座。为了防止文物被盗抢，故宫的入口处安装了一台金属探测仪。本猜测，等在门口的那个家伙身上，应该揣着两个人的枪。他犹豫了一下，想要把自己的枪藏好，然后跟进去，但靠一人之力对付三个赤手空拳的人，多少也是个挑战，更何况里面还装了那么多的摄像头，而仅有的一个出口还由荷枪实弹的警卫把守着。不，会有更好的机会的。他在故宫的门外等着，和小贩们砍砍价，拍了些照片，隔一会儿朝出口处瞟一眼，以确定那名特工还在。他小心观察着周围的人，怕万一也有人躲在暗处监视他。他拿到的情报没提这一点，但情报并不总是准确无误的，所以必须万事小心。现在，他没有看到任何让他担心的迹象。

出了托普卡帕故宫，目标们穿过薄暮向西走去。本知道他们不是去大巴扎，就是去香料巴扎。如果他的判断没错，机会就在眼前了。

他们在狭窄的鹅卵石路上漫步，经过路旁忽明忽暗的小水坑。他们的脚步声引起两侧石墙的阵阵回音，和购物者以及路人的谈笑声融在一起。灰暗的天空一片死寂。雨已经停了，但空气仍旧潮湿寒冷。路边，旅游纪念品商店、地毯铺和食品摊一家挨一家，躲在锈迹斑斑的支架撑着的雨篷下面，店铺的门板上渗出了闪闪发光的水珠。本跟在后面，伊朗人驻足他就停步，伊朗人朝前走他就跟上。他保持着冷静和耐心，他知道机会就要来了。

伊朗人在街角一处不显眼的小型建筑物前停下。可以看出，这是座清真寺。两名科学家脱下鞋子走了进去，一名特工陪着他们，另一名特工在外面守着。本笑了。他想他们信仰安拉，但他们不注意安全。他退后几步，等待着机会。

一刻钟之后，伊朗人出来了，他们继续向西北方向走去。别停下来，本想，去香料巴扎，我知道你们想去那儿。

他们沿着马普库拉街向前走。这条路通往香料巴扎的西南角。之后，他们走上塔塔卡勒街，继续往西北方向走。他们不时停下来，望望店铺里的商品，但是没有进到店里面去。两名特工始终保持着戒备。继续走，本想，继续啊。尽管天气很冷，他还是感到自己在出汗。

他跟着他们上了伍臧卡兹街，他的呼吸开始加速。天已经完全黑下来了。他担心他们会直接上嘎拉塔大桥。但还好，他们还是打算去香料巴扎。他紧了紧背包肩带，用左胳膊顶了顶枪套，里面的格洛克手枪还在。

他紧紧地跟着，看着他们向右转，走上了哈希尔兹拉街。香料巴扎就在这条街上。好了，快到他准备下手的地方了。

他转身，回到塔塔卡勒街。他现在的位置与伊朗人是平行的。他在轿车和卡车间穿梭，避开人行道上拥挤的行人。他的背包很安全，手枪的分量也感觉得到。

他向左，拐上了耶尼卡米街，再向左，走到兹赛克帕扎里街。现在，伊朗人就在他的正前方。人很多，他不得不放慢速度。他路过一个个堆满香料的摊子，在吊着的白炽灯泡照耀下，黄色、橙色、红色和绿色的香料很是刺眼。还有一些摊子上堆着糖果、蜜饯和水果。空气中混杂着浓郁的香料、咖啡和烟草味。推着手推车沿街叫卖的小贩横冲直撞，他们高声喊着，让来来往往的购物者给自己让出个道来。

在塔米斯街和哈希尔兹拉街的拐角，他看见伊朗人径直朝自己走来，就差 40 英尺了。现在，他的心跳得更加厉害。他扫了一眼四周，感觉没什么不对。

他转移到路的左边，站在一幢伊斯兰建筑的边窗脚下。这是城里最老牌的一家咖啡店。本在事先考察地形时，来过这里六七次，每次都看见十来个人在排队，等着购买手工烘焙的咖啡豆。正常情况下，伊朗人会在这里逗留一会儿。即使他们不停下来，这里也是他们的必经之地。他可以通过咖啡店的窗户观察他们的一举一动。

他向回走，假装在一个挨着咖啡馆的小摊上选购彩色炊具。他压低帽檐，拉开夹克衫的拉链。他的心怦怦直跳。

一分钟后，走在前面的特工出现在了咖啡店前。他停下，站的位置距离本不超过 10 英尺。很快，两名科学家也到了，他们跟在十来个排队买咖啡豆的人后面。本没看见第二名特工，但他敢打赌，那个人就在后面不远处。

本闭了一下眼睛，深吸一口气，然后吐出。接着他又做了几次深呼吸。

他从口袋里掏出一本旅游指南，一边看着指南一边慢慢地走过第一名特工。他没有在思考马上要做的事，而是全神贯注于那本书。

在咖啡馆前的拐角，他朝左看。正如他所期望的，第二名特工离两名科学家还有20英尺远。

他直视前方，然后向右看，那里有个晕头转向的游客。他判断了一下，认为没有问题。

他把旅游指南塞回口袋，向第一名特工走去。他没有直视对方，但通过眼角的余光，他发现对方已经注意到他了。没关系。太迟了。

他从这名特工的左侧经过，右手伸进敞开的夹克衫。三步开外，他拔出了手枪。他转身，右脚踏前一步，在5英尺外瞄准目标。

那个家伙只来得及睁大眼睛。本扣下扳机，只听一声闷响，他的脑门上多出了一个小小的黑洞。他的头猛地一甩，浑身抽搐，双膝跪地，倒在地上。本快步离开，回到拐角处。

这时，两名科学家正站在窗脚下。第二名特工发现本朝他走来，一只手上抓着把格洛克手枪。拐角处有人发出了尖叫。

第二名特工立刻反应过来，把手伸进夹克衫，不过为时已晚。本感到距离太远，不能保证命中对方头部。他改用双手握枪，瞄准对方胸部扣下扳机。又是一声闷响，对方猛地一个趔趄。本向前走上几步，再次开枪，此枪正中对方心脏。第二名特工应声倒地。本再次瞄准，朝他的左眼开了第三枪。

又是一阵惊叫。人们开始四处逃散。两名科学家转过头来，表情困惑，他们不知道发生了什么。前面的科学家完全没有注意到，本正从10英尺外向他走来。本一枪命中他的脑袋。后面的科学家刚刚举起双手，想要自卫或是求饶，但本的一粒子弹已经射入他的眉心。在他倒地的一刹那，本快速离开。

他一边撤离现场，一边扫视两旁。人们惊叫着逃命。没有人挺身而出。甚至没有人敢正视他一眼。人们都在想着要尽快离开这个鬼地方。

他低着头，两眼往前看，他的枪紧贴在他的身侧。

突然，他发现有些不对劲，有个人并没有在逃命。他抬起眼来，那个健壮结实的、斯拉夫人长相的家伙，正一动不动地站在那里盯着他。本立刻停下来。两人的目光都锁定了对方。毫无疑问，这个斯拉夫人是个内行。他的表情、他的姿势，以及他的沉稳都说明了这一点。

两人静静地对峙了一秒钟，都试图确定对方的意图。接着，斯拉夫人绷不住了。他向左一偏，把手伸进夹克衫。本想都没想，双手握紧手枪，一边向前走，一边射出子弹。三声过后，斯拉夫人伏倒在地上。他想掏枪，但也慢了一步。本在离他不足5英尺处，击中了他的脑袋。

本抄小道迅速离开。他颇为后怕，紧张地寻找潜在的威胁。上帝啊，他之前完全没有注意到那个家伙。整件事情发生的时候，他就像一个幽灵似的站在那里。如果不是因为人们忙着逃命，混乱中暴露了他的行迹，本永远也不会注意到他。见鬼，如果那家伙早一秒作出反应，拔出他的枪……

他换了一匣新的子弹，继续往前走。他之前踩过点，对这里的街巷了如指掌。他知道，应该在离开香料巴扎后卸下伪装。他一边走一边撕下假胡须，把它扔进装满垃圾的垃圾筒。他摘掉黑帽子，换上一顶红帽子。他的夹克衫是可以两面穿的。他把它脱下来，调换了一面再穿上。转眼间，他的外衣就从蓝色变成了黄色。之后，他会把枪也处理掉，只要他确认已经安全了。

他走上嘎拉塔大桥，又一次回到幸运且一无所知的人群当中。等过了桥，他会搭一辆出租车，去黑达尔帕撒车站，乘火车去安卡拉。安卡拉是他到达土耳其的首站，当然，从那里离境也会比较安全。

他听到远处传来警笛声。声音渐行渐远。他长长地舒了一口气。完事了。没人会跟着他，也没人会把他和刚才的事情联系在一起。伊斯坦布尔是一座拥有一千多万人口的城市，在其中，他不过是沧海一粟，不过是藏在草垛里的一根针罢了。他继续往前走，就像是一名普通的游客。

但是，该死的，那个家伙到底是谁？毫无疑问，那杂种差点杀了他。

算了吧，他没有得手。有的时候你把熊吃掉，有的时候熊把你吃掉。

一头熊。

他停了下来。该死的，那家伙是俄国佬吗？

从长相上看，他应该是俄罗斯人。但他肯定不是瓦希里耶夫。他应该是特工，而不是科学家或一般文官。他可能跟瓦希里耶夫有什么关联。是的，不然谁会像幽灵一样跟在伊朗人后面？可那家伙为什么迟迟不拔枪？也许他认为自己不是目标吧。但也可能是因为他觉得自己是无辜的，至少是在他注意到本的眼神之前。毕竟，没人想要干掉一个俄罗斯特工，除非你疯了。

狗娘养的。也许他杀的不是俄罗斯人，只是他这么枉自猜测罢了。

他认为，这是一次小小的意外。在一番紧张激动之后，他渐渐平静下来。他用手背盖住嘴，摇了摇头，闷声一笑。

他希望，长官们的肺不会被他给气炸。

第六章　难以平静

取消见面之后，亚历克斯感觉放松了些。他的心情恰似赶飞机的人——最难挨的是奔跑追赶的那一段，心里总盼着能赶上；一旦飞机起飞，赶不上了，人就放松了，认命了，开始想别的办法了。

不过，希尔卓没有别的办法可想。他的人生没有返程票。

亚历克斯开始忙活一些别的事，但他的脑海里总浮现出希尔卓的影子。他想知道，如果希尔卓真的……死了，专利申请的事情会变得怎样？也许，这项专利可以算作是希尔卓的遗产，留给他的孩子或是受益人。但这些人在哪儿呢？亚历克斯不太了解希尔卓的家庭，他只知道他离了婚而且没有孩子。如果希尔卓死了，申请专利的事还能继续下去吗？

亚历克斯的手机在响，他看了眼屏幕，来电号码给屏蔽掉了。“我是亚历克斯·特雷文。”

“特雷文先生，我是圣荷塞警局的探员加梅斯。你现在说话方便吗？”

亚历克斯的心跳开始加速。“呃，是的，很方便。你是要说……理查德·希尔卓的事吗？”

对方没有回答，亚历克斯感到奇怪，这事是不是需要保密。

“这儿有一起案子，”加梅斯说，“我们希望你能来一趟警局，有些问题要问你。”

“好的。”亚历克斯问，“什么时候？”

“最好是现在。”

“好的。”亚历克斯继续道，“告诉我，你们在什么地方。”

“米慎西街 201 号。从大门进来，跟前台说是找加梅斯探员的。”

“我应该在半小时后到。我能问一下——”

“到了再说吧。”加梅斯问，“半个小时，对吗？”

“对。”亚历克斯说完后，对方挂断了电话。

亚历克斯整理起桌上的东西，过了一会儿，突然发觉这么做很可笑。是的，他害怕听到即将知道的消息，所以故意在拖延时间。或许他还想借收拾桌面，使这个世界变得有些规律可循。

他走出办公室。“我刚接到警察打来的电话，”他一边往外走，一边告诉阿里莎，“他们让我去一趟警局。”

“是因为希尔卓吗？”她在他身后问。

“到了就知道了。”

他把地址输入汽车的导航系统，然后沿着佩吉米尔路向 280 号高速公路的方向驶去。在穿越福德希尔高速公路时，他突然想起，一年前有个骑车人就死在附近。一桩离奇的交通事故，骑车人撞断了脖子。这段记忆让他更加相信，希尔卓一定是出事了。他知道生活就是这样，他有切身的体会。往往当一切都很美好、无法再锦上添花的时候，命运会忽然来个大转折。它要提醒你，幸福实际上都是很脆弱的。

他不知道加梅斯为何会给他打电话。只能是因为希尔卓。但警察是怎么找到他的呢？他们从哪里拿到了他的手机号码？

哦，他想到了，是从希尔卓的手机里。希尔卓的电子日历存了今天与风险投资人的会面信息，而且早上亚历克斯给他打了不下 20 遍电话，所有电话都是亚历克斯的号码。

他努力想着，警察会怎么看待这一情况。他不知道自己算不算是个嫌疑对象。上帝啊。

圣荷塞警局像是一座堡垒——清一色的混凝土砖石结构，笔直的建筑设计，深色的反光玻璃。警局门口有两条长椅，它们固定在水泥地面上，一点儿都无益于缓解周遭的可怕氛围。即便是这里的树木和植物，与其说是点缀，不如说是伪装。

亚历克斯深吸一口气，踏上水泥台阶，步入大厅。警局内部给人的印象与外部是一致的——防弹玻璃，监视摄像头，笨重的、高科技外观的金属门。有六七个人坐在两排金属椅上，他们个个神情紧张，像是等着被刨根问底一般。

这里是一间等候室。他恨所有的等候室。

双层玻璃后面，有一名妇女像是问询员。亚历克斯走上前去，通过对讲机说："你好，我是亚历克斯·特雷文。我要找加梅斯探员，他在等我。"

"特雷文？"她重复道。亚历克斯点头表示确认，然后她说："我会给他打电话，告诉他你来了。"

在很不舒服地等了20分钟后，从里门出来一人。这人约6英尺高，身材壮实，穿着一身灰色警服，系着条黑色领带。他的黑发剪得很短，亚历克斯从他的肤色和名字判断出，他是名拉丁裔警察。

亚历克斯站起来，望着他。来人问："亚历克斯·特雷文？"

亚历克斯点点头走了过去。"你好，你是……加梅斯探员？"

"是我。"他没有跟亚历克斯握手的意思。"抱歉让你久等了——这件案子头绪很多，我们一直在忙。走，里面谈。"

亚历克斯跟着他往里走。他想问问案情，但又觉得不妥，于是忍住了。不过，他想他很快就会知道发生了什么。

他们乘电梯上了二楼，穿过一条短短的走廊。亚历克斯觉得，这地方很有些政府部门的味道，虽然说不清是因为什么。或许是装修的风格。头顶上方的荧光灯，低垂的天花板，大厅里平整的地砖。他们路过几间敞着门的房间，里面传出的对话声很低，也很严肃，似乎大家都在紧张地工作。亚历克斯被这里的办公规模镇住了。这儿有些东西……叫人难以平静，亚历克斯感觉受到了某种威胁。

他们向右转，走进一间敞着门的房间。房间门口挂了块牌子，上面好像写着“罪案调查科”。进门时，亚历克斯没有完全看清牌子上的字。房间里面铺着一块很大的地毯，办公区域隔成十来个小间。亚历克斯看到有不少人正在工作，但谁也没有抬起头来看他们。

加梅斯把他领进靠右的一间封闭的小房间，里面大概有 8 英尺长，6 英尺宽。房间的天花板很低，刺眼的荧光笼罩着一张桌子和三把椅子。所有的噪音都消失了，亚历克斯怀疑墙壁是隔音的。

加梅斯关上门，两人面对面地坐下。他从口袋里掏出一本记录本，眼睛盯着亚历克斯。“我们通电话的时候，你问过我是不是理查德·希尔卓的事。为什么会那么问？”

亚历克斯的思绪被这个开门见山似的问题带回到过去。“今天早上我们有一个重要的会面，可是他没有出现。我给他打了很多遍电话，又叫我的秘书去他家找他。我的秘书告诉我，他家附近满是警察，人们在议论，说有人被杀。我担心希尔卓出事了。你们有什么理由不告诉我实情呢？我是他的律师，我有权知道。”

加梅斯盯着他看了一会儿。“今天早上，理查德·希尔卓在他的公寓停车场被人谋杀了。”

谋杀。尽管亚历克斯已经做了最坏的打算，并且认为自己已经有了足够的心理准备，可这个消息还是让他感到震惊。

“该死，”他问，“怎么回事？”

“我还想问你几个问题。”加梅斯说，“关于今天早上的会面。有谁参加？谈什么？”

亚历克斯回答了加梅斯的问题。加梅斯把他的话记在了本子上。他时不时会要求亚历克斯再说得清楚些，偶尔又会绕回到亚历克斯之前说过的问题上。他告诉亚历克斯，他们看到了希尔卓手机里的相关信息，通过那些，找上了他。亚历克斯感到，加梅斯并非要从他这儿了解一般情况，其实他已经成了嫌疑对象。尽管他不认为自己有什么好担心的，但坐在犯了疑心病的警察面前，他还是有些胆怯。

突然，加梅斯问亚历克斯，是否知道希尔卓吸食或是贩卖毒品。

“不，”亚历克斯答道，“我的意思是，我并不太了解他，但我从没见过他……有吸食毒品的任何迹象。而且他看上去不像是那种人。我能问你为什么要这么问吗？”

加梅斯撇了撇嘴，咬了下牙根，慢慢吐出一口气。“我们发现希尔卓的车上藏有大量的海洛因。”

“海洛因？你们没搞错吧？”

加梅斯望着他，表情像是在说，这事儿我们会搞错吗？

亚历克斯迅速地整理思绪。“你们认为……他是因为贩毒而被谋杀了？”

“有这种可能。”

“好吧，但……我想问，为什么杀他的人不取走毒品呢？”

话一出口，亚历克斯就感到自己很愚蠢。他不是警察，而且他也不想让加梅斯觉得自己在怀疑他的办案能力。

但加梅斯只是耸了耸肩。有人搜过他的房间，那样子像是在找毒品。车子里的毒品藏得很隐蔽，可能被忽略了。“说说，希尔卓有仇家吗？”

“我不认为他有仇家。呃，他去年离了婚，生活看上去有些困顿，其他的我就不清楚了。”

加梅斯又问了一个小时的问题,之后合上记录本。“感谢你的合作。”他说，“最后一个问题，实际上是想请你帮个忙，因为它有助于查明真相，同时节省我们彼此的时间。你介意在离开之前留下你的DNA样本吗？”

亚历克斯瞪大了眼睛。刚才加梅斯曾经问过他，有没有坐过希尔卓的车子或是上过他家。他说没有。感谢上帝，现在亚历克斯知道他的用意了。

加梅斯又在盯着他看。亚历克斯突然意识到，这个家伙每天都要盘问上好几十号人。今天早上，他听到的谎话可能比亚历克斯一辈子听到的都要多。

亚历克斯耸了耸肩。“我不介意，只要你们认为有用。你需要我怎么做？”

其实没什么要做的。只是填一张表格表示同意，然后用一支棉花棒在他的口腔内壁擦一下，如此而已。之后，加梅斯把亚历克斯送回到大厅，递给他一张名片。

“如果想起什么，给我打电话。”加梅斯说。他伸出一只手。“对于你的客户发生的事，我感到很遗憾。”

从他的姿势和话语中，亚历克斯感到，加梅斯排除了他的嫌疑。他握了握加梅斯的手，说：“我希望你们能抓到真凶。”

“我们会抓到他的。”加梅斯说，然后转身离去。

希尔卓贩毒？因此引来了杀身之祸？亚历克斯不信这些。

希尔卓离婚后手头是有些紧，也许他会为钱铤而走险，但他还没蠢到要这么做。

或者他失去了理智。也许有些人在即将梦想成真时会变得失去理智。

回到车上，亚历克斯又回过头望了一眼警察局。那些反光玻璃后面的人在想些什么，他一点儿也猜不透。

他思忖着加梅斯最后说的那句话：我们会抓到他的。加梅斯的自信回答本该让他感到舒心，但恰恰相反，他觉得话中透出了一股寒意。

第七章　只要他们还怕我们

本在安卡拉呆了三天。他并不急于离境，他在等伊斯坦布尔的事件从人们的视野中淡出。所有的电视新闻节目和英语日报都在报道暗杀事件。伊朗人的身份得到了证实，但除了他们的国籍外，其他的信息都没有披露。第五个家伙仍旧身份不明。本估计，外界查不出他的来历。他没有护照，也没有其他的身份证明，如果没有人出来认领，至少对于公众来说，他就是个无名氏。

他曾向联合特种作战司令部的长官核实过，这位长官是个非裔美国人，名叫司各特・豪顿。豪顿在秘密特工当中是个传奇人物，他经历过数不清的公开和秘密战役，曾骑在马背上与阿富汗的圣战游击队员交过锋，也与尼加拉瓜的反对派作过战，还率领过一支秘密小分队，在巴基斯坦西北部的部落地区搜捕过本・拉登。他身上的爱国主义品质无可挑剔，这种品质可以追溯到美国内战时期参与决定性的阿波马托克斯法院战役的第四有色人种步兵团。豪顿是一名上校军官，而本仅是一名陆军军士长。尽管他们年龄、军阶、职务大不相同，但本仍称呼他为豪特[①]。他们这支队伍里的人，不论军阶高低，彼此间都直呼其名或以绰号相称。他们不需要行军礼，也不需要遵守常规部队的纪律与规范。但是他们这些人，个个都是精英。

队伍里的每一名成员都来自实战部队——空降部队、突击部队、

① 豪顿的昵称。

特种部队、三角洲部队，或是海军陆战队等。每一名候选人都必须在战斗中杀过至少三个人，都要先得到内部人的推荐，然后才会被邀请参加测试。大多数人和本一样，杀过的人远远不止三个。一旦被邀请，候选人即投入中情局组织的作战训练课程，其中包括各种各样令人筋疲力尽的体能和心理测试。这些测试中，最可怕的是由豪特亲自设计的“终极测试”。参加此项测试的候选人先是被迷晕，然后被罩住脑袋，扔到他从没去过、语言不通的第三世界国家。除了身上穿的衣服，他没有钱、护照及其他东西。他的任务是去执行一项设计好的秘密行动，一旦失手，他将面临牢狱之灾，之后被遣送回国。只有通过全部测试，包括“终极测试”的人，才能进入这支队伍。队伍里的人都需要掌握信号情报、个人情报和射击等三个方面的技能，但本主要是一名射手。

多年来，这支队伍变换过许多不同的名称——境外作战小组、情报支援小组、灰狐部队等。联合特种作战司令部有意地变换名称，是为了告诉政府里那些爱计较的人，这支精英部队一直在按他们的要求进行改革。有时，刺杀事件发生后，某位大使会抗议他事先没有得到通知，而参议院情报特别委员会或军事委员会要求做进一步的调查。五角大楼告诉联合特种作战司令部应该如何应付，后者会站出来道歉，然后给这支队伍换一个新的名称。这样做，有些人会自我感觉舒服些，有些人保全了面子，而有些人则拯救了良知。但这支队伍的实质从来没有变过。因为事实是，国会和军方对那些“干净”的特种部队——如“绿色贝雷帽”——越是大加约束，他们对本所在的这种“不干净”的队伍的需求就越大。这是供求关系中需求方的问题，感谢上帝，总是有人能够找到方法满足这些需求。

本向豪特简单汇报了伊斯坦布尔的事，他用的是付费电话和可以黏在话筒上的便携式扰频器。他提到了俄罗斯人。

“你肯定他是俄罗斯人？”豪特用低哑的男中音问，话中带有沿海地区的那种拖音。

“非常肯定，”本答道，“他有斯拉夫人的高颧骨和白皮肤，还有那种表情，我想你应该明白我的意思。而且他站在那里一动不动。”

“然后你就动了手。”

“他想要拿武器。”

“别担心，孩子，我相信你。他会不会是以色列人呢？他是不是也想把那两个人送上西天？”

本想过这个问题。他甚至一度怀疑，有人曾经考虑过要把这次的刺杀情报送给摩萨德组织。可能是有人这么考虑过,但是后来又放弃了。因为一旦以色列人得到情报，他们会很快找出谁是“鼹鼠”，而对于这一点,美国人并不想与他们在全球反恐战争中最亲密的盟友分享。此外，联合特种作战司令部内总是有人在不断游说，要多利用美国人自己的资源。他们投资了很多钱训练——实际上，是创造出了——本和像本这样的人。既然养了这么好的猎犬，为什么不经常放出来捕猎呢？

“我想，他可能是俄罗斯联邦安全局的。”本说。俄罗斯联邦安全局是前苏联克格勃的继承机构。

“我希望不是。”豪特说，“那些家伙像是黑手党。见鬼，跟过去的克格勃官僚部队相比，他们就是黑手党。”

“你打算怎么处理？”

“我要看看能查出些什么来。但不用担心，即便他是俄罗斯联邦安全局的人，他们也不知道是谁干的。想杀那两个人的人很多。”

豪特指的是以色列人。事实上，在伊斯坦布尔期间，本一直吃的是他从以色列直接带进来的食物。如果刺杀行动失败，他被杀了，或者被俘虏后服毒自杀，那么他们会解剖他的尸体，分析胃里的残留物。

最好让他们认为是以色列人干的。联合特种作战司令部还布下了其他的一些假线索，都不太容易被识破。对朋友耍手段并不是什么好伎俩，但以色列人是现实主义者，他们会理解的。话说回来，俄罗斯会怎么对付以色列呢？向大马士革出售军火？向德黑兰输送核燃料？伊朗又会怎么做呢？支持黎巴嫩真主党？炸毁下一座阿根廷犹太会堂？对了，以色列接下来会做的就是把这事给认了。他们的敌人不会比现在更痛恨他们。本希望美国也能够了解这一点。恺撒大帝说过什么？让他们恨我们吧，只要他们还怕我们。

本回到房间继续等待。他很少外出。多数时间他就这样一言不发，四面墙壁围成的空间构成了他的整个世界。

他思考过仇恨问题。许多国家仇恨美国，这一点是真的，而且不难理解。实际上，他认为外国人比美国人更了解他们自己。美国人把自己想象成是仁慈的、热爱和平的民族。但有哪个刚刚诞生了两百年的、仁慈的、热爱和平的民族会漂洋过海到别的大陆，消灭当地人，驱赶其他外国势力，征占领土，打跨国战争呢？

美国人很危险，他们是温和的自我形象与野蛮的真实内在的复合体。如果你攻击这样的民族，他们会觉得自己很无辜，觉得自己是世界上最优秀文明的象征，他们反击时不会带着怒气，而是带着古老的《圣经》时代的道德愤怒。谁"堕落"到要进攻这样的天使，谁就丧失了被公平合理对待的理由，他甚至连起码的怜悯都得不到。

是的，外国人恨美国人的虚伪。这没关系，只要他们还怕我们。

但是，这种害怕有了减弱的趋势。在美国拿下萨达姆·侯赛因之后，第二梯队的敌人们都意识到，有必要给自己买个保险了。因为如果萨达姆手上握有核武器，并且以此作为威胁工具，或者仅仅表示在受到攻击时将使用它们——那么谁还敢与这样一个曾毒杀自己族人的家伙斗狠？——美国人肯定得撤。伊朗人认识到了这一点，所以他们才会豁出去想要拥有自己的核武器。

他笑了。呃，他们最近有点白费力气，不是吗？

本为自己做的事感到自豪。如果他的家人还在，也许会为他骄傲的。

但也许不会。本永远和别人不一样。他沉默寡言，做事情不动声色，他的父母为此感到不安，而别的孩子却误以为这是酷。

他的父亲是 IBM 的一位工程师，他在孩提时代随家人搬过三次家。他们先是住在纽约，后来搬到得克萨斯州的奥斯汀，之后迁居加州硅谷。本的强项是橄榄球和摔跤，由于运动成绩突出，他每到一所新学校都能很快被接纳。他的妹妹凯蒂也很合群。她不仅是个笑起来很灿烂的漂亮姑娘，而且心地善良。她对每个人都友善，而每个人反过来也都喜欢她。

亚历克斯是三个兄弟姐妹当中最小的，麻烦就出在他身上。他是老师的宠儿，老师问的每个问题他都答得上来，而且从不答错。不过在课堂之外，他却表现得害羞而笨拙。他喜欢在同学们面前炫耀自己的聪明，结果却引来一些同学的不满，有个别好斗的还欺负他，而他只得向本求救。这些同学自己也有哥哥，他们的哥哥往往还有一帮子朋友。本通常要打上三四场架才能让对方认识到，尽管他弟弟是个笨蛋，但这并不意味着别人可以欺负他。因为打架的事，本常被学校处罚，他的父母感到很震惊。他们要求本解释，但本怎么好把实情告诉他们？亚历克斯是个拥有过人的科学天赋的好学生，他是父亲的骄傲，老头子不会理解正是因为他爱出风头，才引出了这些麻烦。好几次，本使用暴力手段把风波平息后，亚历克斯向他表示感谢。但本并不需要他的感谢，只希望他不要再显摆他的聪明了。本告诫过亚历克斯，但他从来不听。这样的事情经历过几次之后，本因为亚历克斯而生气，他们的父母因为本而生气，结果本更气亚历克斯，而亚历克斯对他的哥哥又怕又恨。唯一能够缓和气氛的人是凯蒂。她一面安抚本和亚历克斯，一面努力向父母解释。虽然马丁和朱迪思·特雷文一直接受不了本以暴制暴的处理方式，但没有人会在凯蒂劝和之后继续生气。

他当时并不知道，其实家庭是很容易破碎的。它就像是用卡片搭起来的房屋，刚开始抽掉一些卡片，房屋的主结构不会受到影响；再继续抽掉几张卡片，房屋会颤抖；接着再抽掉一张，两张，整座房子就倒塌了。这一切，只是因为一个小小的错误，因为一张被抽掉的卡片。

但这些都不重要了。该发生的事已经发生，回首过去，一切似乎都不可避免。它们并非一些偶然事件的结果，其实乃由命运本身所决定。他有时觉得，自己是在骗自己说一切都是天注定，这样他就可以麻痹思想，不再自责和懊悔。毕竟，如果不是碰巧发生，而是必然发生，你会认为那不是自己的错。命运就像是一列火车，铁轨铺到哪里，它就开到哪里。有时候，你误以为它是一辆汽车，但它不是，因为它停不下来。

第八章　淡淡的感觉

莎拉回到自己的办公室，好让亚历克斯打电话通知风险投资商取消会面。可怜的家伙，看上去受到了不小的打击。可换作谁不会那样呢？虽然他从没谈起过黑曜石，但她估计那技术一定很有前景，而希尔卓也应该能成为公司的一位重要客户。像亚历克斯这样干了6年的律师，要想爬上合伙人的位子，拿下这样的客户很关键。

她连续看了两个小时的材料，替一名资深律师做诉前分析。她很高兴没有人在这段时间打扰她。直到现在，她还是不太适应把工作分为若干个6分钟来进行①，长时间地集中精力做一件事情效率更高。她记录下工作的时间，打算出去吃午餐。

她站起身来，调整了一下百叶窗。正午的太阳把办公室晒得热乎乎的，过分充足的阳光并不值得抱怨。

窗外，草坪上正在进行一场足球赛。不久前这块草坪还荒芜着，后来环保部门来人收拾了一下，把它变成了一个足球场。她把百叶窗稍稍拉开了些，看了一会儿球。窗户的隔音效果很好，她听不到球场上的声音，但她想球员们一定都在笑。

她的确没什么好抱怨的——拥有一间位于黄金地段、看得见风景的办公室，手边的办公设备美观实用，而且还配了名秘书。这份工作相当有趣，她干起来也得心应手。作为一名26岁的年轻人，她挣的钱

① 美国律师一般以6分钟为一个时间段计收费用。

非常可观。可即便如此，她有时还是会莫名地感到烦恼。难道从事一份职业的全部理由就是你能够胜任，而且报酬丰厚吗?

她的父母如果知道她有这样的想法，一定会笑话她的。实际上，他们以前就笑话过她，后来她学乖了，不再把心里的疑惑说出来。当然，他们跟她不是一个时代的人。她的父母出生于富裕的伊朗家庭，过去，这样的家庭喜欢送子女去美国留学。两个伊朗年轻人在美国的大学校园里邂逅。她的父亲伊曼念的是医学预科，他的志向是成为一名眼科医生。她的母亲阿什拉芙读的是19世纪英国文学，她希望自己有朝一日成为一名教授。他们俩在读书时结了婚，双方父母为这样的结合感到高兴，他们的未来一片光明。

接着，伊朗爆发了革命，美国使馆被占领。战争谈判期间，卡特总统冻结了伊朗的资产，他们的家庭变得一无所有。不用说缴学费，他们连吃住的钱都没了着落，得靠自己想办法解决。阿什拉芙找到一份女招待的活儿，伊曼到了一家眼镜店推销眼镜。为了省钱，他们和另外一对同样落难的伊朗夫妻合租了一间两居室的公寓。后来，他们挣够了钱，盘下了那家眼镜店。现在，他们在湾区开了五家眼镜店，还购置了一些不动产，为此他们很自豪。一次，莎拉跟她的父亲说，她要找一份靠脑子吃饭的工作，她父亲笑着问她："傻丫头，你不知道钱都是靠脑子挣的吗？"

她懂他的意思。但她现在的机会比她父母那辈人要多，这些机会是她父母为她创造的。如果不好好把握机会，岂不是罪过？难道她不该好好利用他们为她打下的基础吗?

而且，她想她听出了父亲笑声背后的悲哀。

她想让自己尽量不去烦恼，但又总觉得有什么更重要的事在等着她去做，只是她还不明白那是什么。

她的问题是：她的所有梦想都很模糊。她不知道自己想要什么。她内心里有一种渴望，但她说不清楚那是什么。这种渴望悄悄地侵蚀着她的内心，它是那么的强烈，却又无法道明。她不知道哪一种情况更糟，是背叛梦想呢，还是急功近利以至于失去了梦想的能力？

然后，她告诉自己：你这是在犯傻，贪得无厌才是你的问题，你应该为拥有的一切感到庆幸。

有时候，她希望自己有个可以吐露心声的兄弟姐妹。但她出生时家庭生计困难，她的父母认为再也养不起第二个孩子。等他们挨过了那段苦日子，莎拉已经10岁了，而他们也不想再要孩子了。

莎拉真正感兴趣的是政治。她浏览了大量议论政治话题的报纸、杂志和书籍，特别是政论博客。有不少博客写得很棒，她对它们的信任程度超过了主流媒体。自高中时代起，广泛地阅读成了她的一个嗜好，成年后，这个嗜好被她发扬光大了。但是，她在政治上能有什么作为呢？看看奥巴马的对手是怎么抹黑他的吧，他们说他是一名穆斯林。再看看阿拉巴马州的法院是怎么对待伊朗裔美国商人亚历克斯·拉蒂菲的吧，他们恶意起诉他，毁了他的生意。那么人们会怎么看她呢？她是个伊朗裔的美国女人，真正的穆斯林，而且事实上她认为《古兰经》里的一些章节出奇的美。她的本名叫作莎格哈耶，在波斯语里指的是一种红色的花——而莎拉只是她的别名。我是莎格哈耶·侯赛尼，投我一票吧……老实说，如果这样做，她被送进关塔那摩监狱的可能性大于她竞选公职成功的概率。

她刚进加州理工大学的那一年，恐怖分子的飞机撞击了五角大楼和世贸中心。之后，各种各样的联邦机构——联邦调查局、国家安全局、中央情报局，还有新成立的国土安全部——都想聘请她去工作。那些机构非常需要会说穆斯林国家语言的人，而莎拉，她的波斯语说得很流利，所以好像每一份募新名单上都有她的名字。当时，她对从事情报工作颇为向往，感到终于有了机会，可以与伤害自己祖国文化的狂热情绪作斗争。但她的父母反对她进入这些部门。他们饱受革命之苦，非常畏惧另一场对抗的发生。如今，侯赛尼一家是美国人了，他们不想再让别人注意到自己的出身。接受教育是在美国获取成功的关键，她的父母一再向她说明这一点。他们很早就知道，这个孩子不想成为一名医生，但她对科学有着强烈的兴趣——她在高中选修了大学先修课程，被加州理工大学的信息安全专业提早录取。为什么不继续读一个法学学位呢？拥有这样的复合专业背景,她的选择面将宽得多。所以，他们就这样做出了一个折中的选择。

莎拉爱她的父母，她希望能让他们开心，但是她对他们过分追求教育与地位有些不满，他们似乎在利用她圆自己破灭的梦想。带着这种不满，莎拉开始了第一次真正的反抗。大学二年级的时候，她跟一个叫作乔什·马歇尔的三年级男生约会。那个男生是个典型的美国男孩，她把自己的处女之身献给了他。乔什人品不错，家庭条件不错，而且有光明的前程，但他不是伊朗人。尽管她的父母没有极力地阻止他们交往，但她知道他们感到心寒。这样很好，她终于做成了一件自己想做的事。

她和乔什的罗曼史一直维持到男方毕业。之后，乔什去了图森市，他在雷神公司找了份设计火箭系统的工作。那年夏天他们见过几次面，但自从第四学年的秋季学期开始，莎拉告诉对方自己太忙了，得先把两人的关系放一放。她假装为这个决定感到遗憾，但真实的情况是：她已经厌倦了。总的来说，乔什是个自信的家伙，但他一直以来都顺着莎拉的心思，结果搞得自己没了主见。为了不让乔什胡思乱想，认为是她瞧不上他了，莎拉特意跑过去看了他几次。她一直觉得，在男女关系问题上自己处于强势，是自己在控制两人关系的发展，而结果也证明，她是对的。

她把这样的关系模式带到了加州大学伯克利分校的法学院。刚刚入校不到一个月，她和一个叫作约翰·科尔的二年级男生谈起了恋爱。这个男生也是个英裔美国人。后来，约翰毕业后去了华盛顿特区，他在司法部谋到一个职位。而莎拉，她已经对这段新恋情感到厌倦，那情形跟上一段感情结束前一模一样。所以，她再次找了个借口，给两人的关系画上了句号。之后，她开始好奇自己的动机。两个男孩都很优秀，至少他们在各个方面都不差，但两人都不是她父母可以接受的对象，而且都在相处一段时间后分手。难道她自己有什么问题吗？她为什么要那么做？

她爱过他们吗？她跟他们说过她爱，是在他们激动地向她表白爱意之后。她承认自己很喜欢他们，特别是乔什——毕竟他是她的初恋，但她并不知道能不能把这种感情叫作爱情。她怀疑，吸引她的不仅仅是可以跟他们好聚好散，还包括跟他们相处时那种淡淡的感觉。也许，她害怕尝试那种会点燃自己欲望的感情，她感觉到这种欲望存在，但出于某种原因，她一直在压制它。

不过，性还是不错的。或者说，是足够好。确实，她不能说他们能完全满足她的需求，但那并不要紧。她喜欢肌肤之亲，也喜欢与人共眠。当她真的需要满足时，总是可以锁上浴室门，泡一个热水澡，闭上双眼，给自己爱抚。她幻想，自己在演讲大厅的后排，在酒吧或是聚会的人群里，在夜深时分图书馆的书堆当中，一个面孔模糊的男人注视着她，他的目光既带有几分欣赏，又带有几分傲慢。她迎着他的目光，想要看看他是谁，知道他在看什么。他笑着对她说，我知道你想要什么。她嘲笑他的自以为是，像这样笑着说，哦，是吗？她的笑声理应让他打退堂鼓，但他没有。他的笑意变得更深，她觉得他是在无声地戏弄自己，于是说，你一点儿都不了解我。他向她走来，用低沉的嗓音说他当然了解她，而且如果需要的话，他可以证明。他的傲慢无礼惹恼了她，她问，怎么证明？他走得更近，她试图向后退，但后面总是有东西挡住她的去路，然后他用身体抵住她，将嘴唇贴近她的耳朵，向她低语道，我知道你想要爱抚……像这样，像这样，还有像这样……

她摇了摇头，合上百叶窗。她需要去吃午餐，也许可以叫上亚历克斯。她很想知道，他是不是有了希尔卓的新情况。而且他看上去像是需要有个人来陪陪。

亚历克斯是个挺吸引人的家伙，她有时也会对他产生幻想。但他可能快当上合伙人了，如果这时候跟他好上，他的前程将受到影响。她暗自一笑。是的，他很合她的心意：又一个相貌英俊，美国味十足，履历漂亮，可进可退的家伙。很棒。

可话说回来，他似乎对她并不感兴趣，尽管她不得不承认，这一点同样很吸引她。一直以来，她习惯于男人们需要自己。他们隐藏不好自己的想法，而且多数人根本就不想去隐藏。好笑的是，她小时候长得并不漂亮，眼距很宽，嘴唇也过于饱满，直到高中快毕业了，她的五官才长对了位置。她为此很是感恩。如果一个人生下来就是美人，那就像是衔着银勺子降世，太容易了。现在这样倒不错，丑小鸭终于变成了白天鹅。

真的，这有点儿荒谬，她居然对事务所里一个似乎对自己不感兴趣的家伙产生了兴趣。但他身上有她喜欢的品质。他是个很好的工作伙伴。他解释起问题来思路清晰，而且不像其他律师那样，容易给她的技术知识唬住。当然，他还很敬业，甚至可以说是太敬业了——每次她来得早或走得迟时，都看见他在自己的办公室里，好像除了工作，他没有多少的业余生活。她发现,在他的敬业背后,透着一股……凄凉，而它引起了她的兴趣。她想象着，如果他向她示好，她会做出怎样的反应。她为自己的这个想法感到好笑。他对她没有兴趣,可能这样最好。

不过，邀请他共进午餐并没有什么害处。她已经想好了，可以先问问希尔卓的事，然后提一下她打算出去填饱肚子，也许去那家新加坡人开的海峡咖啡馆，如果他也饿了的话……

她穿过走廊来到他的办公室门口，探头朝里一看，他人不在。他的秘书阿里莎看到了她，说:“他去警局了。”

莎拉扬起眉梢，问:“去警局？因为希尔卓吗？”

阿里莎摇了摇头。“他没有说。”

莎拉点头道:“他从来都不说，对吧？”

她走了出去，心想可以去事务所的自助餐厅买些吃的。是的，可能这样最好。

第九章　永久的悲伤

次日凌晨6点，亚历克斯走进办公室。他没有休息好，但已经理出头绪，知道该做哪些事情了。第一步，联系专利商标局。这个局下面的2130技术中心主任汉克·希夫曼是他在斯坦福大学的老同学，他的部门负责审查计算机密码与安全系统的专利申请。能有汉克这样一个在职能部门工作的朋友真是不赖——他很聪明，了解黑曜石的价值，而且熟悉专利局的内部操作。目前，专利的正式申请还没有到汉克和2130中心的手上，不过在私底下，汉克向亚历克斯通报了初审部门的审查进展。亚历克斯得到的最新情况是：申请已经提交国防部，正在进行国家安全性审查。安全性审查是密码系统类技术发明的一项常规性审查，只要国防部不签发“保密令”，申请就会很快通过初审，然后正式送到汉克的部门。

现在是弗吉尼亚时间早上9点，专利商标局就设在这个州。亚历克斯给汉克打电话，电话转到了他的语音信箱。

见鬼。汉克早上总是待在办公室的。呃，也许他去上厕所了。

语音提示告诉他，按0号键可以转接线员。亚历克斯照着做了。等了一会儿，一个女声问：“请问电话转哪里？”

“我想找汉克·希夫曼。”

对方愣了一下，然后说：“呃，请稍等。”

亚历克斯等着，他觉得很奇怪，为什么听对方的声音好像不知道该把电话转给谁。

过了一会儿，另一个女声传来，声音比前一个要沙哑些，语调也更加正式。“你好。我是计算机工程、软件与信息安全中心的主任简·哈姆舍。请问你是谁？”

亚历克斯想了一会儿。汉克一直是在通过私人渠道向自己透露信息，他不想让朋友惹上麻烦。

“亚历克斯·特雷文，”他说，“我是汉克在斯坦福的校友。”

对方停顿了一会儿。“哦，我知道了。非常抱歉，你的朋友汉克已于昨天过世。”

亚历克斯以为自己听错了，好半天没有反应过来。他脑子里一遍遍地过着刚刚听到的话，努力想弄个明白，但他没有成功。

最后，他结结巴巴地问：“发生……发生了什么？怎么回事？”

“很明显，是心脏病发作。”

亚历克斯想起了汉克——一个素食主义者，一个壁球场上的狂人。“但……汉克非常健康。我是说，我从没见过比他更健康的人。”

“我明白，我们所有人都感到震惊。汉克可能患有先天性心脏病，不过他们还在调查。我们大家都很怀念汉克，他是个好人，而且很有才干。”

听她的声音，好像渐渐放松下来。亚历克斯心想，嗯，既然人已不在，就没必要再保护他了。他说：“事情是这样的，汉克……他死前一直在帮我处理一位客户的密码系统专利申请。我不知道你们那里还有谁可以继续帮我？”

对方又停顿了一会儿。“是汉克在负责审查吗？”她的声音里透出一丝怀疑。

“不是，申请还没到他们部门。据我所知，它还没走完初审程序，目前在交国防部审查。”

“噢，只要国防部通过了，初审部门批准后就会把它转到技术部门。根据你的描述，大概会交给 2130 部门。到时候我们再联系吧。”

该死，他失去了一位朋友，而她却没有表现出足够的同情心。“好的，谢谢。”亚历克斯说。

“不用客气。对于他的逝世，我深表哀悼。”

他挂断电话，知道又得执行备用计划了。希尔卓死后，他的计划一变再变，好像事情总是不顺。

先是希尔卓，再是汉克，真叫人难以置信。好像黑曜石给下了咒。

他思考下一步该怎么做。还是得想办法，找出谁会继承可能获批的专利权。他还要卷起袖子，彻底评估这项技术——它的用处，它的局限，以及所有的潜在市场价值。到目前为止，希尔卓一直是宣传黑曜石的最佳人选，他死后，亚历克斯需要接着宣传，让人们愿意为这项技术成立一家公司。

他调阅了希尔卓的档案，毫不奇怪，没找到任何家庭方面的信息。不管了，让阿里莎来办这件事吧。去联系他的前妻，查出谁是他关系最近的亲属。

最后，是技术本身的问题。希尔卓以前每次来办公室，都会在阿里莎那里丢一份系统最新版本的备份光盘。亚历克斯找出备份光盘，然后把它放入手提电脑的光驱中。程序启动，亚历克斯惊奇地发现，手提电脑的微型扬声器里传出了音乐声。他辨别不出旋律，只知道是一部器乐曲。他听了一分钟，然后找到命令关掉了音乐。想着这是希尔卓在研发黑曜石时听的旋律，他感到心里一阵发毛。也许这是他最喜欢的曲子吧。

他开始挖空心思，填写各式各样的申请书。他一边描述这项技术，一边想象着与风险投资商的交谈。看到了吗，黑曜石加密起5个G的视频文件来有多快？呃，它还能加密更大的文件。我们测算过，超过500GB的文件也行。我们相信它还能更快。而且，它不只适用于视频文件，这是当然。它可以加密任何数据和操作平台，而且它的解码速度一样快。看这个……"

他专心致志地写了一个小时，完全沉浸在自己的世界中。他必须把申请书写得很漂亮。必须。

有人敲门，他应声道："进来。"

门开了，是莎拉。"嘿。"她跟他打招呼，但语气和表情颇为阴郁。

"怎么啦？"看到她，亚历克斯感到惊讶，他满脑子都只是黑曜石的事。

她坐下来望着他。"你难道没意识到，其他人也在关心希尔卓发生了什么吗？"

亚历克斯皱了皱眉。为什么她今天表现得有些出格，不像干头一年的律师该有的样子？她不该就这么进来，一屁股坐在椅子上，好像这间办公室是她的第二个家，而且她不该这么质问他。

"你看——"他开了腔。

她身体向前倾，胳膊支在他的办公桌上。"你昨天急急忙忙地去了警局，是怎么回事？"

她穿了件低领上衣，他努力不去看她的领口下方。好吧，也许她有理由知道。"他被谋杀了。"他说。

她的态度一下缓和下来。"哦，天哪，真叫人不敢相信。"

他想，他应该跟她说自己很忙，应该让她知道，她刚才的态度令他不快。在做新人的时候，他对前辈的态度一直很谦恭，可她是怎么了？

不过，他没把这些话说出来，反倒是说："警察在他的车上发现了大量海洛因。他们认为他可能在贩毒。”

“海洛因？希尔卓？怎么可能？他只是个书呆子，这事根本就说不通。”

“我猜你永远也想不明白。”

她身子向后一靠，看样子是想再待上一会儿。“警察找你是因为……他们认为你知道一些情况？”

亚历克斯犹豫了一下，然后决定和盘托出。先是希尔卓，再是汉克……说来奇怪，他正需要找什么人说说。他告诉她，警察通过希尔卓的手机找到了他，他在警局接受了询问，而且还做了DNA测试。他本不想告诉她这么多，实际上，他本想保持沉默。但说出来后，他感到很轻松，也顾不上会产生怎样的后果了。

“你跟奥斯本说了吗？”在他说完后，她问道。

“没有。他明天才从曼谷回来，到时我会告诉他的。”

“他不是想得到即时信息吗？你可以给他寄电子邮件。”

亚历克斯笑了。“如果不是自己的客户，奥斯本是不会在乎的，相信我。”

话一出口，他就后悔了。他很清楚这样的话是不能说的——你永远不知道，一句本没有恶意的话，经人们传来传去后，会被如何歪曲和夸大。他不愿她把这样的话传出去。

但莎拉只是略表同情地笑了笑。“那么，专利的事怎么打算？”

亚历克斯捋了一下头发，叹息道：“我正在想办法。”

她瞥了一眼他的手提电脑。“你刚才一直在忙这个？”

“是的，忙了一会儿。试用了一下黑曜石。想看看没了希尔卓，还能不能玩得转。”

她点点头。“忙吧，想找帮手的话，就来找我。”

他看着她，努力想读懂她的表情。她究竟是什么意思？只是在谈工作，还是……

他感到自己脸红了。该死。

“谢谢，”他说，“我会的。”

她笑着站起身。“很抱歉，打扰你工作了。你知道，我真的是很好奇。”

亚历克斯点点头，没有起身。他不打算送她出门，就好像她是个可恶的合伙人。

她又跟他笑了笑，离开时随手关上了门。亚历克斯长长舒了口气。一分钟后，他打开手提电脑，继续试用黑曜石。但这一回，他无法再集中注意力。整件事情……唤起了他的回忆。

亚历克斯念高一的时候，一天晚上，他的姐姐凯蒂死了。当时他已经入睡，电话铃声响起，吵醒了他。他奇怪，为什么有人会在这么晚给家里打电话，但他没去管，又倒头睡下，因为他知道，不论什么事情，他的父母会处理好的。又过了一会儿，他被一个极为可怕的声音彻底吓醒了。那声音不大，但却吓得他腾地坐起来，双手发抖，身体一瞬间变得冰凉。

那是他母亲的声音——颤抖，发飘，从骨子里透出了恐惧。“哦，不！哦，上帝，不！”

亚历克斯僵坐在床上，紧紧地揪住被子，有生以来第一次感到如此害怕。什么事能让母亲发出这样的声音？电话是谁打来的？

过了一会儿，父亲出现在他的门口。他打开灯，用一种亚历克斯从没听过的口吻命令他：“亚历克斯，穿上衣服。我们必须去医院。”

亚历克斯不解地摇摇头。去医院？谁病了？

“爸——”

“快穿！”父亲说。

他们都上了父亲的车。母亲坐在副驾驶座上，亚历克斯坐在后排。父亲那天的车开得像疯了一样，而母亲——她总爱批评父亲的驾车技术，特别是在她觉得自己的安全受到威胁时——却一言未发。他心里又乱又怕。

"是凯蒂，"父亲说，他好像才意识到亚历克斯还不知道发生了什么，"她出交通事故了。"

亚历克斯感到眼泪往上涌，他竭力忍住，不让它们流出来。

"我不明白，"母亲哭着说，"本在哪里？我想你告诉过他——"

"是的，"父亲说，"应该是他送凯蒂回家。我特别关照过他。"

亚历克斯不明白他们在说什么。早上，全家人刚从贝克斯菲尔德返回，本在那里获得了加州中量级摔跤比赛冠军。本当时欣喜若狂，在领奖台上当着众人的面拥抱了亚历克斯，这让他感到吃惊。一些同学要在今晚给本办个庆功会，高年级的同学都可以参加，所以本和凯蒂都去了。他只知道这些，没人再告诉他更多。他们总是这样。

"说不定是沃利送她回家的。"亚历克斯小声说。沃利·法夸尔是凯蒂的男友。他比她高一年级，有一辆很酷的黑色福特野马车。不过，亚历克斯不怎么喜欢他。他觉得他父母也是如此。

很长时间没人说话，亚历克斯不知道是不是自己说错了什么。过了一会儿，父亲开口了，他的声音很严厉。"是沃利开的车。"

后来，一路上没有人再说话。沃利送凯蒂回家的事实，似乎决定了什么，什么既可怕，又永久的事。

父亲把车停在斯坦福大学医疗中心的急诊室入口，熄了火。他的父母跳下车，关上车门。亚历克斯知道，他们不打算把车停到停车场了。没有人理他，他好像遭到了遗弃。

他下了车。夜晚又冷又静，他可以看到自己呼出的气雾，以及路灯下漩涡状的水蒸气。黑暗中，医院的正面似乎在发光，而边缘处很模糊。他有一种感觉，这一切都是梦境。

他跑进医院，和父母站在一起。父亲正在跟窗口的一名黑人妇女说话，她可能是护士或问询员。“凯蒂·特雷文，”父亲问，“我们是她的父母，她在哪里？”

那名妇女看了看面前的记录本，然后对亚历克斯的父亲说：“她正在做手术。”

做手术？亚历克斯的脑子里出现了一群穿着带血长袍的医生，手术室里灯光惨白，托盘上的手术刀寒意逼人，而凯蒂就躺在那儿，现在……

“我们要见她。”亚历克斯的母亲说，她的声音既恐惧又坚定。“她在哪里？”

那女人看着他的母亲，脸上挂着几分同情，但仅此而已。亚历克斯知道，这样的情形她见多了，已经习惯了。

“这位女士，”她对他的母亲说，“你的心情我理解，但手术室是不允许进的。去等候室坐下来等吧，医生就快出来了。”

小小的长方形的等候室，充斥着一股消毒水的味道，里面摆着几排坐椅，角落里的电视机发出忽明忽暗的光。这里记录下了他们永久的悲伤。电视机的音量调得很低，低得几乎听不见。一开始，亚历克斯不知道摆一台电视机在这里有什么意义，但后来他明白了：它能够提醒这间屋子里的人，这里不是整个世界；不管是怎样可怕的事把他们招来这里，外面的生活仍在继续。

他们坐在三把相邻的椅子上。亚历克斯环视四周，房间里已经坐了十几个人。这些人都没有注意到亚历克斯和他的家人。他们的样子，就像是要在这里永远待下去。他不知道，自己一家人看上去是不是也跟他们一样。

亚历克斯想握母亲的手，但他发现父母的手并没有牵着，也许他也不应该那么做。“我得……去趟洗手间。”他说。母亲稍稍点了下头，表示同意。他觉得自己像是个犯错的孩子，居然还想着让自己舒服些。

回来后，他看见父亲在那里踱步。母亲静静地坐着，脸色煞白，像是一尊大理石雕像。

亚历克斯坐下，盯着一扇推拉门，他估计这扇门应该通向医院的深处。他尽量不去想凯蒂，不去想他们正在给她做手术。她一定上了麻药了，对吧？至少她不感到痛。

每隔约 20 分钟，父亲就到走廊上打个电话回家。打了四次之后，他回来说：“找到本了。他马上到。”

母亲抬起头来。“他去哪儿了？”

父亲摇了摇头。“不知道。我没问他，只是叫他快点过来。”

不到 10 分钟，本冲进等候室。看到健壮的、长着一副宽肩膀的哥哥进来，亚历克斯多了几分安全感。至少，现在全家人都齐了。亚历克斯知道，本跟自己不同，他不是个容易沟通的人，但他永远会保护自己，保护全家人。

“出了什么事？”本问，“凯蒂怎么了？”

“你去哪儿了？”母亲起身问。“应该是你开车送凯蒂的。”

“什么？”本不明白。

父亲上前一把抓住本的胳膊。“我告诉过你，你应该在聚会后送凯蒂回家。”

“不，”本摇着头说，“你说我应该保证凯蒂能在半夜之前回家。”

“你是怎么想的？”父亲提高了嗓门。“应该是你带凯蒂回家！”

亚历克斯环视四周。等候室里的人都在看他们。

“我以为……你想让她在规定的时间内回家。”本说，“她年纪小，沃利说他会送她，所以我想……”

等候室内鸦雀无声。

本问：“沃利在哪里？”

父亲答道：“是沃利开的车。他已经死了。”

在听到最后两个字时，亚历克斯心中一阵恐惧。他知道，是打电话来的人跟父母讲了这个情况。但是……沃利怎么就死了呢？他三天前还见过他。

本看上去像是给人在肚子上揍了一拳。“凯蒂……凯蒂说没事的。”

父亲的嗓门更大了。“我想我跟你说得很清楚，你应该送她回家。本！你！”

本无力地挥着胳膊，向后退去。他看看父亲，又看看母亲。“你们为什么要怪我？难道是我的错？”

“她不该坐沃利的车！”母亲的眼泪夺眶而出。

他们全都站在那里一动不动。过了很久，本转身离开。

“本！”父亲叫他，但他连头都没回。“本！”

推拉门开了，一个穿着绿色手术服的人走了出来。来人问：“谁是凯蒂·特雷文的家属？”

亚历克斯的父母冲到来人跟前，本也转过身子，走了回来。亚历克斯感到很害怕，他努力不让自己摔倒。

“我们是凯蒂的父母。”父亲的声音很低，表情很严肃。“她现在怎样？”

“她刚做完手术。”来人说。母亲捂住嘴巴，想要忍住不哭。她靠在父亲的肩头。父亲喘着粗气，眼泪顺声而下。

“我是罗森医生，”来人说，“走，我们找个能谈话的地方。”

罗森医生把他们领到一个小房间。里面有几把椅子，但是没有人想坐。

“你们的女儿头部受到重创，”罗森医生说，“她一直在流血，所以我们不得不给她开颅。”

母亲紧紧地捂住嘴巴，胳膊不停地颤抖。

“她现在……”父亲问，可怎么也问不下去。

“我们已经尽了最大的努力，”罗森医生说，“但我不得不提醒你们，凯蒂的情况不容乐观。你们必须做最坏的打算。”

母亲发出一声尖叫。

亚历克斯再也忍不住自己的泪水，哭了起来。他望着本。哥哥的嘴唇已经咬出了血，但他没有流泪。

“我们能看她吗？”父亲低声问。

罗森医生点了点头。“当然可以。但是她现在没有意识，身上缠着绷带，有多处瘀伤。而且她还插着管子，有一根是从嘴巴里插进去的。”

亚历克斯明白，罗森医生是要他们做好思想准备。他想他要坚强起来，也许不能像本那样，但他必须努力。

罗森医生把他们领进一间单人病房。母亲一下子跌跪在病床边上，抓住凯蒂的手低声道：“哦，宝贝。我的乖宝贝。”

父亲走到病床的另一边，默默地抓起凯蒂的另一只手。

亚历克斯感到自己在出汗。为什么房间里会这么热？他呼吸急促，无法慢下来。

本回过头来看着他。他伸出一只胳膊抱住亚历克斯的肩膀，悄悄地领他走了出去。

他们站在走廊里，一言不发。亚历克斯大口大口地喘气，痛哭失声。

本还是没哭。他摸了摸亚历克斯的头。“你还行吗？”

亚历克斯点点头，但哭得更厉害了。他尽量不去想病床上凯蒂的样子，又过了几分钟，终于平静下来。他问本：“为什么你没送她？”这是他能想到的唯一一句话。

突然，本的脸绷住了。“我没做错！”他一字一顿地喊道。

亚历克斯又开始大哭。本转身离开。

这时，凯蒂房里传出警急呼救的铃声。医生和护士冲进房去，他们的父母退了出来。亚历克斯非常害怕，他什么都没敢问。他想他知道发生了什么。

本又走回来。大家都不说话，只是在走廊里踱步。

亚历克斯不知道该做些什么。过了一会儿，罗森医生出来了。“我很抱歉。我们已经尽了全力。很抱歉。”

母亲的双腿一下就软了，本上前一步扶起她。父亲在念叨着，上帝啊，不要。罗森医生小心翼翼地跟他们谈捐献遗体的事，他说这会是凯蒂送出的一份生命礼物，他们需要赶快决定。

父母回到病房，与凯蒂的遗体告别。本在走廊里又待了会儿，亚历克斯觉得，他可能是不放心自己。后来本进去了，亚历克斯还是待在外面。他不敢看姐姐的尸体。

亚历克斯依稀记得，父母对遗体捐献的事存在分歧。父亲说，这是凯蒂生前的愿望。可是母亲坚决不同意别人把女儿的身体割开。最后，他们没有在遗体捐赠书上签字。

之后几天，父母争吵得更加厉害。多数情况下，他们是在自己的房间里关着门吵，但亚历克斯也听到不少。他们在葬礼的安排、墓地的选址上意见都不统一。他们也还在争论遗体捐赠的事。但吵得最凶的是：父亲是不是跟本说过，让他开车送凯蒂回家。

亚历克斯从没见父母这么吵过，他吓坏了。他甚至担心他们会离婚。

后来，凯蒂的葬礼在社区教堂举行，遗体安葬在帕罗奥多市的奥塔梅萨纪念公园。有超过 500 人参加了她的葬礼，其中有老师、邻居、本的朋友、亚历克斯的朋友、凯蒂的全班同学。所有的人都爱凯蒂。

打住，不要再想了。集中精力干活。

可那样很难。记忆的闸门一旦打开，就很难关上。痛苦的记忆永远不会消失。

第十章 世界之王

本在安卡拉待得有些烦了。对他这样的杀手来说，等待目标是一回事，等待撤离又是另一回事。豪特还没有摸清俄罗斯人的来路，如果那家伙真是俄罗斯人的话。所以，本只有继续等待。每天除了读书和健身，他还参观了不少名胜古迹。

本承认，安卡拉城堡给他留下了深刻印象。一日清早，他乘兴游览过那里。城堡坐落在一千米高的山上，从上面往下看，城市隐藏在一片浓雾当中。他禁不住感叹：虽然活跃一时的迦拉太人已永远消失，但他们劈山建造的这座古堡却依然矗立不倒。

想着想着，他想起了他的父母。看到了吗，你们？我也是懂文化的，我跟你们说过。

他笑了。父母对于文化的看法总是跟他不同。高中时，他第一次提出想参军，他的父母极力反对。父亲知道本不具备亚历克斯的科学天赋，所以希望他能成为一名律师。可本对此嗤之以鼻。

父亲逼他申请大学。“你为什么不再好好想想呢？”老头子想要说服他。“给自己多一个选择。如果能进一所好大学，你未来的路就好走了。读完书，你还是可以去参军，当一名军官。有了学位和从军经历，以后干什么都不愁。”

本知道，老头子的真实想法是：等大学毕业，你就不会再有参军的傻念头了。父亲只是想让本走一条他认为正确的路。

本在体育方面的突出表现受到许多大学的青睐，如斯坦福大学、加州大学伯克利分校、密歇根大学和宾夕法尼亚大学。但他的学习成绩不太理想。他申请了一些学校，希望能让父亲得到一些宽慰，但都没有被录取。于是他对父亲说，嘿，我试过了，可不行啊，我只能去参军了。

他差点就要得逞，但老头子托关系，找了斯坦福大学的校董，刚好学校对本的橄榄球技艺很感兴趣，于是把他录取了。

本不想进入一所离家很近的大学。实际上，他想离家远远的，远到国境之外。他无法解释这究竟是为什么。他不是不爱自己的家人，他也知道湾区是个生活的好地方，斯坦福大学是所好学校，他可以在那里继续打球和摔跤，不过……他为自己想的更多。他想要一种全新的生活，想与父亲，当然还有亚历克斯活得截然不同。他有自己的特殊之处，他可以肯定，去离家 3 英里外的大学上学……是个错误。

所以，他做了决定，不去斯坦福大学或别的什么学校，他有权决定自己的生活，他要去参军。在跟新兵招募站的人谈过后，他知道自己可以进入空降部队，而空降部队一直在向特种作战部队输送血液。他想成为一名特种兵，他有信心自己能做到最好。到时，他会学习几种语言，训练本土的作战部队，他的冒险经历普通人甚至连想都想不到。他决定了，在州赛后向父母摊牌。现在，他要面对的是加州最棒的摔跤选手，他不允许自己分神。

他是 8 号种子，这意味着在首轮比赛中，他将迎战头号种子穆萨马诺。穆萨马诺从无败绩，身体壮得像头牛，所以没人看好本，没人认为他会晋级半决赛。但是本很清醒，他认真分析过对手对自己的看法。他知道，自己被看作是一名单腕选手，惯用半扼颈战术。这个战术效果不错，但过于普通，很容易破解。他开始思索，该怎样出奇制胜，不让穆萨马诺猜透自己的招式。

第一回合，穆萨马诺上来就摔倒了本，然后一直压着他，使他不得动弹。第二回合，本开始时站住了。在他进攻时，穆萨马诺不出所料上来抱他。本伸出左手按住对方的脸，出右拳猛击对方右大腿内侧，然后顺时针迅速扭转上身，穆萨马诺一惊，被本拧住了右臂。本听到观众席中爆发出一阵欢呼。他做到了！

本的攻势更加猛烈。他迅速转身，用右肘猛戳对方面部。穆萨马诺痛得大叫，伸直了右腿。机会来了。本出右拳击打穆萨马诺的右膝，转身加力再次击打，穆萨马诺有点失去平衡，手就快要松了。接着，本把穆萨马诺压倒在摔跤台上，用胳膊扼住他的脖子。观众席中的喝彩声更加响亮。

本压得穆萨马诺动弹不得，他的胳膊还在使劲。从观众席传来的不再只是喝彩声，还有跺地板的声音。本只是隐隐约约地意识到这些情形。他似乎还听到了一声哨响，但并不确定，所以仍然死死地压住穆萨马诺的身体，扼住他的脖子。后来，有两只强有力的手硬把他的胳膊从对方身上扳开，他这才意识到，比赛结束了，自己获胜了。

他从地上一跃而起，两只胳膊还在发抖。当时，整个赛场都沸腾了。他一眼望去，连他平时斯斯文文的父母也跳了起来。他们握紧了双拳，在头顶上挥舞着，使出了全身的力气呐喊。亚历克斯和凯蒂一边跳着，一边欢呼。他咧开嘴笑了，看着穆萨马诺。那位摔跤手慢慢地爬起身来，表情错愕，显然是被打晕了。

裁判员抓住两人的手腕，走到赛场中间，举起本的胳膊。全场观众再次欢呼。本大笑不止。他终于成功地击败了穆萨马诺。他觉得自己成了世界之王。

首战告捷之后，其他的对手都心虚了。从他们的眼神和站在台上的姿势，本看出了这一点。本击败了穆萨马诺，而穆萨马诺击败过其他人，所以他们在心理上都怕了他。结果，他在后来的比赛中战胜了所有的对手，没有人能够阻止他获胜。

在他的一生中，这两天的比赛是他最光辉的时刻。

第十一章　闹鬼的屋子

亚历克斯一下午都扑在黑曜石上，其他工作不得不靠加班来完成，差不多忙到半夜才离开办公室。他回家就上了床，可怎么也睡不着。他在床上翻来覆去了一个小时，仍然全无睡意。于是，他决定去洗个热水澡。

午夜的月光透过浴室的窗户照了进来，所以他没去开灯。他打开水龙头，跨进浴盆，舒舒服服地坐下，热水漫过他的双腿和肚子，他禁不住咬了咬牙。

他关掉水龙头，浴室里一下安静下来。水龙头上挂着的最后几滴水啪哒啪哒地落入浴盆中，发出有节奏的声音。

他往陶瓷盆壁上泼了些热水，向后仰去。他顺着水往下滑，直到下巴与水面齐平，然后闭上了眼睛。他想，这感觉真好，正是他需要的。过了一会儿，水不滴了，整个世界归于一片静寂。

说来有趣，小时候母亲就是用这只浴盆替他们洗澡的。有人认为他怪，从小到大都生活在同一所房子里。他想想也是。他从没主动离开过这座城市，只在十几岁时住过一段时间学生宿舍，当时的那种感觉就像是离开真正的家，去外面度了个假。有时，他也想要改变一下，看看自己还能做些什么别的。但后来父亲去世，母亲又跟着病倒，他还能怎样呢？住在这所房子里，好歹还算是安全。不过换个角度想，在发生了所有这些事以后，不搬离这里还是需要一些勇气的。

在凯蒂的葬礼之后，他和本都回到了学校。亚历克斯专心学习，而本每天课后都流连于运动场。凯蒂的离世给家里人造成的打击很大，他们一直都感到压抑,内心隐隐作痛。凯蒂的上衣还挂在门廊的挂钩上，慢慢地蒙上了一层细灰。凯蒂的洗发水瓶子还搁在浴室里，里面的琥珀色液体一点都没有减少。晚饭时，凯蒂的空椅子在餐桌旁盯着他们。亚历克斯想，鬼故事就是从这里产生的灵感，住在这里会有一种住在鬼屋的感觉。

亚历克斯曾听到过父母为如何处理凯蒂的东西而争吵。一天，他回到家里，她的房间空了，只剩下一张书桌，一把椅子，一张光秃秃的床垫和床。亚历克斯关上房门，检查她的衣橱和抽屉。所有的东西都不见了。就好像凯蒂……消失了。

他愣愣地环视着这间空荡荡的房间。记得小时候，有一次他把本的特种兵玩偶的胳膊弄断了，之前本警告过不让他碰。他很害怕，躲到凯蒂的房间。他记得，她笑着擦干了他的眼泪，帮他把断臂黏上。她向他保证，不会跟任何人提这件事，哪怕是爸爸妈妈。后来，本看出了破绽，向亚历克斯兴师问罪，但是凯蒂把事情揽了下来，说是自己犯的错。然后，本就算了。亚历克斯不知道本是不是猜到了——凯蒂怎么会去玩特种兵玩偶？——他知道，只要凯蒂一出面，本就不会发怒。她在家里的作用就像灭火器，能平息所有的愤怒、怨恨和责难。

他跪在她的床边，把脸埋进光秃秃的床垫，一次次地哭喊着她的名字。她去哪里了？她怎么走得这么干干净净，什么都没留下？他哭到喉咙发哑，脊背一阵阵地抽痛。他哭得精疲力竭，好像眼泪都要干涸了。可凯蒂还是走了。

亚历克斯在浴盆里躺了20分钟，他觉得差不多可以去睡觉了。这时，他听到楼下有些动静。好像是从前门邮槽传来的声音。虽然他好久没碰上邮差来送信了，但这声音却熟悉得很，不会听错的。他觉得，这一次的声音比印象中的更轻些，似乎有点鬼鬼祟祟的。

他坐起身来，水顺着他的脊背往下淌。哦，得了。没人会在凌晨两点透过邮槽往里偷窥的。他只是太兴奋了，所以才要先洗个澡的。

是啊，他有些犯傻了。即便知道不会有人来，他还是直直地在浴盆里坐了会儿，嘴巴静静地出气，伸长了脖子，全神贯注地听。

什么动静也没有。他的确是在犯傻。

他闭上眼睛，坐了回去。

楼下又传来一声轻轻的咔哒声。

他屏住呼吸，坐起身来听。

几秒钟过去了，没有一点动静。

他又长长舒了口气。老天啊，他真是神经过敏了。照这样下去，他一整夜都得泡在浴盆里。

他又听到一个声音。是前门底部的橡胶密封条刮擦金属门框的声音。

突然，他的心脏剧烈地跳动起来，连自己都听得到怦怦的心跳声。他差一点要大喊“谁啊”，但忍住了，没出声。会是谁呢？他想着，努力不让自己惊慌。

除了小偷还会有谁？如果是小偷，他可以大喊一声，把他吓跑。但如果不是……

他用颤抖的手扶着盆边，一声不响地跨出了浴盆。水从他的身上淌到地板上，他一下感到很冷。他狂乱地想着，可以拿什么东西当武器。厨房里有刀。车库里有高尔夫球棍。可是该死，这里什么都没有。

他的心跳得如同战鼓在擂动。他尽量控制住自己的呼吸。

水槽下的橱柜里有一些清洁用具。他不知道具体有哪些，那是清洁工用的。但肯定有什么能派上用场，只要他能够保持镇静，镇静……

他又听到一声橡胶密封条刮擦金属门框的声音。还在前门，现在门关上了。

他慢慢地合上浴室门，又轻轻地上了锁。尽管这么做了，他知道还是没什么意义。这扇门的锁用任何钥匙都打得开。但他不管这些，他只是想要一道屏障，什么样的都行。他不敢去开灯，怕灯光会从门缝中钻出去。

他跪在橱柜前面，打开橱门。里面漆黑一片。他伸手进去，手指在颤抖。他摸到了卫生纸、一块肥皂和一只塑料瓶。

他把塑料瓶拿出来，转到贴有标签的那面，迎着月光一看，是洁厕剂。

他把瓶子放到一边，心想，快点，快点……

又是一只瓶子，里面装的好像是去污粉。

他又把手伸进橱柜，手抖得更加厉害，他担心会碰翻什么东西，暴露自己的位置。

他摸出一罐除霉剂。里面有漂白粉的成分，对吗？他想读一下标签，但字太小，在黑暗中根本辨认不出。他拧开喷雾剂的盖子，使劲吸了一下。他给呛得差点咳起来，赶紧把头偏向一侧。那味道闻上去像是百分之百的漂白粉。

他站起来，想看看台面上有什么东西可以拿来装除霉剂。可什么也没有。连一只杯子都没有。这间浴室的用途只是洗澡。

从门的底缝里透进来一道光。光很亮，划破了周围的黑暗。他意识到，刚才关门真是太蠢了，自己的位置因此而暴露。

他觉得身子发软，头脑一片空白。

他想，不能这样，得快点，快点……

他又跪下身去，伸手往橱柜深处摸。一把刷子，更多的卫生纸……

他的手指碰到了一件又冷又硬的东西。他拿出来一看，是一只大号的陶瓷咖啡杯。一定是清洁工放在这里的，用来冲洗浴盆或别的什么。

浴室的门把手发出了咔嗒声。

哦，上帝啊……

他往后退了一点，浑身瑟瑟发抖，但还是尽全力把大部分除霉剂倒进了咖啡杯。他把空罐子轻轻地放在地上，一只手撑着隔开浴盆和马桶的墙壁，稳住身子。他用右手把咖啡杯举到腰间，咬紧牙齿，不让它发出咔咔咔的声音。

一秒过去了。10 秒。超过 10 秒了。

可能他已经走了。可能他一感到有人在家，就——

锁开了。门被猛地撞开，砰的一声砸到墙上。一个黑影跳了进来。亚历克斯看到来人手上握着一只手电筒，可能还有一支枪，然后他什么也看不见了，光闪了他的眼。他吼了一声，把咖啡杯里的东西往来人的头上一浇。倒出来的液体遮住了手电筒的强光。来人大叫一声，连连后退。亚历克斯上前一步，用自己的后背将来人顶翻，一个箭步从对方身上跃过，又一步跨过 6 级台阶。他一把抓起门廊桌上的钥匙，猛地拉开前门，跳上通往车道的石板路。因为刚从浴盆里出来，他光着脚，赤裸裸的身体上还挂着水珠。他一头钻进汽车，砰的一声把车门关上，锁好。他抖得太厉害了，不得不用双手握住钥匙点火。引擎慢慢地发动起来，他调整情绪，控制好自己的倒车动作，把车子驶出车道。

他驶上 280 号公路，以每小时 120 英里的速度驶向圣荷塞警局。到达目的地时，他只用了一刻钟。他终于冷静了一点，开始思考问题。奇怪，最让他感到庆幸的事，居然是后备箱里有一套健身服。否则，他该怎么办？半夜三更光着身子闯进警局？

白天过来时，停车场里几乎停满了车。现在，四周空荡荡的，他溜到车屁股后面，从后备箱中取出衣服穿上，没有一个人看见。外面的气温不会超过华氏 40 度，他能看见自己哈出的雾气。穿过警局大门时，他的牙齿还在打战，全身都起了鸡皮疙瘩。

他走向问讯窗口，双手使劲地搓着胳膊，想使自己暖和些。他对问讯员说："我要报案。有人闯进我家入室盗窃。"

窗口那头的妇女说："先生，请报一下你的住址。"

亚历克斯报上住址。这名妇女说："先生，你家那片归圣马地奥警局管。你应该去圣马地奥警局报案。"

天哪，他是怎么想的？因为不久前才来过，他脑袋里只记着圣荷塞警局。他压根没想起治安管辖权的问题。

"是啊，"他说，"你看，我给这不速之客弄糊涂了。他身上带着枪，我是逃出来的。我已经昏头了。你能……我不知道怎么办。你能帮我联系一下圣马地奥警局吗？"

那名妇女点点头，拿起了电话。她把亚历克斯的情况跟对方讲了，然后挂断电话。

"先生，对方警局马上派一辆巡逻车去你家。他们会在你家外面等，等你到了陪你一起进去。他们会确保你房屋的安全，替你做笔录，然后采集一些证据。"

亚历克斯向她道了谢，然后回到自己车上。等他到家时，门口已经停了辆警车。他把车停在车道上，两名身着警服的警察向他走来。一名警察又高又瘦，另一名警察则十分魁梧。

"你是亚历克斯·特雷文吗？"瘦高个问。

"是的，我是亚历克斯。谢谢你们能过来。"

“别客气。我是兰道尔警官，这位是蒂巴尔迪警官。我们收到报案，说今天早晨有人闯进了你家。”

今天早晨？是啊，确实是早晨。“是的。我想那人带着枪，但我没太看清。”

“好的。你在这里等着，我们先进去，看看里面是不是安全。等我们确定里面安全了，再带你进去做笔录。”

“呃，是的，当然。”

亚历克斯在原地等着，兰道尔和蒂巴尔迪沿着石板路走到前门。亚历克斯这才发现，前门关上了。他惊讶地看着两名警官拔出手枪，随即意识到他们这么做是假设门里有人，虽然怎么看都不太像。

蒂巴尔迪拧了一下门把手，门没开，于是对亚历克斯喊道：“你过来开一下锁。”

亚历克斯过去开了锁。蒂巴尔迪推开门，等了一会儿，然后进了屋，后面跟着兰道尔。

屋子并不大，5 分钟后，他们打开了所有的电灯，检查了所有的橱柜和床底。没有人。

亚历克斯跟他们详细叙述了事情的经过。他带他们检查了浴室。浴盆里的水还是满满的。他们仔细地检查了门和锁，没发现任何撬过的痕迹。房间里充斥着一股漂白粉的味道，墙和地板上到处都是除霉剂的残液。

“我们先去检查一下前门，然后看看周围的情况。”兰道尔说，“你去看看有没有丢什么东西。”

亚历克斯照做了。他发现，家里什么都没丢，所有东西都没有被翻动过，甚至连他的钱包和手机都在原处。

“前门完好无损，”兰道尔告诉他，“没有破门而入的痕迹。”

“呃，有人进来过。”亚历克斯说，连他都觉得自己这话说得有点傻。

“我看得出来。丢了什么东西吗？”

亚历克斯摇了摇头。

“你有仇家吗？”

“仇家？”

“比如说，你做过什么让某个丈夫嫉妒的事？或者你从什么人那里拿过什么不该拿的东西？”

“没有，没有这样的事。你们认为，这家伙是来找我麻烦的？”

兰道尔耸了耸肩，说：“大部分盗贼都会把现场弄得一团糟，但这个人悄悄入室，没有损坏任何东西。如果一个盗贼带枪行窃被抓住，他受到的处罚将会很重。”

“呃，我不能肯定他带着枪。我说过，我看得不大清楚。当时天很黑，手电筒的强光打在我的脸上，而且我还怕得要命。”

“可能是没枪。我猜那个窃贼被你那么一惊之后，收手逃跑了。”

“逃跑时还关上了门？”亚历克斯问。

“是啊。”蒂巴尔迪说，“犯罪分子行事都有些古怪。他可能认为，如果把门关好，就不会有人看出他来过。”

亚历克斯不同意警官的看法。他想，要是那个家伙逃得匆忙，甚至连门廊桌上他随手放的钱包都来不及拿，他又怎么会有时间把门关好呢？

“为什么他明明知道屋里有人还进来？”亚历克斯问。

“他怎么会知道你在家？”蒂巴尔迪问。

“我的车就停在车道上。”

蒂巴尔迪点点头。“我注意到你家门口地上有几份报纸。可能窃贼会因此认为主人不在家。他会想，主人把车子停在车道上，然后打车去机场了。”

“那他为什么要开浴室的门呢？当时他已经知道家里有人了。”

蒂巴尔迪耸了耸肩。“那可能是因为他打算一不做二不休了。”

兰道尔问：“你看清楚他的样子了吗？你能从一排嫌疑犯当中认出他来吗？”

亚历克斯努力回忆他所见到的。“当时很黑，我……”他看到什么了？他一下子什么都不能确定了。他觉得自己非常没用。

“是黑人还是白人？”亚历克斯摇了摇头。“我不知道。”

“没什么，至少你把他吓跑了。”蒂巴尔迪说，“干得漂亮，用上了漂白粉。而且你也没丢什么东西。”

亚历克斯望着他们。“所以你们认为，这只是一起随机发生的案子。”

兰道尔没有回答，亚历克斯心想他正在评估自己的结论。过了好一会儿，兰道尔点了点头，说：“如果他没有带枪，如果你没有仇家，那这案子就是你说的那样。我想这附近有一个坏家伙，他看到那些报纸，就打上你家的主意了。他发现前门只装了一把锁，而且不是那种难开的锁。你家的锁有些年头了吧。我猜，它用了有40年了？”

“是的，”亚历克斯说，“大概用了那么久。”

“看看这个。”兰道尔往前跨了一步，关上身后的门。亚历克斯站在门里，听见门外传来硬物相锉的声音，接着咔嗒一声，门开了。

亚历克斯问：“你是怎么弄的？”

兰道尔递给他一片方形塑料薄片，它的质地又硬又轻，长约4英寸。“把它插进门框，往锁舌上一顶，比你用钥匙开门的速度还快。换把好锁吧，把门框也加固一下，别让犯罪分子那么容易得手了。”

亚历克斯不喜欢兰道尔责备的语气，但又觉得他说的有几分道理。

他搓了搓脸，感觉怪怪的，既兴奋又疲惫。“呃，非常感谢你们在半夜过来。哦，不对，我猜现在应该算是早晨了。”

“别客气，”兰道尔说，“我们很高兴你没事。”

他们离开之后，亚历克斯让每盏灯都亮着。他知道这样做很可笑，但仍禁不住想：万一那人再回来呢？

算了吧。一个入室盗窃的毛贼怎么会在刚刚受到惊吓之后再返回作案地点呢？谁都知道，警察会在那儿。

真是可笑。

不过，兰道尔就那么轻松地打开了前门，简直让人难以置信。相比而言，今夜逃得一劫并不算是奇迹，真正的奇迹是，怎么到现在才有贼来惦记他。

那贼估计不会回来了，但如果他回来，亚历克斯是斗不过他的。因为这门锁不牢，而亚历克斯手上也没枪。

见鬼。他得改住饭店了。亚历克斯对帕罗奥多市的四季饭店很熟悉，他常去那里的餐厅吃商务餐。今天最好是去那里睡。如果继续待在家里，到天亮都得睁着眼。

他抓起几件换洗衣服，透过窗户朝外看了会儿，然后冲出屋去。

第十二章　情况紧急

亚历克斯在饭店里断断续续地睡了几个小时。等他醒来时，太阳已经升起，阳光透过窗户照在雪白的床单上。他搓了搓脸，想了一下昨夜发生的事。当时他既慌乱又困惑，只以为是遇到贼了。可现在，他意识到事情没那么简单。

先是发明人被谋杀，再是自己在专利局的联系人死了，接着又有人在深夜潜入家中。所有这一切都发生在 36 个小时之内。太蹊跷了，亚历克斯虽然不是什么阴谋论者，却也知道这一切不可能是巧合。

有一样东西把亚历克斯、希尔卓和汉克联系在一起，那就是黑曜石。可问题是，为什么有人会为了黑曜石杀他们？黑曜石里有什么东西值得别人为了它去杀人？

不，这事说不通。那些想得到一项有前景的技术，或消除一项有威胁的技术的公司，一般会用钱来解决问题。那样做既简单又合法。见鬼，它们不会给希尔卓超过一百万的。

那么，究竟是谁做的呢？对方从哪里知道的这项技术？专利申请的事是保密的。

可能是在某个环节上走漏了风声。可谁知道希尔卓会告诉什么人呢？谁又知道专利局里有谁看了申请材料呢？再说，事务所里也不是只有亚历克斯一个人知道黑曜石的事。奥斯本算是一个，当然还有莎拉。

他跟自己说，还是杞人忧天一些的好。他按加梅斯警探名片上的手机号码拨了过去。他把昨夜的事告诉了加梅斯。他告诉对方，虽然听起来有些荒唐……但如果汉克不是死于心脏病呢？他们为什么那么肯定？令他奇怪的是，加梅斯并不觉得他的想法荒唐，他说他会调查此事，然后给亚历克斯回电话。

亚历克斯开车去了办公室。在那里，他做的第一件事就是给锁匠打电话。经过昨夜的事，他以后是没办法再在那房子里睡安稳觉了。不过，加强房子的安全措施多少还会有些帮助。接着他又给枪店打了电话。显然，他是有资格买枪的，但得等过了10天的审查期才能拿到货。真是混蛋，他以前居然一直赞同设置审查期的做法。

加梅斯给他回电话了。他说："我跟阿林顿警局的人刚刚谈过。他们已经对希夫曼先生进行了尸检。是他的亲属要求这么做的。因为他年轻、健壮，亲属们担心会有什么家族遗传病。"

"尸检结果怎样？"

"还没有最终结果。他们认为可能是布鲁格达氏综合征。"

"什么病？"

"一种遗传性的心脏疾病。多数病患为三十多岁的健康男性，他们通常在睡梦中猝死。这种病的病因还不是很明确。"

亚历克斯觉得这病听起来像是捏造的，好让医生们在面对死者家属时不必说：很抱歉，我们没有查出病因。

"你知道……他们在哪些方面给出确切解释了吗？"

"他们正在做基因检测和家族病史调查。想听听我的想法吗？没人会真正搞清楚病因的。有时候就是这样，人死了，没什么说法。"

"所以你认为这只是……心脏病发作。"

"我和阿林顿警局重案组的警官谈过。他们按程序检查了希夫曼的公寓。没有破门而入的迹象。没有搏斗的证据。尸体上也是。如果这真是一桩谋杀案，我很想知道凶手是怎么干的。”

“所以，你认为我是在胡思乱想。”

“不，我没那么想。这是个该死的巧合，确实很巧。”

“我不知道该怎么办。”

“除了发现有人闯入你家，你还注意到什么别的异常现象吗？比如，有没有人在单位停车场你的车附近徘徊？在你开车时跟踪你？或者你出门上班时，出现在你家门外？”

“没有。我没注意到这些。”

“那这样吧，你有我的号码，警惕一点，发现有什么不对，打我电话。”

“谢谢。”

“不客气。”

亚历克斯挂断电话，出了会儿神。加梅斯确信汉克死于心脏病，他为此感到烦躁不安。

如果这一切不是巧合会怎样？如果有人跟踪他，他们会知道他住在哪里。他们已经知道希尔卓住的地方了。他们也找到了汉克的家。他们也知道亚历克斯在哪里上班。他们知道他长什么样——见鬼，他的照片和个人简历就挂在事务所的网站上，谁都能拿到。那他该怎么办呢？不上班了？他想，昨晚在浴室里自己是赤裸裸的，可现在更是被人一览无余。

有一个想法从他心底拼命往上冒。它更像是一种本能，一种条件反射。他想起了一个单音节的词——本。

不。在凯蒂和父亲相继离世后，他只在母亲病危时回过两次家。母亲临终前三天一直处于昏迷状态，但本没有赶回来看她。他在军队里忙得连快要死的母亲都顾不上了。难道军人都不讲人情世故吗？上帝啊，看来那个混蛋在葬礼上露了一下脸还真是个奇迹？

他长长地吐了一口气。本真是个没用的哥哥。虽然他是橄榄球英雄、摔跤明星和特种兵，但在紧要关头，总是见不着他的人影。而现在亚历克斯应该向他摇尾乞怜，求他帮自己一把吗?

话说回来，又该怎么帮呢？本能做什么呢?

亚历克斯知道，本接受过许多训练。他作为突击队员，参加过摩加迪沙战役，获得过不少战斗勋章。亚历克斯看过电影《黑鹰坠落》，他知道本曾经卷入过那样的一场硬仗。尽管他不敢相信，但本确实是个战斗英雄，后来加入了“绿色贝雷帽”或别的什么部队。看在上帝的分上，如果他能来帮忙……

但问题是，他不知道该如何联系本。他有过一个本在布拉格堡联合特种作战指挥部的通讯地址，不过四五年前，他往那个地址寄遗产分割文件时，信件被原封不动地退回了。显然，本有了新的通讯地址，但嫌麻烦没有告诉他。

上帝啊，本没有退役吧？他好像很爱当兵，真想不出离开军队后他会怎样。但是……

亚历克斯通过军队的网址链接到一个叫作 militarylocator.com 的网站，通过这个网站，他可以找到任何一个在部队服役的现役军人。这个网站只有注册用户才能使用。亚历克斯输入了自己的姓名和电子邮箱地址，然后犹豫了。他想，也许是自己多心，但小心点总没有坏处。他删掉刚刚输入的文字，重新输了一个名字：约翰·史密斯，然后他捏造了一个电子邮箱地址。一个搜索对话框弹了出来，要求输入搜索对象的全名和所属部队。他输入了“本·特雷文”和“军队”，然后按下回车键。电脑上跳出一个新的页面，上面显示：“本·特雷文。军队，现役。陆军军士长。个人履历，非公开。战斗情况，非公开。兴趣爱好，非公开。隶属单位，非公开。”

现在有两件事情算是弄清楚了。一、本还是一名军人。二、无论他在做什么，军队是不会告诉你的。

亚历克斯知道，还有一个800开头的电话可以查询到军队信息。他拨了过去，一声铃响后，一个女声应答道："我是谢尔琳·纳尔森，有什么需要帮忙吗？"

"你好，我是亚历克斯·特雷文。"他说的时候，心中没底。"我想联系我的哥哥。他叫本，是名军人，但我没有他的联系方式。我有急事找他。"

谢尔琳给了他一个军队人事中心的800号码。亚历克斯拨过去，接电话的男人告诉他，他没有本目前所在部队的准确信息，但他可以替他留言。

"你既然不知道他在哪里，怎么留言给他？"亚历克斯问。

"先生，你打不打算留言？"那个男人问得斩钉截铁。

亚历克斯挂断了电话。真到要用的时候，他会再打过去。

他知道，还有一个渠道可能联系得上本。本有一个电子邮箱地址，过去他用它跟母亲联系过。亚历克斯给那个地址写过信，信上谈的是母亲病危和去世后遗产分割的事。过去6年了，亚历克斯不知道账户还在不在，本还会不会去收信，如果会，一般隔多久。不过不管怎么说，还是值得试一下的。

他开始写信，在收信人地址栏输入了本的雅虎邮箱地址。他略微思考了一下，在主题栏输入了"情况紧急"四个字。然后写道：

本：

昨天夜里有人闯进我们的房子想要杀我。有两个与我有联系的人已经遇害。我没有得妄想症，也没有编故事。我需要你帮忙。请尽快打我电话。

亚历克斯

他在信中留下了自己的手机号码，然后按下发送键。他等了一会儿，然后检查收件箱。信件没有被退回来。好的，账户仍然有效。但本会不会收信呢？如果收了，他会给自己打电话吗？

第十三章　似曾相识

本正在安卡拉的饭店房间里收看电视新闻。这时，他的手机发出了蜂鸣声。他打开阅读，以为是豪特发来的短信。结果，是一封电子邮件。发信人是……亚历克斯？

他皱了皱眉，不知道信里会说些什么。他已经记不起来，上一次收到弟弟的来信是什么时候了。遗产的事很久前就已经尘埃落定，他想不出两人之间还有什么联系的理由。他们有不少表兄弟姐妹，还有一个姨妈……不会什么人又死了吧？

他打开电子邮箱读了信，然后又读了一遍。之后，他关上手机，摇了摇头。

高中时代的那些屁事又回来了。简直是如出一辙。亚历克斯又做了让自己吃不了兜着走的事，现在想要哥哥来救他出苦海了。真是怪事，这种该死的感觉似曾相识。

更可能，亚历克斯根本就没出事。在本看来，他说自己没得妄想症的话，多少有些此地无银三百两。

不管他了。如果亚历克斯真心实意想请自己帮忙，就应该写一封措辞全然不同的信来。信上应该写：嘿，本。很抱歉我一直都是个自以为是的混蛋。过去家里发生的那些事，我根本就没有权利怪你。对了，我还是个忘恩负义的小人。

他站起身来，盯着手机。“听着，”他大声说，“我亲爱的弟弟。这次是给你一个教训，叫你以后别再恩将仇报了。”

他开始在房间里踱步。这个自负的家伙以为他是谁？6年没写过一个字，现在却突然来信求救，而且信上连句问候的话都没有。难道他当自己的哥哥是仆人吗？只要他一摇铃，就会跑过去替他擦屁股？

“你指望我会对你说什么？说我会帮你，而你只要付钱就行。对，付我钱。雇人办事是要破费的，不是吗？或者你当我是奴隶，你是这么想的吗？”

他继续踱步。“哦，我们的房子？”他转过身去，盯着手机。“那还是我们的房子？你这么说只是想诳我去帮你。你当我蠢吗，亚历克斯？”

他的呼吸变得沉重起来，突然有了想要痛扁某人的冲动。在斯坦福大学就读的那个学期，他没少为这种不必要的动粗受罚，每次都是他父亲找校董摆平，好让他继续留在球队里。

他记不得最后一次打架是在什么时候了，但当时的感觉很好。打架对他来说，是个不错的发泄途径，而他也带着一种病态的心理享受它。高中时代，他打过不少场架。那时，凯蒂还在。

凯蒂去世的那天晚上，他去参加了一个聚会。聚会是由他班上的一对姐妹花办的，她们都是很受欢迎的女孩，一个叫罗伯塔・琼斯，一个叫莫莉・琼斯。琼斯姐妹家有一个很大的院子，她们的父母拗不过两个女儿，同意她们在家里举办一场盛大的高中同学狂欢会。而这场本没有主题的同学狂欢会，在本比赛获胜之后，变成了为本举办的非正式的庆功会。

当然，庆功会上是禁止饮酒的。可是，孩子们总会有办法找酒喝。

本喝了些啤酒，但他一直喝得很慢。从开始备战摔跤比赛起，他4个月没沾过一滴酒。现在，只要喝得不太快，几杯啤酒还不至于把他撂倒。本身边围着不少女孩子，对他来说，泡妞可比醉倒有趣多了。

晚会上，一个叫拉里莎·李的辣妹告诉本，她刚跟交往多时的男友戴夫·宾分手。她说，断就断了，她很高兴，是时候该改变一下了。不过，分手也给她带来了烦恼，没人会开车送她回家了。也许……

“当然可以，”本对她说，“想走时告诉我一声。”

“现在就想走呢？”她一边说，一边盯着他的眼睛。

“好吧。”

他们向本的车走去。走到半道上，本突然想起来，父亲跟他说过，让他保证凯蒂在午夜前回家。

但父亲并没有讲明了让本送她回家，不是吗？他是大哥，可以玩得晚些。而且今晚是他的庆功会，此时此刻的艳遇让他格外兴奋。他只要保证凯蒂按时到家就行了。

他让拉里莎等自己一下，然后回到人群中寻找凯蒂。凯蒂就在那儿，坐在她的小姐妹中间，说说笑笑。本走到凯蒂面前，把她喊到一边说话。

“沃利在哪里？”他看了看四周问道。

她笑了，好像猜到了他的心思。“我不知道。就在附近吧。怎么了？”

“爸爸要我保证你午夜前到家，我本打算跟你一起走，但现在我想……”

她笑出声来。“你想和拉里莎一起走。”

本装作没有这回事的样子。“我不懂你的意思。”

“大家都知道她刚跟宾分手，现在她看上你了。”

本一时没有接话。其实，他和自己班上的许多女孩，还有凯蒂的一些女同学都交往过。她们中有些人已经有男朋友，但没人知道她们和本的事，因为本对此总是守口如瓶。他不想毁了这些女孩的名声，也不想坏了自己泡妞的机会。

他耸了耸肩。“嘿，我想她只是想搭个车。”

凯蒂又笑了起来。“是的，当然。”

本向四周看了看，然后望着凯蒂。“别对任何人说，好吗？”

她微笑着反问：“我说过吗？”

本忍不住笑了出来。凯蒂很聪明，可能和亚历克斯一样聪明。只是她从来不用自己的聪明伤害别人，从来不让别人感到自卑或者低人一等。凯蒂总是对别人充满善意，让别人感到她值得信赖。

“那，你确定可以让沃利送你回家？”

“当然。”

“酷。”

他转身离开，又回头看了一眼。“嘿，他没喝酒吧？”

“没有，他清醒着呢。”

有那么一秒钟，本想要找到沃利亲自确认一下。这家伙人不坏，可就是太贪玩。

然后他又想到了拉里莎。好吧，凯蒂说了沃利是清醒的，她应该是看到过他了。“那好，待会儿见。”

他朝拉里莎走去。凯蒂还是像看穿了他的心思似的笑着。她的笑很宽容，一如往常地透着温暖和善意。

“那好，待会儿见。”

事情怪就怪在，如果不出事，他可能对这段匆忙中的对话，或是离开时浮现在脑海中的凯蒂的笑容毫无印象。这些可能不会有什么意义。没人会质疑他让沃利送凯蒂回家的决定。他们为什么要那么做呢？他又没做错什么。即使错了，只是个小小的错。小到可以忽略不计。一桩明显没有害处、没有恶意的小事。

但出事了，那段对话变成了他们最后的交谈。回头想想，其实每件事情都很重要。看似稀松平常的事，等出了什么可怕的状况，剥去那层平常的外衣，就会看到一直存在，却被忽视的东西。

那晚，他开车送拉里莎回家。两人一路上谈了些什么，他不记得了，但他记得她的皮肤很光滑，薄薄的线衫下有道迷人的风景，身上的香水味很柔很轻。他记得最清楚的，是她看他的眼神。那眼神告诉他，不论他想要什么，她都会满足他，而她也同样需要。

“我父母应该睡了，”她说，“但如果你不弄出什么声响，可以跟我一起进去。”

“我可以不出声。”本说。

实际上，本确实没怎么出声，出声的是拉里莎。他们在她的卧室地板上做爱时，本不止一次地捂住拉里莎的嘴，示意她不要发出声音。她太兴奋了，兴奋得都忘了自己在哪里，忘了熟睡中的父母就在离她不到20英尺的地方。

事后，本在驾车回家的路上，还是忍不住要笑。拉里莎的表现很棒，很陶醉，就好像宾从来没满足过她似的。他不知道刚才她叫喊，是因为她想要他捂住她的嘴，还是因为她想要他。想到这里，本又有些欲火中烧，心驰神往。男人啊，这真是完美一天的完美谢幕。

当本把汽车开进自家车道，他第一眼看见的，是屋里还亮着不少盏灯。他瞥了一眼车上的数字钟，快到凌晨两点了。情况有些不对。

然后他注意到父亲的汽车不在家里。难道凯蒂还没有回来？父亲亲自去接她了？如果真是那样，本可能少不了要挨一顿臭骂。

他走进家门，蹑手蹑脚地上了楼。楼上所有房间的门都开着。亚历克斯和父母房间里的灯都亮着。

“嘿，大家都干什么去了？”他喊道。

没有人应声。他朝亚历克斯的房间探了一下头，里面没人。不过，被子掀开了。亚历克斯总是把床铺收拾得整整齐齐，所以他肯定是先睡下了，然后……

“有人在家吗？”本又喊了一声，然后走到他父母的房间门前。里面的情形和亚历克斯房间里一样，灯开着，被子掀开了。

“怎么回事？”他现在有些紧张了，告诉自己这样的情形不正常。

他沿着走廊走到凯蒂的房间，打开灯。床上的被子叠得很整齐。

该死，凯蒂还没有到家。

不，他不能肯定这一点。他只能肯定，在发生什么事之前，凯蒂还没有上床睡觉。

发生了什么事？什么事会让一家人都钻进父亲的汽车，深更半夜地离开家？

如果是凯蒂打电话来让人去接她，为什么要全家出动？

突然他觉得，一定是出了什么大事。

他到了楼下的厨房。没有发现便条或别的什么。一切都很整洁，碗碟也都收进了橱柜。但是这种整洁有序让他感到更加紧张，它让所有人的缺席变得更加不协调。

“该死。”他大喊，不知道该做些什么。

电话铃响了。他转过身去，盯着电话机。他意识到，自己有些害怕接电话。

铃声又响了起来。

他犹豫不决，感到自己陷入两难的境地。

电话铃又响了第三遍。

别怕，把那该死的听筒拿起来。

但他还是没有。

铃声再次响起。

他想，如果他们挂断了怎么办？

他不再犹豫，大步走过去抓起听筒。“喂。”

“本。”是父亲。

“谢天谢地。你马上来斯坦福大学医疗中心急诊室。凯蒂出了意外。”

他感到全身发冷。“什么？怎么回事？”

“先过来再说。明白吗？”

“好，我马上出发。”

“小心开车。”不知道为什么，父亲的话里有一股谴责的味道。

那一夜剩下来的时间里，他脑中一片空白。接下来的一天，简直是场噩梦。父母毫不掩饰地责怪他。亚历克斯没说话，但他投来的责备目光更让人难受。

最糟糕的是葬礼那天的早晨。当时，他的精神已经垮了，完全沉浸在悲痛、内疚和懊悔当中。他坐在自己房间的书桌前，盯着墙壁，一遍遍地回忆出事的那个夜晚，幻想无数种可能发生的情况，无数种他可以做，而且应该做的事。

这时，有人敲他的房门。“我在。”他有气无力地应道。

进来的是他的父母。当时，离凯蒂去世有48个小时了吧？他们看上去好像一分钟也没有休息过，看上去就像是从里面……垮掉了。

他们挨着他的床边坐下。“本，”父亲说，“我们那晚说的话……说得不对。那话……是错误的。”

本摇着头，害怕张开嘴。

“我们那时……心烦意乱，孩子，你知道的。”说到这里母亲开始哭泣，但她还是坚持往下说。“发生这样的事，人们往往会相互责备，哪怕是对自己最亲的人。因为责备别人会让你更容易相信，本来是有人可以阻止这事发生的，这事本来是可以不发生的。”她的声音开始颤抖，于是停下来深吸了一口气。

“但那不对，”她继续说，声音高了起来。“不是每件事都是可控的。意外……还是会发生。孩子，这不是你的错。”

母亲哭得更厉害了，她泪眼婆娑，祈求他的原谅。

“如果说谁有错，那就是我，”父亲说，“我没把事情说清楚。你没有做错任何事，本，我们不该怪你。”

本看着他们。他理解他们的用意。他还能猜到他们此前的一番谈话：我们不能让他再自责下去。我们不能让他背上思想包袱，哪怕他确实有错。他还太年轻。

问题是，父母想要保护他的做法，让他的罪恶感更加深重。先前他们的指责令他愤怒，但愤怒的情感至少具有一定的保护性。可现在，他们不再责怪他，他的怒气蒸发了，事情的真实面貌变得更加清晰和令人痛苦。

静下心来后，本明白了父亲那天话里的意思。老头子不相信沃利，他只相信自己。他只想让本送凯蒂回家，只有那样他才觉得安全。也许他不把要求说得那么直白，是因为他不想让孩子觉得父亲过于专横，过于想把孩子保护起来。之前，本有意忽视了父亲的本意，因为他想要尽情享受属于自己的夜晚，享受当一个英雄的感觉，想要和拉里莎一度春宵。

本想告诉父母，这不是他们的错。父亲的意思很清楚，只是自己当时听不进去。承认错误，承担责任，不管多难，他都应该做正确的事。

本想要说些什么，但……他没有开口。也许他怕开口后自己会失控。也许他怕自己说错话，会让事情变得更糟。所以他什么都没说。父母一直哭个不停。最后，母亲起身出去了，父亲也跟着她离开了。

本能感觉到，父母还想跟他把谈话继续下去，他们以后可能再也不会提起这个话题。但他心中有另一个声音响起：父母已经在尽可能地承担一切了，就随他们去吧。将来还有别的机会认错，另外找个不这么混乱和痛苦的时间吧。

他听从了心里的这个声音，就像那天晚上信了凯蒂说的“他清醒着呢”。他知道，自己只听想听的话。

上帝啊，人生中的两次重要选择，他居然都选错了。

那么这一次呢?

本叹了口气，摇了摇头，然后上街找网吧和公用电话去了。

第十四章　不是废话

有人敲了敲亚历克斯的门。前台接待员万达把头伸了进来。

“亚历克斯，我接到一个找你的电话。对方不肯说自己是谁，还让我过来叫你去前台接电话。你想要我怎么办？”

亚历克斯心想，真是见鬼……难道是本？

但本为什么要打总机？他怎么弄到号码的？

“好，我过去接。”他说话的样子好像这事再正常不过了。

他走到前台。万达按了一下键，把听筒递给他。

“我是亚历克斯。”他说。

“我收到了你的信。”是本的声音。

亚历克斯顿了一下，然后说：“你怎么——”

“给我一个号码，不要是你的，我给你打过去。接待员有手机吗？问她借一下。”

亚历克斯问万达，能否借她的手机一用。她告诉他自己的号码，然后他告诉了本。

“我马上给你打过来。”本说完挂断了电话。

亚历克斯在接过万达的手机时，对她笑着说：“这客户是个妄想狂。他在跟我谈一项新技术，每次都是疑神疑鬼的。我去会议室待一会儿，很快回来。”

万达做了个鬼脸，点了点头。亚历克斯刚踏进会议室的门，手机就响了。他随手关上门，按下接听键，问："你怎么知道打我这儿电话的？"

"你在办公室吗？"

"不在，我现在站在一间空会议室里。你怎么知道打我这儿电话的？"

"你那边应该是10点多钟，除了办公室，你还会去哪儿？"

"我是问你怎么知道我在这儿工作的？"

"你的电邮地址上不是有单位名称吗？我通过谷歌查的。"

哦，他应该猜得到。"可你为什么要多此一举？我给了你手机号码。这么做是什么意思？"

"我不知道你到底惹上了哪种麻烦，到底惹了谁。电邮不安全。手机信号会被拦截。你的办公室可能装了窃听器，电话座机可能有分线。打总机的话，被窃听的概率小些，因为别人想不到你会用这个电话联系。这个办法并非万无一失，但我暂时想不到更好的。明白了吗？"

亚历克斯心情很复杂，既恼火又欣慰。恼火的是，任何人都可以轻松地找到他；欣慰的是，本显然对这类事情很在行。不过，本说话的口气还是让他感到不满。他压住不满的情绪，把整件事讲了出来。

听他说完，本说："所以你的意思是，发明者被杀，审查专利的人被杀，而你也差点丢了性命，一切都是因为那项新技术。"

"你认为不可能？"

"很难说。"

"为什么？"

"很多理由。不过，36个小时内连出三件事……似乎太巧了。"

"我也是这么认为。"

"你跟警察谈了吗？"

“谈了。他们似乎认为巧事都碰到一起了。他们好像做不了什么。”

“是吗？那你打算做什么？”

见鬼！你以为呢？为什么我要找你？亚历克斯想要大叫。我不知道该做什么。

他调整了一下情绪，然后说：“我不知道。”

本思考了一会儿，问：“手上有纸笔吗？”

亚历克斯从会议室的桌子上找到便笺和一支笔。“有。”

“关掉你的手机，保持关机状态。可以查语音信箱，用一次性手机打过去。离开家几天。去趟银行，别去你常去的那家，取上一些现金。别去你常去的地方，别走你常走的路线。去饭店开个房间。付账时只用现金，别用信用卡，别签自己的名字。别去周围没有人的地方。对所有的事情保持警惕。”

亚历克斯记得很快。“我需要上班——”

“如果你得流感了，还会上班吗？”

“会。”

“我猜也是。从没因为生病休息过？”

“没有。”

“好。那这次老板应该不会难为你。跟他们说，你得了很严重的流感，得有几天不能来上班。告诉他们，你在家工作。他们会以为你需要休息，所以关了手机。”

“何必要这样呢？我只要——”

“我不知道你遇到的具体情况，”本说，“所以还是小心为妙。”

“像这样——”

“你还在记吗？”

上帝啊，亚历克斯恨本打断他，好像多听自己说两秒钟的话，会浪费他很多的宝贵时间似的。

“是的，我还在记。”

“一有时间，就登录这个网址：www.nononsenseselfdefense.com[①]。泡上一杯咖啡，好好看一会儿。你必须学会观察周围的环境，学会站在对手的角度思考问题。”

“好的，我会上这个网站看看的。我也会得几天的流感。然后呢？”

“先别想那么多，我很快就到。”

亚历克斯感到很惊讶。“你会过来？”

“我刚说过，不是吗？”

“但我关了手机，你怎么——”

“我会找到你的。”

线断了。

亚历克斯看了会儿手机，怒火腾的一下升了上来。他意识到，自己刚才既希望本过来帮忙，又不想把这个想法说破。现在他的目的达到了，但本说话的方式令他难堪，好像本一直知道他的想法，却又故意戏弄他。

而且本还突然挂断了电话。他的态度就像是非常厌恶这件事，厌恶到懒得跟自己道别。

或者，他是想在自己有机会道谢前结束谈话？

哦，见他的鬼。他可没打算说谢谢。

① 一个传授防身术的网站。

第十五章　抬杠

一切就像是妄想症发作。不过，亚历克斯还是决定听本的。他先回家跟锁匠碰了个面，加固了前门门锁，然后又住进了四季饭店。他给阿里莎打了个电话，告诉她自己得了流感，所以会在家里办几天公。他给奥斯本发了封电子邮件，大概说了下希尔卓的事，还说详细情况自己会在回到办公室后告诉他。

住在饭店里的感觉不坏。这里的设施豪华，饮食也好，配套的健身中心更是让他喜欢。但是见鬼，他不是来这里度假的。亚历克斯登录了本给他的那个网址。本没说错，网站上有不少信息，虽然有些主题跟他关系不大，但看看是有好处的。

可问题是，最近几天发生的事让他开始觉得……古怪，不真实，好像只要他回归到正常生活，这种异样的感觉就会被驱散掉。他非常想回到办公室，看到熟人，给客户打电话，然后下班回家。这种感觉就像是叫他别挠伤疤，可伤疤却痒得令他发狂。

他开始怀疑自己的判断。难道相信希尔卓贩毒就真的很难吗？还有汉克，虽然很不幸，但年轻人患心脏病也是常有的事。再说警察，他们似乎很肯定他家发生的事就是一起随机的入室盗窃案。所有这些只是一个大大的巧合。

在饭店住下的第二晚，亚历克斯独自在餐厅用餐。这时，他看见本朝他走来。他知道是本，不用看他的脸，看他的步子就知道。本迈着摔跤手的步子，腿稍微有些弯，非常的自信和放松。亚历克斯一直羡慕哥哥的步伐与姿态，小时候还曾偷偷地模仿过。

亚历克斯站起身，想说些什么，但最后嘴里只蹦出一个字："本。"

本穿着牛仔裤、长靴、深色衬衫和羊毛外套，肩上搭着只皮包。他看上去没怎么变老，保持着后卫球员的体格和"别来招惹我"的架势。他的头发比以前长了些，还蓄了短须，感觉很新鲜。他环顾餐厅，像是在审视这里的安全环境。

本把目光转向亚历克斯，上上下下地打量他。"还好吗，亚历克斯？"

亚历克斯本想跟他握个手，但忍住了。"还行。你呢？"

本点点头，说："我注意到，你是挨着墙根坐的，上过我说的那家网站了？"

"你是怎么找到我的？"

"我说过会找到你的。"

"怎么办到的？"

本又看了一下四周，说："是这样。城里只有三家好饭店，其中这家最新，也最好。我先从这家找起，一找就找到了。不过，你入住登记时用的是真名，我告诉过你别这样。"

"我之前已经住进——"

"还有，你的车停在公共停车场。"

"怎么了？"

"你应该雇辆车。如果想找你麻烦的人盯上你的车，很容易找到你。"

"你怎么知道哪辆车是我的？"

"我上车管部门的网站查了。不过，想找你麻烦的人可不需要那么做。他们只要在别处盯你的梢，然后绕停车场看一圈车牌，就找到了。顺便说一句，你那辆 M3 不赖。"

本说话的感觉，好像这一切都是明摆着的。可亚历克斯怎么会懂这些呢？他希望本会问起专利权申请或 C++ 语言编码之类的问题，这样两人就可以打个平手了。

“还有，”本说，“你把车停在停车场外的斜坡下面，那儿很偏僻，坏人很容易下手。你至少应该把车停在斜坡顶上，靠写字楼近些，那里人来人往。”

“我来的时候，停车场已经满了。”亚历克斯真的很讨厌哥哥的说教。“再说，过了上下班的时间，停哪儿都没人。”

亚历克斯想，马上他会告诉我，你应该考虑到这些问题的。可本只是说：“我需要吃些东西。介意跟我换个座位吗？”

亚历克斯起身给本让了座。本抓起亚历克斯吃了一半的餐盘，把它递到对面。亚历克斯问：“需要菜单吗？”

“不。你吃什么我吃什么。”

一名侍应走过来。亚历克斯对他说：“再来一份野蘑菇意式水饺和意式奶酪。还有再来一杯红酒。”

“不，酒不要。”本说。

“好。”侍应说完后转身离开。

“你不爱喝酒？”亚历克斯知道自己的问题很蠢，但还是忍不住要问。

“也不是。长途旅行后不喝。”

“从哪里过来的？”

“欧洲。”

“你难道不知道欧洲是一整块大陆吗？”亚历克斯调侃道。

本看着他，什么也没说，亚历克斯感到一阵满足。

“你为何不干脆说‘我是从地球的某个地方来的’呢？”

本不为所动，说：“如果我想让你知道，会说的。”

“是的，对此我一点都不指望。”

“你今晚这句话说得最聪明。”

亚历克斯暗自生气，起身去上厕所。他想，本简直就是个混蛋。不过，自己又何尝不是呢？居然在第一时间找本。上帝啊，真有那么绝望吗？

很不幸，他的确很绝望。

饭毕，两人回亚历克斯的房间。一路上，本小心提防有无被人跟踪；进门后，又检查了包括壁橱、浴室和床底在内的整个房间。看到本的如此举动，亚历克斯有些不知所措，但还没等他反应过来，本就恢复了正常。

本一屁股坐进沙发，脸朝窗户，远眺 101 号高速公路，一副此间主人的样子。“还有别的意外吗？”他问。

亚历克斯拖过一把椅子，坐在本的对面。“没有。”

“你感觉怎样？”

“什么怎样？”

本耸了耸肩，说：“有人半夜闯进家里……即便是随机作案，也令人不安。”

“是啊，我感到很不安。”

本顿了一下，赞道：“你当时反应很机敏，知道寻找武器。”

亚历克斯点点头，并未言语。

“我打算明天去家里和你办公室看看。现在——”

“我想你说过，让我离平常去的地方远些？”

“是的。不过明天不一样，因为有我陪着你。现在，再跟我说说技术上的事。你管它叫黑曜石，对吗？”

亚历克斯把黑曜石的情况介绍了一遍。之后，本问：“为什么有人会不买技术，却要杀它的发明者、专利审查人和专利权申请律师呢？”

“因为……他们不想让别人知道黑曜石？”

本打了个哈欠。“根据你说的情况，像是这样。”

“但那也说不过去。黑曜石不是那种可以用来做坏事的技术。它不是什么核能技术，而只是一种用来保护网络安全的技术。这事——我不知道比喻是否恰当——就像是有人处心积虑要杀了发明新式门锁的人。”

“那有谁会反对新式门锁？”

亚历克斯想了一会儿，然后说：“盗贼。”

“有道理。也许跟你过招的是一个能够自如进出各家各户大门的人。他不想要更好的锁，或者他只想让更好的锁为自己一人服务。或者这锁还另有他用，你不知道，但有人知道。”

“所以，你认为我怀疑这事没错？”

本扭了扭脖子，说：“也许没错，也许错了。软件的发明者好像是个毒贩子。他干的这行风险很大。而专利审查人的心脏情况——”

“那不会是别人伪造出来的吗？我是说，有人杀了他，然后弄出心脏病发作的假象。”

“那样的事电影演起来简单，但在现实世界中很难办到。我听说有个日本人，或者是一个具有一半日本血统的什么人能办得到。但我不太信。再说，据说那人已经洗手不干了。”

“如果他没有洗手不干呢？我只是跟你抬一下杠。那是不是就可以说，专利审查人是被杀害的，而入室者想要杀了我。”

“好，抬杠就抬杠。专利审查人被杀了，但入室者没打算杀你。”

“你什么意思？为什么那人——”

“我能想出很多理由，但你的命，至少在当时，不是他想要的。”

“这话讲不通。”

“亚历克斯，那人知道你住在哪里。如果他知道你的住处，他也会知道你在哪里上班。你上班很早，对吧？”

“你怎么知道的？”

“我即便不是你哥哥，也想得出你这种人总是很早到岗的。你到的时候，停车场是不是还很空？”

“一般情况下，是的。”

“这不就说通了嘛。如果那人想杀你，他可以在空荡荡的停车场等着，给你脑袋上来一枪，然后开车离开。”

“上帝啊！”

“像你这样的目标……如果真有人想要你的命，你已经死了十几回了。他没必要费那么大劲闯进家里杀你。”

“那他为了什么？”

本耸了耸肩，说：“他可能有话想问你。”

“你是说，他想拷问我？”

“随你怎么说。你把车停在车道上，他知道你在家。他想把你控制在一个相对封闭、不受干扰的环境里。在问完想问的话之后，他也许会杀了你。”

“就那样？”亚历克斯故作轻松道。

“也可能不。他可能会叫你把车开到某个地方，在那里杀了你，然后处理掉尸体。”

“什么？为什么？”

“找不到尸体，整件事就串不起来。把你处理掉之后，他可能会把你的车停在汽车站或火车站，在车上丢些海洛因，再弄出些别的线索，然后故事就变成了‘警方调查毒贩被害案，在接受警方询问后，卷入案件的毒贩代理律师离奇失踪。其失踪原因可能是畏罪潜逃，也可能是躲避追杀’。唉，这样事情就说通了。警察都很忙，如果找不到尸体，没人会深挖下去。”

“怎么处理掉尸体？”

“你还是别知道的好。”

亚历克斯想象自己死了，一个面无表情的家伙拿着把刀割自己的肉；或者他被装进了一只塑料袋，扔到枯井里；或者他被用链条在身上绑了重物，一起沉到冰冷、污浊的水中。水压越来越无法承受，光明的世界渐渐地离他而去……

“你怎么知道这些的？”他问，“我是说，你是真的知道这些的，对吧？”本站起来，走到窗前。他站在那里，看着下方静静的车流。过了一会儿，他说：“让我们看看，还有谁知道这项发明。它对外公开了吗？”

亚历克斯感到背上出了不少冷汗。“没有。”他停顿了一下说，“专利申请有 18 个月的保密期。之后，不出意外的话，会公开。”

“也就是说，只要还在 18 个月内，申请就是保密的。”

“对。我们是一年前申请的。”

“但还是有一些人知道它？都有谁？”

“知道它的人不少。比如说 PTO 的人。”

“谁？”

“专利商标局的人。另外，我们事务所也有人知道，还有我联系过的一些风险投资商。再加上……希尔卓可能告诉过的人。”

本走到另一扇窗前。“三个目标：你，发明者，审查人。认识你们当中的一个，并且知道这项新技术的人不少，但同时知道你们三个的人不多。问题的关键在于……谁知道那个专利审查人？”

“没有人知道，真的。他的部门还没有正式介入这项申请，我跟他是在大学里认识的。他只是用私人的名义帮我，向我通报相关的进展情况。”

“所以任何文件上都没有他的名字——”

“是的。我们只在私底下通电话和电子邮件。”

“但还是有人知道他卷进来了。”

“怎么会呢？”

“不知道。窃听你的办公室或电话应该不是件难事。或者窃听他的。”

两人沉默了一会儿。本打了个哈欠道：“我需要睡一下。明早再谈。”

亚历克斯感到有些不自在。他不想让本再花钱开房间，因为他已经在飞机票上破费了。“你开过房了吗？要不——”

“我睡沙发，可以吗？”

这又是本使的一个小伎俩。他表现得好像宁可让自己受委屈，也不愿意接受可能坏了规矩的安排。

“怎么舒服怎么来吧，”亚历克斯说，“你坐了很久的飞机，不是吗？从某个很远的地方飞来的。”

第十六章　因果报应

第二天早晨，亚历克斯醒来时听见浴室里的水哗哗作响。他坐起身，看了眼床头钟。6点半。看来，他们今天会有个很早的开始。他奇怪，怎么没听到本起来的声音呢？一般情况下，亚历克斯很容易被惊醒。

他穿着内衣裤走到浴室门前，转了下门把手。门锁着。该死，他得进去小便。他一边敲门一边喊："本，快点。"突然，小时候的记忆一下子涌上他的心头。那时，他和本合用一间浴室，两人常常为了该谁先用的问题而争斗。

亚历克斯拉开百叶窗，往外看去。太阳刚刚露出脸来，天空中飘浮着一片片粉色的云彩。他站在那里看了一会儿，搓揉着两条赤裸的胳膊，感到有点迷失了方向。他现在本该在家里，为上班做准备。他有一种强烈的想去上班、想回到过去生活的愿望。

水停了。亚历克斯转过身，绕过沙发。本的包打开了摊在沙发上。亚历克斯看到几件衣服，一本平装书……

那是把手枪吗？

他走近些看。是把枪，又小又黑。上帝啊，本有把枪？还随身带着？

浴室的门开了，本从里面走出来。他腰间系着条毛巾，胳膊下夹着几件衣服。"你用吧。"他说。

"你有枪？"

本从他身边走过，没有正视他一眼。"当然。"

"随身带着？"

"不然要用的时候怎么办？"

上帝啊，他的回答就像是有人问一个家伙"你为什么要抢银行"，而那个家伙回答说"因为那儿有钞票"。

"我的意思是，"亚历克斯开始说，然后转念一想，问，"如果你随身带着枪，为什么不把它带进浴室？"

本一松胳膊，衣服掉在沙发上，他的手里就像变戏法一样多出来一把枪。这把枪比亚历克斯刚才看到的那把尺寸要大些。"那枪是备用的，"本说，我一般不带两把枪洗澡。"

"你出门时都带着枪吗？怎么过飞行安检的？"

"有时带着。条件不允许的时候，就让枪先走。"

亚历克斯还想问问——怎么让枪先走，谁带它们走？——但想了一下打住了。他没办法不想，自己的哥哥带着枪。还是两把。当然，从道理上讲这也说得过去，毕竟本是一名秘密军人。不过，他心里还是觉得有些异样。

亚历克斯上过厕所后，刷牙，淋浴，穿衣。在出门前，本对他说："你把我的取车票给服务员，让他把我租的车开出来。我慢慢走到你停车的地方，看看有没有人在那里等着伏击你。如果有，而且对方不是高手的话，我想带一个跟我们一道兜兜风。"

"带一个？"

"亚历克斯，你的问题怎么那么多？去开我租的车，如果看见我是一个人，就带上我。如果不是，把后备箱打开。记住，想弄清楚你的麻烦出自哪里，就得用对方式，问对人，问对问题。这不是你想要的吗？"

"是的，不过——"

"不过什么？"

“你看，我不想卷进——”

“你已经卷进去了。你要做的就是从里面出来。”

“你在说什么？你要我帮你……绑架某个人？在四季饭店的停车场？”

“不，倒是你在说什么？你指望我会为你做一些违法的事？”

“我没有……”亚历克斯没有把话说下去，他感到有些不知所措。事情发展得太快了。本没有真的说要去绑架人。不是吗？

本大笑起来。“亚历克斯，你真像是一名政客。既想要办成事，又不让别人放手去做。按你这样的思路，什么事也办不成。”

“我不是——”

“是的，你就是。你们这些自由分子真叫我恶心，自己从来没见过枪，更别提在肾上腺素上升的时候端枪，可你们却反对警察向手持凶器的歹徒射击，还去起诉那些向倒地的恐怖分子再次开枪的士兵，根本不考虑多射出的那颗子弹可能会阻止敌人引爆背心里的炸弹。如果你们愿意，可以一直生活在自己的幻想当中，但你们好歹得学会感激那些让你们能活得如此自在的人。如果没有别人去做那些令人不快的事，你们又怎么能一直假装自己是干干净净的？”

“可你们不也是有所图的吗？一枚耀眼的金星勋章？”亚历克斯的嗓门提得比预想的要高。“你们是自愿做那些事的，不是吗？你们领了薪水，不是吗？确实，我很高兴有人去参军，那样我就不用去了，但同样的话我也会对煤矿工人说。可凭什么你们就特殊了？”

本摇了摇头。“你们没有教矿工怎样挖煤吧？你们没有告诉他们，挖的时候不能在指甲缝里留下煤粉吧？你们的那些专家真的让人无话可说，居然教我们干活。我不得不忍受他们说的那些屁话，但你的，就省省吧。”

两人站在那里，互相瞪着对方。亚历克斯想出了不少反驳的话，可是，有什么好争执的呢?

本扫了一眼手表,像是急着去办事。“我现在步行去你停车的地方,”他说，“看那里是否有人要对你下手。我也会顺道检查一下大堂是否安全。你等一分钟再出去，别让人看出我们是一起的。”他把给服务员的取车票递给亚历克斯，通过猫眼窥探了一会儿，然后走出门去。

亚历克斯按住心头那股砸东西的冲动，过了一会儿也出了门。他坐电梯下到大堂，出电梯门时警惕地向外看了看。大堂里空空如也。上帝啊，从现在开始就得一直这样吗?一直提防有人要杀了他?他不认为自己能适应这样的一种生活。

他把取车票交给服务员，两分钟后，服务员开回来一辆灰色的福特金牛汽车。很不引人注意，亚历克斯想，这就是本的生活。

亚历克斯钻进车子，把它开到拐角处。他看见，本一个人站在自己的宝马车旁。亚历克斯把车开过去，本钻了进来。他说:“带我去你的办公室。往南上佩吉米尔街，别走你从家出来的那条路。”

亚历克斯刚想问本是怎么知道办公室位置的，但立马回忆起来，本上网查过了。而且,他当然了解这一带的地形,他也是在这里长大的。

两人在车上都很沉默。当汽车开进沙利文和格林瓦尔德律师事务所的停车场时，本说:“开车经过你平时停车的位置，别停下来。让我们看看会有什么发现。”

亚历克斯照他的话做了。时间刚过7点，停车场里的车并不多。

“看见那辆车了吗?”本问，“那辆美洲豹。注意到它的引擎盖和车窗上都挂着露珠吗?说明这辆车已经停了一整夜。设埋伏的人不会这么干，所以它对我们来说是安全的。”

“有道理。”

“我们要留意的是今早开进来的车，而且车没熄火，这样里面的人不会冷，而车窗也不会蒙上一层雾气。不过，我没发现这里有哪辆车符合这一点。”

“但这里的大多数车都没挂露珠。”

“对。有些人跟你一样，来得很早。但注意了，这些车里都没有人。到目前为止，还没有什么异常。现在，你开车沿着整个街区转几圈，让我看看周围的环境，然后把车停在你不常停的位置，走不常走的入口进楼。”

他们停好车后，进了楼。本一路小心观察，时不时地停下来看看。

“电子门是一道关。”本说，亚历克斯不清楚他是不是在跟自己说话。“另外，如果是外面的人，进来后待在哪里？人们进进出出，早晚时段更容易暴露。所以，最好的下手地点还是停车场。人们总是喜欢用同一个方法解决问题。对，没错，是停车场。”

两人爬上“死亡之星”的台阶，本说：“在我没告诉你安全之前，不要在办公室里说话。”

“安全——”

“什么都别说。”

两人走上长长的铺着绿地毯的走廊。奥斯本办公室的灯亮着，亚历克斯向里瞥了一眼。该死，奥斯本在里面。他听见有脚步声，抬起了头。

“亚历克斯！”奥斯本叫道。“我没想到会看见你。你现在感觉怎么样？”

“呃，好些了。”亚历克斯说，“你怎么这么早来？刚从泰国回来？”

“我总是来得很早。”奥斯本指了指本，问，“这位是……”

“我哥哥，本。”

奥斯本站起身，慢慢地蹬着牛仔靴走过来。“嗨，本。我不知道亚历克斯还有个哥哥。”他伸出手,本迟疑了一下,然后也伸出手去握了握。

“我很久没回加州了。”本说。

“哦？你住哪儿？”“我在非洲传教，做义工。”

奥斯本收回目光。

亚历克斯心想，真是见鬼。

“非洲。”奥斯本喃喃道。

“我们向当地人提供食品、衣服和临时住所，开发清洁的水源，提供医疗和教育服务……”

亚历克斯从没见奥斯本如此窘迫过。“真的？”奥斯本问。

本笑了。“‘让小孩子到我这里来，不要禁止他们，因为在天国的，正是这样的人。’《马太福音》第 19 章第 14 节。你同意吗？”

“没有比孩子们更重要的了。”奥斯本说，“那，不打扰了？”他尴尬地笑了笑，回到自己的办公桌前。

两人继续往前走。亚历克斯身上直冒冷汗。真是见鬼了。奥斯本一定会认为他哥哥是个宗教狂人。他本想说些什么，但已经快到办公室了，本告诫过他不要说话。

两人进了办公室。本将食指竖在唇边,然后又示意亚历克斯锁上门。亚历克斯照做了。本把皮包放在亚历克斯的办公桌上，从里面拿出一个貌似收音机的东西。他在那东西上面接了一根延长杆，然后举着它在办公室里走了一圈。亚历克斯意识到，*见鬼，他是在检查有没有窃听器。*

几分钟后，本把注意力转到了亚历克斯的电话上。他检查了听筒、电话线和机座。

本把探测器放在亚历克斯的办公桌上，向窗外望了一会儿，然后合上了百叶窗。“你的办公室没有问题。”他说。

亚历克斯注意到，探测器的红色指示灯还亮着。“你不把它关掉吗？”他问。

“万一我刚才检测时窃听器关了，这会儿又开了呢？”

“你真以为有人会窃听我的办公室？”

本耸了耸肩。“我们俩爱抬杠，记得吗？”

“你一直都带着这个玩意儿？”

“你觉得有什么不妥吗？”

亚历克斯摇摇头。“我不……我不知道你怎么能像这样生活。”

“如果不这样，我早就死了。”

“我是说，这样生活一定很累。”

“你觉得累是因为什么都不懂。”

“刚才你往窗外看什么呢？”

“看有没有地方能架一部激光窃听器。它可以通过窗玻璃反射回来的激光，窃听房间里的谈话。”

“你不会是开玩笑吧。真能看出来？”

“不容易，但做得到。不需要碰运气。”

亚历克斯在自己的椅子上坐下，他很高兴没被本抢先一步。如果本不是忙着摆弄那部机器，可能早就占了自己的位子。“你为什么对奥斯本说那些传教的话？”

本冷笑一声，在办公桌对面拉了把椅子坐下。“我不喜欢那个人。他是你的老板，对吗？”

“你怎么看出来的？”

“这一点都不难。”

“是啊，好吧，他现在坚信我哥哥是一名宗教狂徒了。”

“我不想跟他废话。那些靠每天动动嘴皮子，坐收每小时500美元佣金的阔佬，不喜欢和做慈善事业的人打交道。那会让他们觉得自己的生活很没意思。”

“你认为我的生活没意思？”

本环视了一下办公室。“你有两天没来上班了，对吗？看看这里有没有什么不对劲的地方？”

亚历克斯不打算让他避开这个话题。“我刚才问你，你是不是认为我的生活没意思？”

本沉默了一会儿，答道：“我怎么想并不重要。”

“不，我很想知道。”

“我不知道该怎么说，亚历克斯。你还住在家里，工作单位离家只有5英里。你在同一个地方读大学、研究生院和法学院，全都在这里……我的意思是，你做过什么不同寻常的事情吗？冒过险吗？”

亚历克斯感到自己的耳根在发热。“那又怎么样？斯坦福大学是最好的学校。而且你也知道，在加州卖房子，税有多重！”

亚历克斯知道，自己的这些理由并不中听。但去他的本，生活的意义并不在于冒险。

“你认为自己是个冒险家？”他问，“想听听我是怎么看你的吗？”

本望向别处，似乎有些厌烦，说：“真的不想。”

“你学习成绩差，上大学时又中途退学，在老家呆得实在不爽。后来你参军了，部队似乎是你唯一能呆下去的地方，可你非要说自己的职业如何高尚，非给自己戴上顶高帽子。其实，你做的根本就不是什么有价值、有意义的事。你当兵无非是因为，你别无长处。”

本剥开一片口香糖放进嘴里，把剩下的递给亚历克斯，而亚历克斯恨不得把糖给扔出去。

“你看出这里有什么不对了吗？”

亚历克斯狠狠地瞪着本,过了好一会儿才消气。“我来看看。”他说。

亚历克斯看第一眼时就发现了问题。他桌上原来堆着八摞文件，现在有一摞不见了。是希尔卓的。

“怎么回事？”他开始翻找文件，确认眼前的事实。

“怎么了？”本问。

“我放在这儿的希尔卓的档案，黑曜石的档案，不见了。”

“你确定？”

“它原来就放在桌上。我一直将正在处理的文件放在这里。”

他翻了一遍自己的文件柜。“是的，它不见了。”

他坐下来，给奥斯本打电话。“大卫，你没从我办公室借过什么档案吧？”

“为什么这么问，丢东西了吗？”

“大卫，你难道就不能干干脆脆地回答我的问题吗？”

话一出口，连他自己都感到吃惊。本也惊讶地望着他。

奥斯本愣了一下,说:“没有,我没有借过你的档案。”然后挂断电话。

本笑道:“你不用再担心他会不会视我为宗教狂了，你一个人也能把他的肺给气炸。”

亚历克斯没有接话，冲一下奥斯本让他感觉好极了。他知道，他的举动也令本印象深刻，尽管他表面上在挖苦自己。

管他呢，就这样了。他有理由发飙。而且他对夹着尾巴做人也感到厌倦了。

“还会有别人借档案吗？”本问。

“呃，还有我的秘书阿里莎。但她总会在下班之前把文件放回原处——”

“你为什么不去她的办公桌上找找呢？”

亚历克斯站起身，出去查了一下。没有任何文件。他回来坐下，摇了摇头。

“还有别人吗？”本问。

亚历克斯想了一会儿。“我猜，还有莎拉。她是帮我处理这个案子的助理律师。但她不会从我的办公室拿东西。即便她要拿，也会留张条，或发个短信什么的。”

“不管怎样，跟她核实一下。”

亚历克斯拨通了莎拉的手机号码。“嘿，”他说，抱歉这么早打扰你。”

“没关系。我已经到停车场了。有事吗？”

没多少人比莎拉上班更早。亚历克斯算一个。

“我有几份希尔卓的文件好像找不到了，你没把它们借走吧？”

“当然没有。如果我借了，会告诉你的。”

“是啊，我估计也是。只是想确认一下，谢谢。”

他挂断电话，对本摇了摇头。本问：“现在，我们还需要抬杠吗？”

亚历克斯咽了口唾沫。先是有人闯进家里，再是办公室丢了文件……见鬼，这是怎么了？

“不需要了。”他说，“这里确实有事发生。”

“他们拿走文件对你有什么影响？”

亚历克斯想了一会儿。“没什么。我有存档文件，还有磁带备份……我大概还可以从电子邮箱中复制出一部分丢失的资料。”

“你确定电子邮箱里有吗？”

亚历克斯打开电脑，进入电子邮箱。“上帝啊，”他叫道，“全都没有了。我所有的黑曜石源代码文件都不见了。”

他跑出去，翻阅那些存档文件，可是没有找到。他又倒过来翻了一遍，还是没有。黑曜石不见了。

他回到自己的办公室。“有人把所有东西都拿走了。所有的。全部不见了。”

“磁带备份呢？”

“那个我不会查，得等技术部的人上班后问。”

“相信我，磁带备份也不见了。”本说。

“你怎么知道的？”

“前两天晚上，有高手潜进这里。他们有备而来，知道如何处理掉你的工作文档和存档文件，还有相关的电子邮件。你认为他们会漏掉像磁带备份这样明显的东西吗？”

亚历克斯静静地坐着，有些目瞪口呆。他不知道下面该怎么办。

“但是，还有一个问题，”本看着他说，“他们为什么放过了你？”

“什么意思？”

“他们在两个相隔很远的地方，分别杀了两个人。其中一个人，他有一定的社会背景，所以给弄得像是突发心脏病。他们随时都可以杀了你，可为什么没那么做？”

“是啊，我也很想知道。”

本用手指敲着大腿。“我想他们犯了个错误。”

“什么意思？”

“追求完美是成功的敌人，而他们太追求完美了。”

“嘿，本，我不明白你在说什么？”

“有人想要这项发明。不，这样说不对。应该说，有人不想让别人拥有这项发明，甚至不想让别人知道它的存在。现在你把自己放在这些人的位置上，想想，你会做什么？”

“呃，你不能，这太——”

“假设你必须这样。你要做的第一件事是什么？”

亚历克斯思考了一会儿。“发明人。”

“对了。按照目前事情发生的顺序，谁先死了？”

“发明人。”

“接下来呢？”

“我得说可能是专利局的人，也可能是申请专利的律师，两者机会均等。”

“他们先对专利审查人下了手。也许在他死前，他们跟他谈过话。他们也想跟你谈谈。”

“他们到底想干什么？”亚历克斯问。

本没有理会他。“但你跑了。他们一直在监视你，可你突然不去上班，也不在家里了。他们会怎么想？你藏起来了。意识到这一点以后，他们改变了行动的先后顺序。你想，他们会干什么？”

“我不知道……文件，我猜他们会动文件。”

“现在你明白了吧。”

“可这么做有什么用呢？专利申请已经电子化了，所有材料都存在专利申请信息检索系统里。进入这个系统，你需要数字证书和密码。我是说，它——”

“查一下。”

亚历克斯登录进入专利申请信息检索系统，然后输入专利申请编号。可是，这个编号不存在。

“真是见鬼了。”他说。

“不见了？”

亚历克斯又试了几次，一次用的是摘要编号，一次用的是客户编号。都不存在。他看着本，默默地摇了摇头。

“看出来了吗？”本说，“他们先追踪人，后追踪文件。你打乱了他们的行动计划，所以他们改变了先后顺序。他们能在这么短的时间内处理掉所有文件，说明他们对此早有把握。如果可能的话，他们愿意先处理掉你。明白了？整件事就像是在清理一堆垃圾，一样脏东西漏了，就先收拾干净其他的，再回来收拾它。”

他顿了一下，问：“那个女孩，莎拉，你说她一直在帮你处理这案子？”

“该死，是的。你不会认为……”

“她在别处提过专利申请的事吗？人们能通过别的渠道，知道她卷入此事了吗？”

“她提过，别人也能知道。”

“专利申请书上有代理律师这一栏吗？”

“有，填的是我。”

“噢，如果他们知道她是你的下属，她将会是第三级目标。”

“你的意思是——”

“在一项行动当中，所有的目标都具有潜在威胁，它们会导致行动出错或中断。一般情况下，行动会从最关键的目标入手。就像你刚才说的，先是发明人，再是审查人，然后是你。等你们这些人都解决了，接下来就要处理掉像她那样的目标。明白吗？”

“是的，你是说她现在也很危险。”

“如果是我处理这件事情，她就危险了。”

“我们得去警告她。”

“谁是‘我们’，伙计？”

“我不太懂这些事情。如果让我来说，别人会以为我疯了。她不会听我的。她……很固执。”

“那只能由她去了。”

“该死,你至少得帮我跟她谈谈。如果她出事了,你会有什么感受?”

“我不会有什么感受。这不关我的事。”

亚历克斯简直不敢相信自己的耳朵。“上帝啊，你怎么变得如此冷酷?”

“你最近给慈善组织捐款了吗，大善人?”

“你——”

“你知道帮助兔唇孩子的微笑列车组织吗?消灭疟疾协会呢?拯救营养不良儿童的Care.com?这些你都知道吗?亚历克斯，每天只要捐上几美元，不超过你喝咖啡的花销，就可以拯救上百条生命。”

“我们说的不是一回事。”

“确实如此。因为你要我做的事会给我本人带来危险，而你拒绝做的事，做不做对你毫无影响。”

“你怎么对慈善组织如此了解?”

“我研究过，为的是揭穿你们这类人的伪善面目。”

亚历克斯意识到,本在有意掩饰着什么。“你给它们捐款了,对吗?”

“捐了又怎样?”

“为什么?你是想赎罪吗?想重新安排宇宙秩序?”

本笑了。“你真像一个想要理解成人世界的小孩。在办公室里待着吧，真实世界的担子还是得留给成年人挑。”

“是啊，我也想那样，本，可是有个成年人非要取我的命。你说得很对，这不关你的事，很抱歉打扰你。”

“是啊，这不关我的事。我只是想对你尽些善心。”

亚历克斯惊讶地望着本。到现在,本的铁石心肠还是让他感到震惊。但为什么会这样呢?除了自己，本还在乎谁?

“让我来说说我是怎么理解的。你向慈善组织捐钱，去帮助那些远在天边、你永远都不会认识和接触到的人。但当站在你面前的人需要你伸出援手时，你却很不耐烦。我说的对吗？”

两人怒目相视。管他呢，亚历克斯想。他抓起电话，拨通了莎拉的分机。

“莎拉吗？能马上来一趟我的办公室吗？”

“真是很奇怪。我找不到——”

“马上过来。过来咱们再谈。”他挂断电话，望着本。“她在路上了。如果你不想跟她说话，最好马上离开。或者，你想先用一下我的电脑，给某个你喜欢的慈善组织捐个款。你以为，那样做才能逃脱因果报应。”

本没有说话。他看了看亚历克斯，继续嚼着自己的口香糖。

第十七章　按我说的做

没有比这更古怪的事了。在亚历克斯问过希尔卓的文件之后，莎拉也查起了手边的文件。全都不见了。她刚要给亚历克斯打电话，他的电话就过来了。

她抓起咖啡杯，径直走向他的办公室。她敲了敲门，然后旋转门把手。门锁上了。她感到奇怪，特别是因为亚历克斯刚打过电话叫她过来。

“门锁上了。”她喊道。

“对不起。”亚历克斯在里面大喊。一秒钟后，他打开了门。莎拉走了进去，亚历克斯关上了她身后的门，她注意到一个男人靠墙站着。“哦。”她吃惊地叫了一声。

那个男人很像亚历克斯，不过身材更为伟岸、结实。他也长着一头金发，一双迷人的绿眼睛。他一边嚼着口香糖，一边打量她。他的目光非常敏锐，让她感到些许不安。

“莎拉，”亚历克斯说，“这是我哥哥本。本，这是莎拉·侯赛尼。”

他哥哥。当然了——他们长得那么相像，她应该立马就反应过来。但他为什么那样看她？就像是在……审视她。不过，她不认为这其中有性的成分，因为他的目光太冷静了，没有流露出丝毫的感情。

“侯赛尼？”本扬起了眉毛。

“是的。”莎拉迎着他的目光。她对他的语气有些反感，觉得里面带着非难的味道。“*Famileh shoma az shomaleh iran hastand? Man ye zamani yek khanevadehhosseini mi shenakhtam ke az mashhad bodand.*”

莎拉完全给怔住了。他竟然用纯熟的波斯语问她，她们家是不是来自伊朗北部一个叫作马什哈德的城市。他说他认识一个从马什哈德来的姓侯赛尼的人。

“*Na famileh man tehrani hastand.Hamantor ke khodet midoni hosseini esmeh rayeji ast.*”莎拉回答说，她们家来自德黑兰，侯赛尼是个很常见的姓氏，她认为他应该知道这一点。

亚历克斯问：“你们在……说波斯语？”

“是的。”莎拉的目光没有离开本。

亚历克斯问本：“你什么时候学的波斯语？”

“读的函授课程。”本仍然盯着莎拉。

“你哥哥的波斯语说得很正宗，”莎拉说，“我看不像是从函授课上学来的。他在跟我们开玩笑，尽管我不明白这是为什么。对于初次见面的人来说，这样做很失礼。”

该死的家伙，他一直盯着她看，而她也不打算眨眼睛。

“是啊，他有时就是这样。”亚历克斯说，“我希望你不要太介意。”

本笑了，走到她身后，找了把椅子坐下。他的笑仿佛在说：*好啦，算你赢了咱俩这场小小的瞪眼比赛。祝贺你。*这真是叫人气恼。

算了，她告诉自己，别管他了。她挨着本坐下。

“刚才你在电话里，”亚历克斯问，“是不是要说丢东西了？”

“是的，我所有关于希尔卓的文件都不见了。这很奇怪，因为你刚刚告诉我你的也丢了。怎么回事？”

亚历克斯看了一眼本。“哦，天哪！”

莎拉问：“我有什么需要担心的吗？”

她感到本在看她。“得看你有多聪明了。”他说。

她看着他。“我肯定比你聪明。”

他耸了耸肩。“那你就得担心了。”

“莎拉，”亚历克斯说，“我想，你我都处于危险之中。”

亚历克斯细述了发生的事，莎拉耐心地听他讲，未提任何问题打断他。她脑子里一片空白，没有质疑他做出的判断。她知道希尔卓的事，而剩下的部分当然也有办法确认。她不怀疑，亚历克斯真的相信有人在耍阴谋。但这一切必须有一个合理的解释，不是吗？阳光下的、文明的硅谷地区，人们不会为一项发明而大开杀戒，他们会买、会卖，有时还会起诉，但不会杀人？

亚历克斯说完后，莎拉看着本。“你跟这事有什么关系？”

本摇了摇头。“没关系，真的。”

“本是军人，”亚历克斯说，“他知道这类事情。”

“军人？”莎拉仍然看着本。“你肯定知道很多事。”

本轻轻地扬了扬嘴角，似乎觉得她的话很逗，弄得他没法不笑。“我是知道一些事。”他说。

“哦，我很想知道，告诉我。”

这一回，他昂起头笑了起来。她从没见过比这更神气十足的面孔。

“哦，快说吧，”莎拉说，“你至少得让我领教一下如何开坦克，或者用步枪射击，或者征用军需品，或者你做的其他事，这样你才有资格被认为是‘知道这类事情’。”

本微微地眯了下眼睛。他看着她，目光既有力又平静。莎拉感到一股巨大的压力，她努力让自己保持平衡。这个男人身上有些危险的东西，而她意识到自己居然蠢得要把它给激出来。但是，到目前为止他允许她看到的，他身上的那种强有力的自控力和高人一等的派头……

让她没法就这么算了。

“我不开坦克。”他过了一会儿说，“我扛过一段时间枪，没征用过多少军需品。”

“那你一定是个特殊人才。”天哪，她这是在干什么？为什么她这么想……激怒他？惹毛他？找他的碴？想打破他小心构建起来的高人一等的形象？

“哦，我真的没什么特殊。没办法跟你们律师比。我的意思是，你们才是站在食物链顶端的特殊人才。像我这样的人，只是卑微的公仆。”

“你们俩——”亚历克斯刚开腔，莎拉就把他的话打断了。

“那么请告诉我，”她问，“你履行的是何种公务？”

“我只是保护你这类人的安全。真的，没什么重要的。”

她明白了，保护她的安全不重要。“怎么保护？你刚才提到的都是你不做的事。”

他停下来，像是在思考。“我消除威胁，这样律师们就可以继续挣大钱，痛饮高价咖啡了。这不是一份令人愉快的工作，但总得有人干。”

她意识到，他没有再向她展示自己的高人一等。他刚才的傲慢态度，只是一种伪装。现在，他含蓄地表达了自己的世界观。他把自己描述为造福他人的受苦受难者，而将莎拉之流视作是雅皮士和忘恩负义的人。再玩下去啊。她想。尽管她知道这样做很不成熟，甚至有些危险和愚蠢，但她实在很着迷，不想让自己停下来。

“你真是个高尚的人。告诉我，是怎样的威胁？你又怎么消除它？你做的事肯定很危险吧？”她的问话颇有些挖苦的味道，她任由它冒出去。

“威胁是各种各样的。”本说。他的表情仍然不咸不淡，甚至乏味，但他的眼中流露出某种东西——抗拒？愤恨？恼火？——“它们主要来自邪恶轴心国。伊拉克人，一度是他们。”他顿了一下，然后说：“伊朗人。”

“伊朗人？”她感到自己的面孔在发烫。“他们一定是最邪恶的！”

“他们很难取信于人，”他嚼着口香糖说，“你永远不知道他们想干什么。”

“不管怎么样，很高兴你俩能和睦相处，”亚历克斯说，“这会使我们苟且偷生的日子变得更轻松些。”

见鬼，他是对的。她在玩一个傻瓜游戏，这游戏能给她带来什么呢？

“等一下，”她问，“我们还留有黑曜石的源代码记录吗？”

亚历克斯摇了摇头。“我想没有了。他们拿走了所有东西，甚至包括专利申请信息检索系统里的申请书。”

“该死。”她骂了一句。

本望着她。“什么？”

“如果我们有源代码，”她说，“就可以把它公开。”

“当然，”亚历克斯说，“通过 SourceForge 网站，或 Slashdot 网站——”

“不仅仅是技术网站，”莎拉说，“我们还可以在许多政论博客上跟帖。我们可以告诉大家，有人被杀了，你家被人破门而入了——”

“所以他们才会在对亚历克斯失手后，那么快地行动。”本说，“他们不给你们留下任何公开发表的机会。整个行动就是要守住此项发明的秘密。”

“那是政府的行径，”莎拉说，“总把事情捂着。信息需要自由，而政府想控制它。”

亚历克斯叹了口气。“是啊，没有源代码，就不能公布任何信息。否则，我们像是在危言耸听。”

“确实如此。”本说，“没有证据，就没有故事。”

他们沉默了一会儿。本望着亚历克斯。“你一定知道一些事。否则他们会直接杀了你，然后处理掉那些文件。他们没那么做，是因为他们想先从你这儿得到信息。那是什么？”

“我怎么会知道？”

“你知道什么？他们会认为你知道什么？”

“我不知道。”

“想一想。他们对你们事务所的文档系统，电子和硬件备份情况了如指掌。他们知道哪些律师在处理这个案子，知道专利申请信息检索系统，以及如何进入该系统。对于他们而言，摸清这些情况并不难，都是些程序性的东西。他们真正紧张的不是这些，而是某种特殊的、系统之外的、难以预料的东西。那会是什么呢？他们担心会漏掉的东西是什么呢？个人手提电脑？私底下的备份文件？你有此类东西吗？”

“是的！”亚历克斯说，“以前希尔卓每次来，都会留一份最新版本的备份光盘给我的秘书。这么做是为了规避风险。现在备份光盘就在我的手提电脑里，我之前还用过它。”

“他们怕的就是漏掉这样的东西。”本说，“他们就是为了这个想要拷问你。里面有源代码吗？”

“没有，只是个可执行文件。”亚历克斯说，“它就跟你在商店里买的游戏软件一样。里面还有希尔卓的编程笔记。”

“你能把源代码转换出来吗？”本问。

“不能，”莎拉说，“我的意思是，也许理论上可以，但实际操作中行不通。”

“没有对源代码进行备份吗？”本问。

亚历克斯摇了摇头。“全给他们拿走了。”

“呃，如果你们把可执行文件的版本发布出去，会怎样？”

亚历克斯耸了耸肩。我不认为它会使我们的话变得更加可信。从表面上看，它就是个功能更为强大的加密与解密程序。希尔卓死后，我对它进行了试用，没发现什么值得为它杀人的地方。所以把它作为阴谋论的证据发布出去，没有什么说服力。”

他们又沉默了一会儿。“呃，”莎拉说，“我们现在该做什么呢？”

本说：“我认为有三种可能性。”

亚历克斯和莎拉都望着他。

“第一种，”本说，你们什么都不用做。不管谁是幕后黑手，他们可能觉得行动的风险回报率变了。他们已经清除了源代码和专利申请信息检索系统里的资料，干掉了发明者和专利局的人。他们不知道有备份光盘存在，尽管这东西他们一直想要销毁。此时此刻，他们有可能觉得，事情办得可以了，该收手了。”

“这种可能性有多大？”亚历克斯问。

“我不认为有多大。”本说，“他们行动的首要目标是除掉具有威胁性的人。完成这一目标需要大量的后勤补给和冒巨大的风险。所以，人这一部分在他们看来很重要。你的反抗举动迫使他们改变了行动的先后顺序，但不会改变他们对目标价值的判断。”

“而且我现在又发现文件什么的丢了，”亚历克斯说，“把发生的事都串了起来……”

本点点头，然后把头偏向莎拉。“非常正确。还有，他们之前可能会放过她，因为她还不值得杀。但现在他们发现你已经对她发出了警告。她比以前知道得多了。他们可能会重新评估她的威胁程度。”

莎拉强压住心头的怒火，本在讨论关乎她性命的威胁时，竟然当她是个透明人。“好吧，第一种可能性听上去很渺茫，”她说，“那第二种呢？”

“第二种要求你们找出一个合理的解释，为什么有人会为了黑曜石杀人？弄清楚这一点，你们离知道谁是幕后黑手就近了一步。”

“我努力过了，”亚历克斯说，“但毫无头绪。”

“它威胁到了谁？”本问，“或者谁将因此而受益？现存的安全软件公司吗？”

莎拉轻笑道：“你是说软件公司雇凶杀人？别逗了。”

本看着她。“很逗吗？你不想听可能会救你一命的话，因为你还想天真下去？”

“别这样，本。”亚历克斯说，“公司不杀人。”

“你得出这样的结论靠的是什么？”

“会不会是政府干的？”莎拉说，“国家安全局可能不想让网络变得更安全。”

本轻笑道：“我真的不认为国家安全局——”

“你认为国家安全局不会杀人？难道就我一个人天真？我敢打赌，你不认为总统会在美国本土逮捕美国公民，会在没有辩护律师的情况下拘禁他，或者指控他犯有某项罪行。我敢打赌，你也不认为政府会在未经批准的情况下窃听美国公民。我敢打赌，你不认为——”

“你根本就不了解我想的是什么。”

“——政府为了发动一场战争会编造假情报。我敢打赌，你不认为掌管行政大权的人会动用一切政治力量，用一个冠冕堂皇的理由，将各式各样的腐败行为合理化。你不会否认这样的事情每天都在发生吧？”

说完后，莎拉的呼吸变得有点困难。她并不打算发表演说，只是想数落他一番。

“你知道吗？”他说，“如果为了拯救生命，需要一些法律做出妥协，那它们就得妥协。这就是事情的本来面目。”

“是吗？由谁来决定哪条法律做出妥协呢？妥协多少？如果你能违法，为什么别人不行？法律的落脚点在何处？这样做，法律还有什么意义？”

“给你出个主意。”本懒洋洋地嚼着口香糖。“与其这样凡事都怪到美国政府头上，为什么你不考虑一下别的可能性？”

“比如说？”

“先挑一下德黑兰的不是？你不会相信他们都干了哪些恶心事。”

莎拉知道他又想要激怒她了，所以努力保持冷静。她本想说，我是美国人，你这该死的种族主义者。但她知道，他就是在等她说这句话，他就是想激怒她。如果得逞了，他会换一种歧视女性的口吻，说她刚才的表现过于感情用事。

“我当然相信。”她化愤怒的情绪为嘲讽的语言。“我们一定不要漏了伊朗。每个 GDP 规模达到芬兰水平的国家，都对我们的国家安全构成重大威胁。你看到新闻了吗？两名伊朗核科学家上周在伊斯坦布尔被暗杀了。”

“是吗？”本说，“我一定是没注意。”

“是的，同时被杀的还有他们的保镖。虽然我们有一条法律——第 12333 号行政令——禁止暗杀活动。”

本耸了耸肩。“你能怎么办？伊朗树敌太多。”

“是啊，也许我们把暗杀任务转包给了它的一个敌人，就像我们过去为了不违法，把施加酷刑的任务转包出去一样。后来我们开始自己干了。稍稍地违一下法并不为过。你知道这会导致怎样的情形吗？违法现象会变得越来越严重。”

“我很敬佩你的理想主义精神。”本的脸上挂着家长式的微笑，她恨不得上去揍他一拳。

亚历克斯问:“你提到的第三种可能性是什么？”

本盯着指甲盖边缘的死皮看了好一会儿。“你不会想知道这种可能性的。它没有好结局。依目前的形势看，这种可能性发生的几率最大。我有一种感觉，你们会一直把头埋在沙子里，直到有人一枪打烂你们的屁股。”

他怎么能对自己的亲弟弟说这样的话？他怎么会如此漠不关心？他是在做戏吗？不管怎么说，他过来帮忙了，这肯定意味着什么。

“警察怎么说？”她问。

本看着她。“什么怎么说？”

“我们可以向他们报案，说丢了文件。”

“当然可以。但你指望他们什么呢？”

“我不知道。让他们了解真相，就像我们一样。让他们投入更多的警力。或许，还可以让他们保护我们。”

本耸了耸肩。“很好啊，就这么办吧。”

她狠狠瞪了他一眼，真想给他一巴掌，让他不能再如此满不在乎。

“好,”她等气消了之后问,“告诉我，我哪里不对了？”

本叹了口气。“你没有从对方的角度考虑问题。你应该站在警察的立场上思考。亚历克斯已经把他的阴谋论讲给警察听了，不是吗，亚历克斯？”

“我是讲了,但那不是什么阴谋论。”亚历克斯说,“而且,之后——”

“之后怎样？又发现文件丢了？警察会认为你在耍花招，在想尽办法让他们认同你的猜疑。你这样做，他们会认为你不正常，结果只会适得其反。”

“但我的文件也不见了。”莎拉说。

“是啊。他们会认为亚历克斯拿走了文件，好让你来证实他的说法。”

“他们不会那么想。”莎拉说，但她知道自己这话听上去有点像在赌气。

“你认识几个警察？”本问，“你知道他们怎么过日子，怎么看待这个世界？让我来告诉你，一个圣荷塞警局专办谋杀案的警官会关注什么？团伙犯罪。枪伤致死的青少年。害怕合作的目击者。他一直在盯着此类事情。那是他的世界。你们碰上的事，他只在电影里看过，他不会认为那是真实的。再说，即便他信了你又怎样？你指望能得到圣荷塞警局提供的贴身保护？”

该死，他说的没错。但……

“有人从我们办公室拿了文件，”莎拉问，“他们怎么进来的？”

“我能想出好几种方法，”本问，“为什么这么问？”

亚历克斯朝椅子前缘挪了挪。对——电子门卡。每张电子门卡都植入了个人信息。“如果你想查，能查出有谁进出过这里，在什么时间。”

本摇了摇头。“即便如此，也无法确定谁是真正的使用人。”

“不管怎样，”亚历克斯说，“我们还是应该联系一下保安。”

“我不同意。”本说。

“为什么？”

“第一，就像我说的，这么做是在浪费时间。第二，你已经把我介绍给够多的人了，我不想再惹人注目。”

莎拉冷哼了一声。

“你相信你的老板吗？”本问，“那个牛仔？”

亚历克斯本想说自己谁都不信。“为什么？你认为他和这事有关？”

本耸了耸肩。“他今天来得很早。”

“他有时来得早。怎么了？”

“我怎么会知道？他是你的老板。”

“他一年挣几百万，我想他不差钱。”

本笑了。“钱有够的时候吗？”

三个人都不再说话。过了一会儿，莎拉问：“我们到底在讨论什么？”

本看了看亚历克斯。“你会操作那个备份文件？”

“当然。”亚历克斯说。

“那动手做吧。抓紧时间搏一下。找个安全的地方躲好，别管其他的事，弄清楚这项技术到底有什么特别之处。”

“这样做好像胜算并不大。”莎拉说。

“是的。但总比让亚历克斯坐着等死强。”

她意识到，他只是在说让亚历克斯躲起来。那她怎么办？已经有两个人死了。有人偷了她办公室里的文件。他们潜入了专利申请信息检索系统，闯进了亚历克斯的家。想到世上仅有的两个知情者将抛下自己，她感到害怕。

“是吗？”亚历克斯问，“那莎拉怎么办？”

莎拉非常感激他能这么问，她差点要对他报以微笑。

“跟你一样躲起来，”本说，“直到你弄清楚技术问题。”

“让莎拉跟我一起干，也许会快点。”

莎拉眨了眨眼睛。她不敢相信这话出自亚历克斯·特雷文之口。

本摇了摇头。“我认为更安全的安排是……”

“是什么？”亚历克斯问，“把我们分开？我看未必。你刚才不也说过，最终能保证我们安全的是找出这项技术的特殊之处。”

本挠了挠面颊。“好吧，随你们。”

亚历克斯看了看莎拉。“你能消失几天吗？”

她长长地吐了口气。“如果我病了……你已经病了，不是吗？流感？”

“今天早上好了，”亚历克斯说，“奥斯本看见我来上班了。”

莎拉挤出一丝笑容。“我可以说被你传染了，而你病情复发。”

亚历克斯看了看本。“你呢？”

“我怎么了？”

亚历克斯叹了口气。“你能在这事上多花点时间吗？陪陪我和莎拉。”

“我想你们并不需要我。”

亚历克斯把手撑在桌面上，尽可能地稳住身子。“本，我们需要你。你也注意到了，我们只是两个手无缚鸡之力的律师。想想上次我靠自己躲起来，你那么容易就找到我了。别人也可以。我们需要和你拴在一起。”

本把目光投向窗外。他握紧了拳头，关节处发出咯咯的响声。

“拴在一起。”他重复道。

亚历克斯看着他。“是的。”

本点了点头。“好吧。我们来分一下工。你们负责技术，其他的归我管。你们必须听我指挥，不许向我发问，不许跟我讲大道理，只能按我说的做。明白吗？”

亚历克斯说：“没问题。”

本望着莎拉。莎拉狠狠瞪了他一眼——

变态的控制狂——但什么也没说。

“听明白了？”本又问。

“我明白你的意思。”她说。

“是啊，”他说，“我也明白你的意思。现在，让我看看你们的手机。”

莎拉虽然有些抵触情绪，但还是把手机递给了本。亚历克斯也把手机递了过去。

本关掉两部手机，把它们扔进放在桌上的皮包中。莎拉问：“你这是在干什么？”

“你不可以向我发问。”本说。

“如果你拿走我的手机，我就要问。再说，你不允许我提问，并不表示你不需要做出解释。”

本轻声笑了。莎拉真想上去给他一记耳光。

“我知道你很难接受，”他说，“但有人在密切监视着你们的一举一动。你的家和单位。你的车。你去的所有地方。你做的任何事情。明白吗？我向你保证，如果让我来猎杀你，我会跟踪你的手机信号，除非你还有什么更容易被追踪的东西。再问一下，你们俩车上的GPS系统，提不提供紧急路边援助的服务？”

莎拉点点头，她看见亚历克斯也一样。本刚才随口说出的那个词——猎杀——让她顿生寒意。

“好了，祝贺你们。这个隐患我也替你们解决掉了。你们说你们准备好了要消失一段时间，但不知道具体该怎么办。消失可不是件容易的事。你们必须做出一些牺牲，你们的生活会因此有所不便。懂了吗？还需要我进一步解释吗？”

大家都沉默了一会儿。莎拉知道本的话在理，但他说话的方式仍令她感到不满。

亚历克斯问：“我们该做什么？”

本看了眼莎拉，说：“按我说的做。”

第十八章　下次运气好点儿

他们开着本租来的车，驶向四季饭店。亚历克斯手握方向盘，莎拉坐在副驾驶座上，本一个人待在后排。本有点恼火。他回到此地才12个小时，但事情已经变得有些失控。

他不信任这个女孩。她的政治意识很强，如果她有个叔叔、伯伯或堂表兄弟在安全机构工作，那一点也不奇怪。对她来说，给他们打个电话很轻松——嘿，艾哈迈德叔叔，你该来我这儿看看，我正在忙着申请一项技术专利，是你让我留意的那类东西。

有人从亚历克斯的办公室里拿走了文件。有人知道文件放在哪里，或者该往哪个方向找。这里面应该有个内鬼。谁与这事有关呢？谁有动机呢？她说她也丢了文件，这让他更怀疑她。

这时候带上她很冒险，但他没有选择的余地。他注意到了亚历克斯看她的眼神，那个傻瓜在单相思。他不能怪他，因为连他都得承认，她是个有吸引力的女孩。但上帝啊，她是个麻烦。他不应该提任何有关伊朗的事，她对于那些信息很敏感。她的伪善和故作天真令他恼火。

他一点都不喜欢关于伊斯坦布尔事件的报道，但电视上一直在播。她有波斯血统，而且喜欢谈论政治，她很容易看出点儿端倪。

话说回来，他还是要带亚历克斯走出眼前的困境。他之所以要救他，并非因为亚历克斯值得他救，而是因为他就是这样一个人，尽管亚历克斯并没有意识到。现在他的弟弟显然决定了，让他把这个女孩也一起救下。上帝啊，他早该料到他会这样。这才是亚历克斯的风格：拖他下水，逼他承诺，然后告诉他，哦，还有一件小事情……

在本看来，目前的形势虽然很不乐观，但还是可以做点小文章的。如果这个女孩真是对方的人，他可以用她来放假消息——让她当个不知情的双面间谍。他必须极为小心，因为她也可能传递出去很多真实的情报——比如，他们的准确位置——但如果他顺势利用一下，可以让她把她的人引向伏击圈。他开始思考该如何操作。

他让亚历克斯把车开到途中的一家沃尔玛超市。本给每个人挑了顶毛线帽。莎拉想知道这是为什么。

“我想让别人不大能认出我们，也不大能记住我们的样子。只是以防万一。有何不妥？”

“我只是随便问问，”她说，“或者我必须无条件地服从？”

本抛给她一顶帽子。“你必须服从。”

本买了帽子和一部一次性手机。在出超市的路上，他把新手机的号码存入自己的手机，然后把新手机递给亚历克斯。“你需要时用它跟我联系。我需要找你时也会打这个号码。不许作其他用途，不许拨打或接听其他电话。听明白了？”

他们从101号公路的大学路出口驶出，往前一直开，就是四季饭店。本说：“不要开进饭店停车场。下个路口向右拐，去曼哈顿大街，把车停那儿。”

“为什么？”亚历克斯问。

“你的车和她的车都牺牲掉了，我不想——”

“我的名字叫莎拉。”莎拉回过头来看着本。“叫我名字。谈到我的时候，别装作好像我不在这里，那样做很不礼貌。”

“见鬼。我可从来没想过要对你失礼。”

“不，你存心跟我过不去，你一点都没想过对我以礼相待。所以我才会让你注意点。”

“知道了，女士。”

她像是厌烦了似的轻轻摇了摇头，然后回过身去。是啊，也许他对她是太过分了。他也不知道这究竟是为什么。如果一直像这样把她钉在对立面上，想要利用她来传递假消息，就不容易了。只是她让他感到不胜重负。他的肩膀上已经扛了个亚历克斯，他实在是不想再驮她了。

“你的车和莎拉的车都牺牲掉了，”本说，“我不想让这辆车再暴露。”

莎拉又回头看了看他。“你认为有人守在饭店吗？”

“有这个可能。就像亚历克斯说的，我能在那里找到他，别人也能。如果真是那样，对方一般会在亚历克斯的车旁守着。因为你不可能一直坐在饭店大堂，而不引起别人的猜疑。所以现在，我们得离亚历克斯的车子远远的。明白了吗？”

她点点头。亚历克斯问：“你为什么要说‘现在’？”

本打开沃尔玛超市的购物袋。“一次回答一个问题。把帽子戴上。”

三个人都戴上了帽子。本还多戴了一副手套。在这样的大冷天，做一些小小的伪装并非难事。

他们下了车，一路眯缝着眼，躲开从大楼间隙中射出来的阳光。曼哈顿大街的街名起得有些名不副实。这条街其实很安静，两旁都栽着行道树，街面上有不少廉价出租公寓和投币式洗衣房——与附近街面上的豪华饭店与高档写字楼相比，它们就像是出土文物。本领着亚历克斯与莎拉回到饭店，他一边往里走一边观察周边的动静，没有发现什么问题。

接待处，一个穿着灰色西装的银发男子向亚历克斯挥了挥手。“嘿，亚历克斯。真高兴在这儿见到你。过来吃早餐吗？”

“嘿，特雷西，这次不是来吃饭的。家里搞装修，过来住几天。”

那人笑了。“很高兴你选这儿住。”

三人继续往前走。

本满面狐疑。“那家伙是谁？”

“特雷西·默瑟，饭店经理。”

“你认识他？”

“我常过来吃饭。”

本很诧异，像亚历克斯这样聪明的人怎么会在这事上如此愚蠢。“我不是告诉过你，去个没人认识你的地方吗？”

“呃，是的，但……”

本摇摇头。“算了。”难道亚历克斯真那么蠢？难道他想找死？

三人进了亚历克斯的房间。亚历克斯收拾自己的衣物，本从窗口往外望。饭店楼下是一条高速公路，路对面有一家大型的宜家购物中心。在本还是个孩子的时候，这里什么都没有。当时，帕罗奥多市的东边还并非商业区。本惊叹，亚历克斯居然可以很随意地来这家饭店消费。这里的房费少说也得一晚上 400 美元，但亚历克斯在把这里当作庇护所时，一点也没考虑费用的问题。有点好笑，他们兄弟两人属于不同的社会阶层。当然，本也得到了父母留下的一半遗产，遗产的数额不可说不丰厚，但他从来没有动过那笔钱。他一直认为，不到万不得已，那笔钱是动不得的。

他们又回到大堂。莎拉说：“我需要去一趟洗手间。”

本的大脑里拉起警报。“不行。”

她看着他。“不行？”

“现在不行。这里不安全。我们必须先离开这里。你得忍一忍。”

她抬起下巴，眼睛里显出不耐烦。“忍多久？”

他想说，忍到我告诉你可以的时候。“十分钟。你能忍得住吗？”

她没有回答，他当她是同意了。上帝啊，他好像看见她的怒火正从耳朵里往外冒。

真是件棘手的事。本打算再去亚历克斯的车那儿一趟，看看能否发现什么情况。这时候他可不会让她钻进洗手间，借一部手机，向某个同伙发出警告。

亚历克斯看了看周围——没见着饭店经理的人影——他们又向本的车走去，本一路上小心戒备。“把车开到101号公路，”本对亚历克斯说，“公路边上有一家星巴克。莎拉可以在那里上厕所。之后，你们再把车开回来，在饭店停车场你停车的地方绕一下。我想再看看那里。”等他们到了星巴克，这个女孩再打电话警告同伙就来不及了。

“你肯定这主意好吗？”亚历克斯问。

“我也不知道那里会不会有人。”本说。但他知道，或早或晚，有人会设下埋伏的。可能在亚历克斯的车旁，可能在办公室，可能在他家，也可能在这个女孩的停车处或家里。不过，所有这些伏击点也可以变成反伏击的地方。

亚历克斯和莎拉驾车离开。本压低帽檐，调回头往饭店停车场走去。

他抄近路来到停车场，离亚历克斯停车的地方很近。如果有人在此处埋伏，等他们发现他时，已来不及反应。他拐了个弯。瞧，一个粗壮的白人正倚在离亚历克斯的车不足10英尺的地方。那人剃着光头，戴着一副墨镜，抽着烟。他身上穿着一件齐腰的黑色皮夹克。

本一眼就看出，这个家伙不对劲。这里位于停车场的西面，在早上这个时间根本照不到阳光，所以他没有必要戴墨镜。如果他是在附近写字楼上班的职员，这时候跑出来抽烟放松也为时过早。另外，他为什么要跑这么远呢？对于隐藏随身携带的武器来说，齐腰的夹克确实很合适。

本很不经意地向对方靠近，他的心跳开始加速。他扫了眼四周，没看见别人。但这里停了一长溜汽车，他看不清每辆车里到底有什么。他不能保证这个家伙是独自一人。他不去想自己应该做什么，以往接受的训练告诉他，不能表现得如同在扮演旁人，要让自己也相信自己用来伪装的身份。他现在的身份是一个路人，他正往自己的车走去。继续往前走，像这样贴着墙边，对方看不见他的表情和动作，但他能看见对方的手。只要光头男子的手离开他的视线，他就会亮出自己的武器——那把他常用的格洛克 17 型手枪。

“对不起。”本一边往前走，一边说。他装作手上捏着根香烟。“能借个火吗？”

光头男子望着他，没有答话。他仍然倚着墙，这个姿势表明他并没有起疑心。现在，如果这家伙想动手，得先从墙边闪开。那会占用他不少时间。实际上，可能是剩下的全部生命。

“以前没在这里见过你，”本在离他几步远的地方停下。“这一带的烟民我基本上都认识。你不是这里的？”

对方还是没有答话。可能这家伙不会说英语，或者他会说，但怕别人听出他的口音。

本不想开枪。他有很多理由不想那么做，至少是怕弄出枪响和让别人看见。

“你听不懂？”本问，“不会说英语？”

两人对视了一会儿，然后那人用低沉的嗓音说：“我会说英语。”

他的口音很重。是俄语的腔调。

本的记忆一下苏醒过来，哦，见鬼，别又那样。

两人满腹狐疑地打量着对方。世界一下子静下来，只剩下彼此间的剑拔弩张。本能够感觉到自己的伪装在慢慢瓦解，而秃头男子也应该能看得出。那人还是一动不动，但他的身体明显绷紧了，不再像刚才那样毫无戒备。

本猛地冲向前，同一时刻那人也从墙边弹起，右手伸向夹克的左侧。本往前一跃，迅速给了那人一记重拳，那人的右臂甩落下来。本又锁住对方的手腕，用左肘痛击对方右太阳穴。在一连串重击之下，对方手中的香烟飞了出去。本继续抓住对方腕部，用右肘猛戳对方身体，使对方摇摇欲坠。那人一个劲地想挣脱开本的手腕，可能是想拔枪，也可能是想护住自己的右侧身体。本不清楚对方确切的目的，但他的手没有丝毫松开的迹象。他们扭打在一起，那人被本压在墙上。本后退半步，用头撞击对方面部，然后抱住对方，用左肩猛撞对方胸骨。他把全身的重量都压在那人身上，将其钉在墙上，不得呼吸。本又给了那人一记重击，接着又是一记。突然，那人的身子变得重起来，本知道支撑住没让他倒下的是自己和他身后的墙。那人的鼻孔和眼角涌出了大量的鲜血。

本猛地松开对方右臂，谨慎地朝后退去。那人直挺挺地倒在地上。整个世界仍然是一片寂静——本知道这是因为他的听力暂时丧失了，是肾上腺素在作祟。他迅速扫视四周，发现另一个穿着黑夹克的家伙正从一辆褐色轿车里钻出来，那辆车与亚历克斯的汽车只隔着两个车位。那人也戴了副墨镜，他的身材至少与第一个家伙一样魁梧。他的一只手已经伸进夹克，而且正在往外抽。本想，糟了。第二个家伙已经拔出枪来。本俯下身子，同时摸向自己的格洛克手枪。那人的子弹射高了。在他打算开第二枪之前，本迅速跃起，朝其胸口猛击三拳，将其打翻在地。本发现自己的右边有动静——是第一个家伙——他朝对方头部击出了致命的两拳。

第二个家伙仰面躺着，他还在挣扎，刚才跌落在地的枪离他的手只有几英寸远。本举起手中的格洛克手枪，走到近处瞄准对方。现在的距离已不会弄出很大的声响。在决定开枪前，本还有半分钟的时间可以利用。

他用俄语问："你是谁？"

那人没有回答。他脸上的墨镜已经被打飞，眼中流露出痛苦与惊讶的神色，仿佛还没搞清楚发生了什么。

本一脚把那人的枪踢开，又问："你是谁？"

那人还是没有回答。鲜血从他的身子底下流到了水泥路面上。

"告诉我你是谁，然后我给你叫辆救护车。"本说。

那人发出一声虚弱的轻笑，紧接着咳个不停。

算了。本知道自己在这样的情形下说不好谎。他看看四周，没有人。

"再见。"本朝那人的脑门上补了一枪。那人身体抽搐了一下，之后就不动了。

本蹲下来搜查他的口袋。狗娘养的，只有一只皮夹。他抓起皮夹，心想，上帝保佑。他又搜了另一个人的身，也是只有一只皮夹。真是见鬼了。

本把头伸进他们的车子。点火器上没有插钥匙，锁孔被砸坏了。这辆车是他们偷来的。真聪明，没有在这上面留下线索。

本也没有找到其他的东西。没有注射器，没有管束带，什么都没有。显然，他们不是来这儿抓亚历克斯的，他们只想干掉他然后离开。没人能认出他们的模样，即使查他们的车也没用。这会是一桩毫无头绪的谋杀案，警察可能会把它和几天前的案子联系起来，认为它跟贩毒有关。本看着两具尸体，心想，下次运气好点儿，混蛋。

本收起手枪，朝停车场出口走去，从那里转上曼哈顿大街。他一边走一边掏出手机。亚历克斯立刻接通了。

“是我，别回饭店了。我正沿着西海湾路向北走，与高速公路平行。你知道路吗？”

“当然。”

“好。过来接我。别开快。”

“为什么？出事了吗？”

“没事。按我说的做。”

本挂断电话。两分钟后，他听到身后有汽车靠近的声音。他朝后扫了一眼，准备拔枪，却发现是亚历克斯。亚历克斯放慢车速，本跳上车，说：“开车。”

“怎么了？”亚历克斯问。

“开你的车。好好开，别开快。转到280号公路。我会在路上告诉你情况。”

莎拉回过头来看着他。“你脸上有血。”

该死，肯定是在用头顶俄国佬时沾上的。本对着后视镜用唾沫擦去血迹。

“不是你的血。”莎拉说。

本笑了笑，感到一阵头晕目眩，他知道这个状态会持续约10秒钟。

“那样最好。”他说。

“究竟怎么了？”亚历克斯又问。

他们路过一家自助式洗车房。“开进去。”本说，“打开后备箱，我要出去一下。”

亚历克斯照做了。本跳下车，从后备箱中取出真正的车牌。他用真车牌替下了原先用的偷来的车牌，那是他在第一次去四季饭店见亚历克斯之前安上的。他把偷来的车牌扔进背包，又从包里摸出一把备用的手枪——也是格洛克 17 型的。他要背着这个女孩，把用过的枪和车牌处理掉。

他回到车上，亚历克斯发动汽车。“你换了车牌？”莎拉问。

“必须换。附近的人应该听到了枪声。我敢肯定有不少人从窗口向外望。尽管隔了几条街，可能还是有人会看到你们用车带上我。所以，我们不能排除车牌被记下的可能。”

“开枪了？”亚历克斯问。

莎拉问：“你哪儿弄的车牌？”

“借的。”

亚历克斯回过头来看着本，两只眼睛睁得大大的。“你……你杀了人？”

“看好路，亚历克斯。你做好你的，我做好我的。”

亚历克斯面朝前方，说：“我不敢相信，真的不敢相信。”

“对方是两个人，”本说，“在你车旁一辆偷来的车里等着。你不会认为，他们是要祝你生日快乐的吧？”

“但你刚看见他们，怎么就能肯定——”

“别说了，开好你的车。”

亚历克斯不说话了。

“我们去哪里？”莎拉问。

“进市区，”本说，“找一家饭店住下。你们两个解决技术上的问题，我顺着刚发现的情况查下去。”

“什么情况？”莎拉问。

本没接话。他还是不相信她。两个俄国佬不像是政府的人。政府的人不会随身带着皮夹，他们一直是不留一点痕迹的。而且他们会更警觉，不会让本那么轻易接近。

他猜，这两个人应该是俄罗斯黑手党。俄罗斯的暴徒们可能在觊觎亚历克斯手上的技术，或者，更有可能的是，这些暴徒被人收买，干杀人越货的勾当。这样的情况不是第一次出现了，在上世纪60年代，中情局就曾雇凶刺杀过卡斯特罗。所以，伊朗也不是没有可能雇佣俄罗斯暴徒的。

现在，本还面临着另一个问题。这个问题他事先没有充分考虑到。这个女孩，这个他之前不认识，但亚历克斯非要他带上的女孩，可能会成为一起双杀案的重要证人。虽然她没有真的看见他扣动扳机，但他必须格外小心，不承认亚历克斯歇斯底里有待证明的说法。但她已经知道的事，还是对他非常不利。

本必须告诉他们一些情况。不然，他们会在探索技术问题时失去方向。他还要让这个女孩了解，这事警察管不了。

“我听到那两个人说话，”本说，“他们是俄罗斯人。你们能想出俄罗斯人为什么要得到黑曜石吗？”

莎拉问：“俄罗斯人？俄罗斯人卷进来了？”

本点点头。“你们俩像是遇上大麻烦了。”

亚历克斯问：“什么意思？”

“我看出有两种可能。一、他们是俄罗斯联邦安全局的人，就是新一代的克格勃。如果是这样，想取你们性命的就是俄罗斯政府。”

莎拉向后扫了他一眼。“另一种可能呢？”

“他们是俄罗斯黑手党。”

“太牛了。”亚历克斯一边看路，一边摇头。“想让我们死的不是克格勃，就是黑手党。”

“我猜黑手党的可能性大点，”本说，“可能是有人雇的凶。幕后黑手也许是俄罗斯联邦安全局，也许是别的什么人。所以我再问一遍，你们能想出俄罗斯人为什么要得到黑曜石吗？”

大家都安静了下来。过了一会儿，亚历克斯说：“没什么与俄罗斯特别有关的东西。”

本说：“先不管了，在这上面留点神。我去找自己的人问一下，看看能否查出他们的后台，查出他们到底在为谁卖命。”

第十九章　仪式咖啡馆

他们上了 280 号公路。一路无语。本望着呼啸而过的绿色山峦，湛蓝的天空和朵朵白云，出了神。这一切太不真实了。

本以前很少考虑善后的问题，通常他都是一走了之，不问后事。但这一次，他得……考虑这些。他多少是有些自愿如此，这听上去很疯狂，但整件事让他感到富有挑战性。而且到目前为止，他还应付得不错。

本之所以不走 101 号公路，而走 280 号公路，是因为这条路更蜿蜒曲折，可以给他更多的时间思考。沿途的自然风光，令本心情一亮。他几乎都快忘了，高速公路上有如此美丽的风景。

"为什么进城？"莎拉问，"为什么不去机场附近住？那里不是更隐蔽吗？ 101 号公路上有几十家旅馆。"

"你已经替我回答了。"本说。

"因为……那是我首先想到要去的地方？"

"是的。要找你们的人也会首先从那里找起。"

还有另一个理由，更重要的一个理由，但本不打算提。他要考验这个女孩，而旧金山更合适。

"我不知道你们饿不饿，"亚历克斯说，"但我还没吃早餐。我们能停下来喝杯咖啡、来块松饼吗？"

"随你。"本说。

“我知道一个地方，”莎拉说，“仪式咖啡馆，在米森区的巴伦西亚街。从圣荷塞街出去，向左拐——”

“我知道那个方向，”亚历克斯说，“只要告诉我在哪个十字路口。”

“在 21 街和 22 街的路口。”

本不喜欢由莎拉来决定他们将去的地方，但又一时找不到合适的理由反对。她没有带手机，不能向任何人发出警告。所以，只要仪式咖啡馆不是她的秘密据点，他们去那里还是安全的。

速去速回。

仪式咖啡馆给本的第一印象是：店外排了条 20 英尺长的队伍，排队的都是些二十来岁的时髦青年。他们用了 10 分钟才停好车，因为街面上的停车位都满了，而本不允许亚历克斯违章停车。

在排队的时候，本打量了一下周围的环境。这里一切都花里胡哨的：两三层高的建筑物有的刷成绿色，有的刷成黄色，还有的正面是粉红色。商店的名称也很标新立异：一家影碟店叫“迷失周末”，一家唱片店叫“宝瓶宫”，还有一家饰品店，起了个让人一看就联想起珠子的闹腾名字。街面上有几家风味餐厅和小酒吧，紧挨着是一家外国汽车修理铺和一间投币式洗衣房。还有一家干洗店，它有个不知所云的店名，叫“环境友好”。

“他们家的咖啡最好别难喝。”本说。

“排队是值得的，”莎拉说，“你呆会儿就知道了。”

队伍前移的速度比本料想得要快。咖啡馆里面很嘈杂——从悬在天花板上的喇叭里，传出节奏感很强的音乐声；分散坐在咖啡桌、沙发和吧台处的百来号顾客，热烈地聊着天；用来煮咖啡的机器也不消停，它发出往外冒蒸汽的咝咝声。三三两两的顾客摆弄着面前的笔记本电脑，里面清一色装的是苹果公司的 Mac 系统。顾客们的头发染得五颜六色，有些人甚至染了紫红色和深红色。在本看来，这地方有点嬉皮，但并不讨人厌。

一名服务员朝他们的方向投来一笑。这人二十来岁，白皮肤，留着满脸的大胡子，戴了顶巴拿马帽。“嘿，莎拉。”他招呼道。本想，该死，她在这里有熟人。

“嘿，盖比，”莎拉说，“照旧。”

“一天喝两杯？我得让什么人来说说你了。”盖比扫了眼本和亚历克斯，问，“你朋友？”

亚历克斯点了一杯拿铁和一块松饼，本压住怒火，点了杯名字古怪的招牌咖啡。亚历克斯掏出皮夹，本确定他是用现金付的账。

他们在吧台的一端等着取咖啡。“我不是告诉过你们，别去有人能认出你们的地方吗？”本说，“先是四季饭店的经理，现在又……你们这些人真是相信不得。”

莎拉将一只手举至耳侧，又指了指天花板，示意音乐声太吵了。“你说什么？我没听见。”

本靠近她的耳朵，重复了一遍刚才的话。

“哦，见鬼，”她说，“对不起，你是对的。”

上帝啊，他想，怎么会有这么蠢的人？

服务员把咖啡搁在吧台上。本上前一步，端起自己的那杯。他身旁的莎拉抖了一下。突然，他明白了。

她怕他。她可以成为警方指控他犯下双杀案的证人，她怕他会杀她灭口。她把他们带到这里，是因为她想让别人看到她和他们在一起。

他很惊讶她会有这样的想法，而且为她的动机感到震惊。这样一个可人的女孩，本身没有做错任何事，却担心他会伤害她的性命。

本在摩加迪沙时，曾结识过一名在三角洲部队服役的士兵。有一次，那人告诉他，通过观察你发誓要保护的人对你的反应，可以知道你属于哪一类战士。你得看他们是需要你，还是害怕你?

上帝啊。

他啜了口咖啡，很有认同感地点了点头。“味道不错。”

“是啊。”

他随意地挥了挥手，问:“你，呃，住在附近？”

“是的。”她搅动着咖啡里的糖。

“上下班开那么远的车不烦吗？”

她看着他，他能感觉到她在想着如何回答。“没什么烦的，”她说，“只要沿着280号公路一直往前开。我喜欢住在旧金山。你不是也在这里长大的吗？”

“不是在城里，是在半岛上，波托拉谷镇。”

“哦，但这里也算是你的家乡，不是吗？”

“我很久没回来了。”他将目光投向别处。事实上，这座城市给他留下了不快的记忆，他感到待在这里有些不适。

他们靠里坐下，这里的音乐声没前面那么吵。后门开着，本在坐下之前已经检查过。后门通向一个院子，里面停满了自行车，好像是员工的。院子里种着些花花草草，都用篱笆围了起来。人们只要轻轻跃过篱笆，就可以进出这个院子。所以，本会一直注意这扇后门。

“我们住哪儿？”亚历克斯问。

本一直在考虑这个问题。他想选个大一点的地方，那样就不会有人注意到他们。但选的住处又不能太大，如果连大堂里都熙熙攘攘，那么伏击者就可以轻易得手。

他还想只选择自己熟悉的地方住下，所以选择的区域就缩小到了北滩一带。这一带多为色彩柔和的三层小楼，最老的建筑物建于1906年，那一年，大地震和火灾接踵而至，旧城几乎夷为平地。很久以前，北滩是一片海滩，海水退去后，它构成了湾区的东北角。如今，北滩这个名字只是在提醒人们，这块土地曾有过怎样的一段历史。在高中时代，他和几个哥们常来这里度周末：小意大利区的酒吧证件查得不严，他们可以偷偷地混进去；邻近的唐人街是个美食天堂，玩得很晚的时候，他们会找家餐馆吃些夜宵；他们还会去姑娘们爱去的酒吧狂欢，或者逛逛成人书屋。这么多年过去了，这个地方肯定变了不少，但大致的模样他还记得清。

“在北滩找家饭店怎么样？”本问，“我记得百老汇街和哥伦布街拐角有一家汽车旅馆，不知道现在还在不在。那楼是蓝色的，镶了不少玻璃？”

“你不是当真吧？”莎拉问。

“有问题吗？”本问。

“那里环境太差，简直就是座地狱。你住下后会发疯的。”莎拉解释道。

“住四季饭店怎样？”亚历克斯提议道。

本并不知道城里也有家四季饭店。肯定是新盖的。“在哪？”他问。

“市场南面。”莎拉答道。

本摇了摇头，离他熟悉的地方太远了。“不好。亚历克斯刚住过四季饭店，很容易被查到。”

“好吧，”亚历克斯问，“利兹卡尔顿呢？”

“上帝啊，你们俩的品位可真是高。你们应该写本书，谈谈五星级饭店里的安乐窝。你不会也认识那里的经理吧？”

“不认识。我没在那里住过。”

实际上，利兹卡尔顿饭店是可以住的。它位于唐人街的一端，离北滩的中心区只有半英里。

他们驱车前往。当亚历克斯和莎拉站在铺着大理石地砖和东方地毯的大堂里等候时，本用一张化名信用卡登记了两间房。两间房内部相通，位于四楼。每间房他都要了两张房卡，但只给了莎拉一张。

“我会还你钱的。”亚历克斯对他说。

“是啊，你会还的。”本说。

房间的陈设很高级——高高的吊顶，奢华的窗帘，织有图案的地毯，精美的家具。站在房间里，能看得见考尔特塔和海湾的风景。

“房间是这样分配的，”本说，“亚历克斯和我住这间。莎拉，你住隔壁。我出去买些需要用的东西，再打听一下俄国佬的情况。你们俩开始研究黑曜石。”

莎拉说：“我得出去买几件衣服。”

“那个以后再说，”本说，“今天先干活。”

“等我 10 分钟。”莎拉对亚历克斯说，然后穿过两间房的共用门，回到自己的房间。

门一关上，本说：“我不相信她。”

“为什么？”

“有人知道丢的文件放哪儿。”

“是啊，但你自己说过——”

“这只是一种假设。我们需要提防她。”

“本，你不会得了妄想症吧？”

“多谢你的夸奖。听着，等我出去以后，你把门锁上，门口挂一块‘请勿打扰’的牌子。如果有人敲门，不许应声。”

“如果对方不离开怎么办？”

本从枪套里拔出备用手枪，问：“以前用过这玩意儿吗？”

亚历克斯瞪大了眼睛。“没有。”

“其实用起来很简单。这是把格洛克 26 型手枪。9 毫米口径，子弹较小，枪声也不大。不过对你来说，它听上去像是炮声。它没有保险装置需要你担心。枪膛里已经装了子弹。瞄准目标，然后扣动扳机。把它装进口袋，别拿出来玩。就这样。”

亚历克斯点点头，看上去不太自然。如果等他鼓起勇气决定开枪，可能已经为时太晚。这方面的训练不仅要求掌握技能，还需要具备足够的心理素质。但他能怎么办呢？总不能让亚历克斯赤手空拳吧。

“在准备射击以前，不要扣扳机，离扳机护环远远的。”本说，“直到你准备好要射击了，才能瞄准目标。这样就没问题了。”

“我不认为没问题。”亚历克斯说。

“相信我，等到需要射击的时候，你会感觉好些的。”

本拉上窗帘，走到书桌边，从便笺簿里撕下一张白纸。他把白纸折成四分之一大小，又从皮夹里摸出一条密封带。他用密封带黏住白纸，贴在猫眼上方，形成一块小小的挡板。“现在，如果你想从猫眼往外看，”他告诉亚历克斯，“门外面的人是看不见你的。拉上窗帘，阳光就不会照到门上。所以在掀开纸片之前，你得先把窗帘拉好。”

“你真在行。”

“我大概一小时后回来。有事打我手机。”他写下号码，出了门。

第二十章　另一个千年

本在前台停了一下，询问莎拉房间里有没有打出过电话。他编了个故事，以防接待员会问他。他准备说，他的表妹莎拉大手大脚惯了，每到一处，都会欠下一大堆电话费和客房服务费，搞得为她埋单的爷爷很不高兴。不过，接待员什么也没问，只是告诉他，客人没打过电话。

很好。她没有试图与外面联系，至少到现在还没有。

"事情是这样的，"他说，"我们还需要一间房。最好在同一个楼层。"

"好的，先生。我来看看还有没有。"

真走运，四楼还有间空房，就在他们住的房间的对面。他又领了两张房卡，把它们放进不同的口袋。亚历克斯的放在正面左侧裤袋，本自己的放在正面右侧裤袋，莎拉的放在后袋。

往外走时，本环视了一下大堂。大堂不大，只有几块休息区，从前台可以一览无余。大堂边上设了个茶座，进去需要爬上几级大理石台阶，从他站的地方，能够看得见里面。角落里，一个女子正在拨弄竖琴，轻柔的琴声与周围的环境有些不太搭调。

本走到街上，四下里望了望。饭店门前停了好几辆车，里面都空无一人。街面上找不出一个适合伏击的地点，而守在车里似乎也不妥。附近的建筑物都是些居民楼，一眼望去，没有理想的供狙击手蹲守的位置。看来，亚历克斯挑了家让人很难下手的饭店，尽管他的选择并不是出于安全考虑。

本沿着街区的外围向北走，以熟悉这里的地形。正午的阳光下，白色的圣彼得与圣保罗教堂很显眼。教堂后面是湛蓝的海湾，再远一点能望得见天使岛和提布伦半岛上的青山。

他穿过地下通道上了史塔克顿街，然后是唐人街和克雷街。他把外围几条街的情况都摸了个遍，然后回到饭店。他扫了眼身后，一边走一边观察可能的伏击点。他又去前台问了一下，两间房都没往外打过电话。不错。

他试着用房卡开亚历克斯房间的门。门没开。很好，亚历克斯从里面反锁了。“亚历克斯，”本说，“是我。开门。”

亚历克斯过来开门，本走了进去。莎拉正站在电视机前。“你上四频道了，”亚历克斯说，“湾区新闻台。”

本看了眼电视。帕罗奥多市四季饭店外的双杀案。死者身份不明。警方正展开调查。

“我不知道为什么你们会认为这件事与我有关。”本说。莎拉望着他，没说话。

本拾起遥控器，关掉电视机。“你们俩好好干正事，”他克制住，不让怒火蔓延到自己的语气里，“看新闻改变不了你们的处境，搞清楚黑曜石才行。”

莎拉看着他，他想她一定有什么聪明话要说。但她没有。她走回到书桌旁，在打开的笔记本电脑前坐下。见鬼，他一直都在担心她会往外打电话，却完全忽视了检查她包里有没有电脑。他锁上大门，把窗子打开。

“这是你的电脑？”本问，走过去盯着她的屏幕。电脑画面显示，没有登录任何电子信箱。但这不能说明问题。她只需 30 秒钟就能发送一封电子邮件，而他却无从知晓。

“我们刚刚开始，”莎拉说，“我们把两台笔记本电脑连成了一个局域网，方便传送文件。”

“这是什么音乐？”本问。电脑里传出某种声音，刚才电视机开着他没听见。

“这曲子叫《挽歌》，是一个名叫‘死于维加斯’的乐队创作的，”莎拉说，“希尔卓把它的MP3文件植入了黑曜石，程序一启动就会放歌。我们一直在听，想知道他除了要证明自己喜欢这首歌以外，还有什么别的用意。”

“有发现吗？”

“没有。”

“哦，这歌的名字用在他身上倒是很贴切。大家继续工作，好吗？”

“好。”莎拉说。她的反应跟早上刚见面时判若两人，让他觉得她仍在害怕，就像之前在咖啡馆里表现的那样。不过管他呢，让她对他有所畏惧也不完全是件坏事，至少她不会蠢到去向警方提供破案线索。

“我还要出去一趟，”本说，“时间不好确定。有事情打我手机。”

他出了饭店向北走，走出一段后上了辆出租车，去贝克滩。贝克滩位于城市最北端，是太平洋与旧金山湾交界的地方。他脱掉鞋子，踏在柔软的沙滩上，脚底顿生暖意。寒冷的海风呼啸着，海湾里的一艘轮船鸣笛而过，笛声悠长而哀伤。潮水的边际，一个人领着条金毛犬，正在慢跑。除了几块浮木，整片海滩空空荡荡的。

他下到水中，金门大桥在他右侧两三百米处隐隐现身，他左侧是一面峭壁，峭壁顶上有几幢价值百万的海景房。有那么一会儿，他远眺太平洋，完全沉浸在海浪拍打岩石和沙滩的永恒节奏中。他感到疑惑，这个地方一千年前是不是就已经是这个样子。除了海景房和大桥，大概一切都没有变样。天还是那片天，水还是那片水，风和浪也都是一个样，只是大海换了个名字，过去叫什么早已不为人知。他笑了，心想在另一个千年，一切又将重演。

高中时，他经常来这里。这里是个吸大麻和偷情的好去处。峭壁底下有一块可以爬得上去的大岩石，不涨潮的时候，想在上面干什么都行，简直就是与世隔绝。本现在又爬上了那块岩石，一切感觉都那么熟悉。他站在岩石上，打开背包，从里面掏出早上在四季饭店用过的格洛克手枪。他盯着枪愣了会儿神，之后把枪的部件一块块卸下，抛向远处的海面。过了一会儿，他又把车牌扔了出去。这样，它们就很难被找到了。即便有人找到它们，枪已经难以追踪，而海水会侵蚀掉所有的DNA痕迹。

他返回公路，搭了辆出租车回北滩。公路两旁的大轮廓还是没变，不过以前他都是晚上开车过来，看到的景致会与白天有所不同。

他找了家网吧，翻出两个死掉的俄罗斯人的皮夹。他们的驾照上写着名字：格里高利·索洛维约夫和叶戈尔·高尔斯基。他在网上没查到这两个名字的相关信息，也许得借助更专业的检索工具才行。

突然，他有了一个想法——一个试探那个女孩的想法。维苏威酒吧附近的那家俱乐部叫什么来着……珍珠？他在网上搜索“珍珠”和“旧金山”，找到了：珍珠爵士乐俱乐部。今晚八点，一个叫基姆·纳利[①] 的人会在那里唱情歌。好吧，基姆，他想，为我唱一曲吧。

他出门找了个电话亭，给豪特打了过去。像往常一样，他用了扰频器。“伊斯坦布尔的那个俄罗斯人有消息了吗？”他问。

“没有。没有人出来认他。否则我会告诉你的。”

“是的，我知道。我打这个电话的主要原因是，我刚看到一则新闻，可能和之前的事有关联。”

---

① 美国著名非洲裔女歌手，擅长爵士乐与蓝调音乐。

“什么新闻？”

“今天早晨在帕罗奥多市，有两个俄罗斯人被枪杀了。当然，新闻上没提到他们是俄罗斯人。我通过别的渠道知道的。”

豪特顿了一下，说：“我注意到，你的电话是从旧金山打过来的。”

“刚从那边过来，有些私事要处理。”

“如果你对这两个俄罗斯人做了什么，我并不打算过问。”

“好，那我就不用向你汇报了。”

“他们跟踪你了？”

“没有。不是跟踪我。”

“那你为什么觉得有关联？”

“我不知道。只是……最近总遇到俄罗斯人。你需要他们的名字吗？我希望你能告诉我一些他们的情况。我认为他们是俄罗斯黑手党，但查不到公开的资料，等警方查明他们的身份，可能还得等上一段时间。”

“说名字吧。”

本说出了两个人的名字。豪特说：“我一有消息就通知你。不过，让联邦调查局和中央情报局分享情报，可能会费点周折。”

“是的，我知道。”

“顺便提一句，伊斯坦布尔的活干得漂亮。我们截获的情报表明，伊朗人很生气，他们把矛头指向了以色列人。”

“那就好。”

“是啊，俄罗斯人的情况我查到后会告诉你。”

本挂断电话，走回街上。有那么一会儿，他不知道该往哪里走，少年时的记忆涌上心头。他突然意识到，为什么自己会这么不愿回到旧金山市。还是孩子的时候，他每次进城都很开心、兴奋，充满了热情、天真和愚蠢的乐观主义精神。他在半岛长大，至今亚历克斯还住在那里。

他对半岛老家已经比较麻木，回到那里，他的心神还不至于不得安宁。但旧金山市不同。他知道自从离开湾区后,自己变了不少。20年过去了，什么没变？有变化一点都不奇怪。但是，每当他想起过去在这里度过的快乐时光，他就意识到自己变得比什么都厉害。可以说，过去的那个本不是变了，而是消失了。

他清了清嗓子，啐了一口痰。回到这里真是愚蠢。唉，亚历克斯没有给他更多的选择，不是吗？

他路过一间叫作“莫里娜利家”的意大利熟食铺，过去他很喜欢这家的口味。他走进店铺，买了几块三明治，然后返回饭店　他又问了一遍前台，还是没有电话。但那证明不了什么。这个女孩很聪明，他看得出来。她可能已经想到了，他会跟前台询问，她是否用过房间里的电话。如果她要联系什么人，可能会借助电脑。

亚历克斯给本开了门，他看见本手上拎着一只袋子。“味道真香。我们刚才还在讨论午餐吃什么，现在差不多三点了。”

本从袋子里取出三明治。莎拉问:“莫里娜利家的？”本点点头，莎拉称赞道:“那家店不错。”

他不喜欢她如此了解这座城市,占尽地利之便。“有进展吗？”他问。

“还没有。”亚历克斯说。

他们席地而坐，共进午餐。饭毕，本问:“莎拉，介意我去你房间躺一会儿吗？我需要养一下神，你们在这里说话太吵。”

“你去吧。”她说。

本抓起皮包穿过共用门，随手将门锁上。他原以为她会反对，或者说她要先回去一趟，或者做出别的令他生疑的举动。但什么都没有。不管怎样，他利用机会悄悄地把她的房间迅速翻查了一遍。还是什么都没有。

他想他或许可以休息上20分钟，但一觉醒来，却发现窗外的天色已暗。他看了看表，该死，快6点了，睡了将近3个小时。时差还没有倒过来，还是伊斯坦布尔时间。不过，他还是很高兴睡了个好觉，显然他需要如此。

他打开共用门，看到亚历克斯和莎拉仍端坐在电脑跟前。他搓着脸走过去。“怎么样了？”

亚历克斯摇了摇头。“没有进展。”

本点点头，进了浴室。他冲了个澡，换上一件牛津布质地的衬衫。走出浴室前，他把第三间房的一张房卡藏在了抽屉里。过一会儿，他会在莎拉不在场的时候，跟亚历克斯讲这件事。

他回到房间，两人还在电脑前忙碌着。很好。

“今晚8点，哥伦布街上的珍珠爵士乐俱乐部内有场演出。”他告诉两人，“我过去听听，然后回来。”

“你什么时候听起爵士乐来了？”亚历克斯问。

本看看他。“在我们上次探讨过音乐之后。”

他步行15分钟，走了半英里，来到哥伦布街和百老汇街的交界处。其实，走这段路他只需要5分钟，但他一路走走停停，以防有人跟踪。他没有进俱乐部。说实话，他对爵士乐一窍不通，也不知道基姆·纳利是何许人也。如果莎拉像早前那样追问他几句，就会发现他其实是个不折不扣的乐盲。但她没有，所以他还是去了。

他穿过马路，进了俱乐部对面的维苏威酒吧。这是家很有名的颓废青年酒吧，紧挨着另一处“垮掉的一代”的著名地标——城市之光书店[①]。在高中时代，本和几个哥们常削尖了脑袋往这里钻。他环顾四周，

① 这家书店曾是20世纪60年代美国反战运动和学生运动的一座堡垒。它一直保持着“嬉皮士”风格，被视为美国思想自由、言论自由的一个标志。

有一种时光倒流的错觉。这地方一点没变——长长的木质吧台，狭窄而舒适的餐桌；压向头顶的枝形吊灯，壁突式烛台，给人一种走进秘道的感觉；烟灰色的内墙上仍旧张贴着一张张的旧海报。

在一张卡座上，坐了位头发花白、着斜纹软呢上衣的老人。他一边啜酒，一边读报，像是和地砖、酒瓶一样固着在了酒吧深处。酒吧里的背景音乐是爵士曲风，从钢琴、萨克斯中流淌出的旋律，与坐在高台、散台处的人们的谈话声，融会在了一起。本从众人身边经过，顺着狭窄的楼梯，上了光线昏暗的二楼。

他真走运。有一个朝窗的座位空着，从那里看得见哥伦布街。他坐下来，珍珠爵士乐俱乐部的推拉门以及入口处的红色雨篷尽收眼底。他看了下手表，7点整。如果有什么事要发生，会在接下来的一个小时内，最多不超过两个小时。一名女侍应走过来，他点了杯咖啡。

如果那女孩与此事有牵连，她一定会告诉别人他的行踪。他估计，如果她在城里还有同伙的话，至少有一两个人会在对面的俱乐部现身。如果是两个人，其中一个会守在门口；如果是一个人，那人会径直进门，发现本不在里面后会很快出来。等目标现了身，他会跟上他们，伺机行动。

他在找什么，很难用言语表达清楚，但——最高法院大法官是怎么说淫秽物的？——只要看到它，就知道是它。他等候的目标应该很警惕，了解自己的处境。他们的表情也许很随意，但姿势必定具有目的性。他们身上穿的衣服应该是暗色调，没什么款式，也没有容易辨识的图案。只要他们一过街，他就能从眼神中把他们给认出来，因为他们的眼神跟他的一样。

他啜了口咖啡，盯着哥伦布街上来来往往的汽车和行人。天色已从深蓝转黑，道路两旁华灯初上。7点半左右，对面俱乐部已然客满，绝大多数客人虽显随意，但衣着光鲜，引不起他的兴趣。8点过了，他还没有发现要找的人。不管了，他会一直等到演出结束。即使没有人出现，也不能证明什么。那女孩依旧有嫌疑，只是她的人反应速度比较慢。话说回来，早上他们损失了两员大将，现在想组一支完整的队伍有困难。

临近8点半，他看见一个相貌迷人、着短款皮夹克的黑发女子出现在哥伦布街上。他再凝神一看，狗娘养的，是莎拉。

他看着她走进俱乐部，一时不知如何是好。解释不通啊！他能够想象她卷入到行动当中，但从未想过她会是一名主要成员。他打量着整条街，没发现什么不妥的地方。

事不宜迟，必须当机立断。

他掏出手机，拨通亚历克斯的电话。“问一声，一切都好吗？”

“是的，”亚历克斯说，“没进展。我们刚歇下来，莎拉出去买换洗的衣服了。”

她没告诉亚历克斯她会去俱乐部。他无法确定这意味着什么。

“我需要你做件事，”本盯着窗外的推拉门。“浴室最下面的抽屉里有张房卡。我另外开了一间房，就在走廊对面。去那边，不要待在现在的房间。”

“为什么？有什么不对吗？”

“没有，一切顺利。我只是有些敏感，或者像你说的，是妄想症发作吧。在我回来之前，别待在她知道的地方。”

“本，她是我的同事。我了解她。她跟这事无关。”

“是啊，每个人都认为自己很了解别人。但你想想，我飞了半个地球来帮你，你就不能帮帮我，别让我白忙活一场好吗？”

亚历克斯不吱声了，本知道他此刻一定是怒火中烧。唉，忠言逆耳啊。

“好，听你的。”亚历克斯说。

“还有一件事。锁上公用门，打开所有的灯。壁橱和浴室的门也都开着。”

“还有呢？”亚历克斯问。本听出他语带讥讽，所以不想去激怒他。

“说你会按我说的做。”本说。

“是的，我会的。”

“好。我回来会给你打电话。”本挂断电话，把手机放回口袋。

一分钟后，莎拉走出俱乐部，沿哥伦布街朝东南方向走，这是她来时的路。

本打开一扇窗，叫道：“莎拉。”

她停下来，四处张望。一辆公共汽车驶来，她被挡住了。

“莎拉，”他又叫道，“我在街对面，靠窗户。”

她抬头看见了他，朝他轻轻挥了挥手。

他又看了看周围，没有问题。她来这儿干什么？在这里拖住他，然后叫人去找亚历克斯？可能是吧。不管了，这会儿亚历克斯是安全的。

她不可能单枪匹马来杀他。她没有这个实力。她可能是个很机灵的特工，但她手上的活儿不行。他一点都没看出来。

不过，他也可能弄错了，那代价会很高。

“上来。”他说。

第二十一章　虚幻

亚历克斯在一个小时里打了三次哈欠，后面的两次把其他人也影响了。莎拉看着他说:“我们总是在原地兜圈子，不如今晚就到这里吧。”

亚历克斯先是不解地看着她，然后表情柔和了下来。“你说得对，”他说，“我们需要换个角度看问题，所以必须先休息一下转换思维。你饿吗？”

她早就想到他可能会这么问，所以把准备好的话说了出来。“不，我还好。我打算出去买几件换洗的衣服。明早见。”

他点点头。“7 点早不早？”

“不早，可以。我想我反正也睡不好。一切都太不可思议了。”

她回到房间，脱掉衣服，洗了个澡。一天下来她感到非常压抑，如果不宣泄一下，可能会爆炸的。

这一天从一开始就很怪异，后来变得越来越恐怖。档案没了。亚历克斯打来一个奇怪的电话。他办公室里有个家伙是他的哥哥。他们告诉她发生了一些事，起先她有些担心，但并不害怕。现在回头想想，她意识到，自己最初的冷静是源于不了解情况。她并不真的以为自己会有危险。是的，她知道警察可能帮不上忙，但她还是答应和兄弟俩在一起，以弄清黑曜石为什么那么有价值，或者说，为什么那么危险。后来，她看见了本脸上的血迹，也看到了相关的新闻报道，意识到亚历克斯的哥哥居然一下子打死了两个疑似黑帮的人，对他来说这事就像往杯子里倒咖啡一样简单。

她到底在干什么？某种意义上说，他是不是已经把她变成了帮凶？或者是她自己主动成了帮凶？在法学院读书的第二年，她选修过刑法方面的课程；后来，在参加律师资格考试的时候，她也复习过相关的内容。但这么快她就把它们给忘光了，她不知道自己的行为在法律上究竟有多大的麻烦。

她面前有两种解决方法。一、保持沉默，祈祷一切逢凶化吉；二、面对这个问题。

她出了饭店，沿着斯多克顿街朝北走去。寒冷的夜晚空气清新，一轮新月低悬在天空。唐人街上静悄悄的，大部分商店已经停止营业，拉上了金属防盗门。只有少数几家的门还开着，她看见里面有家人在聚餐，有朋友在打牌。她闻到了米饭和甜饼的香味，听到了阵阵笑声，还听到人们用音乐般的语言在交谈。她多希望自己能听懂啊。从一些开着的门里，她可以看到窄窄的楼梯通向她视线无法到达的地方。她想，那些房间是干什么的呢？每天早晚都是什么样的人在这些房间进进出出、他们过的是怎样的一种生活呢？

她从一幅壁画前走过，这幅壁画是用来纪念当年修筑铁路的华工的。壁画底下挂着几盏灯笼，它们随风摆动，里面的烛光隐隐约约。她朝右一拐，上了太平洋大道，两旁老旧的木头房子漆着红红绿绿的阳台和东方式的飞檐。一家中药铺里有个老人正准备关店门，他家的橱窗陈列着不少瓶瓶罐罐，里面泡着些稀奇古怪的东西——有土里的，有海里的，还有根本说不清出处的。老人朝她挥手一笑，咧开的嘴里没了牙齿；她也微笑着朝他点了点头。

她走上哥伦布街，唐人街的安静至此戛然而止，路上的人和车都多了起来。珍珠爵士乐俱乐部就坐落在这条街上。俱乐部只有一层楼，门口搭着红色的雨篷。她推门走了进去，对服务生说自己没有预定，但和朋友约好了在这里见面……

这个地方不大，也许只能容纳30人。柔软的地毯，红色的灯光，小圆桌上铺着白色的桌布。一个身材丰满的黑人女歌手在钢琴和贝司的伴奏下唱着歌，观众也会心地用脚打着拍子。本不在这里。也许他去了洗手间？她等了5分钟，然后否定了这种想法，奇怪，她居然感到有些失落。如果不跟他当面问个清楚，她不知道今晚还能不能睡得着。

她走出俱乐部，回到街上，心想也许可以先去布拉格餐馆吃点东西，然后再买几件换洗衣服什么的。就在这时，她听到有人喊她的名字。她四处张望，却没看见是谁在叫她。一辆公共汽车开来。难道她听错了？这时，她又听见有人喊她。她抬头一看，是本。他站在维苏威酒吧二楼的窗户旁，对她喊道："上来。"

她心里一阵高兴——是兴奋还是轻松？她不知道。

她走进维苏威酒吧，这是个她一眼就喜欢上的地方。她想，在旧金山住了这么多年，居然从没来过这里，真是奇怪。但是，她也没去过鹈鹕岛[①]啊。这些地方外地游客都爱去，可当地人却想，反正它们又跑不掉，以后总有机会去的。她没来过这里，倒不是因为她很忙，只是在她的印象中，这里与其说是酒吧，倒不如说是"垮掉的一代"的博物馆。但是进来之后，她立即被这里的环境感染，她高兴地发现自己原来的想法错了。

她上了二楼，天花板的颜色很深，距地面只有约7英尺，紧压着头顶。微弱的亮光从大街上透进来，她眯缝着眼，发现楼上依稀坐了几桌人，谈笑风生。她看见本坐在靠窗的座位上，窗外是对面餐馆的

① 又名"恶魔岛"，位于旧金山渔人码头北边，曾是军事重地。1859年始美军在这里建造碉堡，以扼守旧金山湾；1907年该岛成为军事监狱。1934年因其得天独厚的位置，被设为戒备森严的联邦监狱。1963年关闭；1972年成为国家级旅游景点。

霓虹灯。他端坐着，双脚稳稳地踩在地板上。他好像一直……一直处于戒备状态。他要干什么？她不知道。

“你怎么会在这里？”他问。

她站在桌前，说：“我想和你谈谈。”

他点点头，看看窗外的大街，又看看她。“我要搜一下你的身，有问题吗？”他平静地问。

她摇摇头，心想自己是不是听错了。“你说什么？”

“如果我不搜一下你的身，和你坐在一起会感到不自在。对不起，实际情况就是如此。”

她不知道该说什么。他不是在开玩笑吧？

她站在那里，想看清周围的情况；本站了起来，走到她身旁。他靠近她，她知道他是想掩人耳目，不让别人生疑。她闻到一股饭店香皂的味道，还有一股……男人身上特有的气味。她感觉到他的左手伸进她衣服里，沿着她身体的右侧往上移，他的手掌紧贴着她的腰、肋骨和胸部下方。然后，他换了右手，沿着她身体的左侧做了同样的动作。他把她拉得靠近自己，两手沿着她的脊背一直摸到屁股。她能感觉到自己的心跳在加快，她告诉自己，这是因为她生气了。

他后退一步，扫了一眼酒吧，然后在她面前跪下，迅速将她的每条腿从脚脖子到大腿根摸了一遍。她听见自己在喘着粗气。

他站起来看着她，她怒目而视。“满意了吗？”她问。

他点了点头，坐了回去。

他这样无礼，而她只能问一句“满意了吗”。她为自己的软弱感到生气，想抡起一把椅子，像挥舞棒球棍一样朝他打去。“站起来。”她说。

“什么？”

“站起来。”她重复了一遍。

他站起来了。

她把手伸进他的上衣，顺着他身体的两侧慢慢往上摸。她能感觉到他衬衫下温暖的身体。整个过程中，她一直盯着他的眼睛。他想戏弄她？这一手她也会。

她跪在他面前，像他那样摸了他的双腿，然后站起身，将一只手放在他的腹部。他的腹部结实而平坦，随着他的每一次呼吸，她能感觉到肌肉轻微的颤动。

“我想你没带武器。”她看着他的眼睛说。

他抓起她的手,慢慢地往下移。她不敢相信他会……他在干什么?以为她不敢？她绝不会先行退缩的。

他把她的手移到下面，她的心怦怦直跳，但仍盯着他看。

她的手在他腹股沟上方突起的一个硬块处停下了。她知道那是什么——枪，一把装在某种特制的隐形枪套里的枪。

“也许我该相信你了。”他说。

她看着他。“为什么？”

“因为不管是谁，哪怕只接受过入门训练，也知道应该检查哪里。也许你真的只是个律师。”

“也许你只是个混蛋。”

“啊，我比混蛋还要混蛋。”

他还抓着她的手。她抽出手，坐下。过了一会儿，他也过来坐在她旁边。

“好了，你想谈什么？”他问，语气和用词都很随意，他想表示他并不把刚才的事放在心上。

她看着他，怒火中烧。“算了。”她起身欲走。

他也站了起来，速度快得惊人。他一把抓住她的手。“为什么？”

他问，“是气我搜你的身呢，还是气我没因为你搜我的身而生气？”

“生气是人之常情。你身上没有人味儿。”

“听着。我不了解你，所以不信任你。你为什么不坐下来？我请你喝一杯。”

“我自己会买。”

本往她身后望去，说：“那好，也给我买一杯。”

她回头一看，原来侍应就站在她的身后。

“马提尼。”本说。

见鬼。她朝服务生点点头。“来两杯。”

他们坐了下来。本说：“告诉我，你为什么会来这里？”

她觉得自己心跳加快了，这使她又一次感到生气。他对她那么冷静，而她却那么紧张，她讨厌这样。她不知道下面该说什么。

她清清喉咙。“是……是关于四季饭店。我一直在换位思考，心想如果我是你的话……你的举动让我感到害怕。”

他盯着她看了一会儿，她注意到他的眼睛里闪过一丝莫名的情绪。是同情？还是遗憾？

他把目光移向别处，悠悠地说：“等我们处理完这事，你再回头看，一切就像是从没发生过。”

她不明白他的意思。他在告诉她不要担心吗？他不会……伤害她？

“你怎么知道？”她问。

“我就是知道。现在发生的一切，在你看来很不真实，像是发生在别人身上的事。等一切结束，你回到原来的生活，会觉得那不过是一场梦。”

她看着他，琢磨着他的表情。“你说得对，”她说，“我的确有这种感觉。但是……你是怎么知道的？”

他摇摇头，并不看她。她想，那是因为你一直都没从梦中醒来。

侍应给他们端来酒，莎拉付了酒钱。两人喝着闷酒。

“你的波斯语怎么说得那么好？”莎拉打破沉默，用波斯语问道。

“你已经知道原因了。”本也用波斯语回答。

“我不喜欢你做的那些事。”莎拉用英语说。

本笑了。“还好啦。我觉得还好。”

“你喜欢使用暴力？”

他耸耸肩，表示自己很无奈。“暴力是一种工具。”

“哪有工匠不喜欢自己的工具的？”

“你为什么要做律师？因为你喜欢律师这一行？”

她吃惊地看着他，他的话直抵问题的核心：她自己也不知道喜不喜欢这一行。“我真的不知道为什么。也许是因为我擅长这一行吧。你为什么要干你这一行呢？”

他起先一脸茫然，后来把目光投向了远处。“这说来话长。”

两人又不说话了。过了一会儿，莎拉说：“跟我说说你的事吧。”

“哪一方面的呢？”

实际上，她也不知道想听哪一方面的。她只是脱口而出，不知道自己在问什么。

“我不知道。就说说……说说你能说的吧。不要谈工作。我想听听私人方面的。这样多少会让我对你有所了解。”

“我喜欢抓住蚊子、苍蝇什么的，然后把它们的翅膀扯掉。这只是个人爱好，但我正在考虑是不是可以专门从事这一行。”

她摇摇头，问道：“你结婚了吗？有孩子吗？”

他愣了一下。她想他可能不会回答，但他却说：“以前结过。”

“后来怎么了？”

“没怎么。她是菲律宾人。我和她在马尼拉认识。等我们一起回到美国，我发现，她不是我想象中的那样。”

“也许，你也不是她想象中的那样。”

“这一点我可以肯定。”

“有孩子吗？”

他沉默了半晌。“有个女儿。和她母亲住在马尼拉。”

他显然很不情愿提这些，她不禁为此感到好奇；但他最后又说了出来，她就更想知道其中的原因了。“你不去看她们吗？”

“路途遥远啊。”

“我看这不是什么理由。”

他喝了一大口酒。“你呢？有男朋友吗？”

她摇摇头。“在法学院的时候有过，现在没了。”

“为什么呢？律师事务所里的人肯定追你都追疯了吧。”

“你为什么这样说？”

他看着她。“你是想听听奉承话，还是真的对他们视而不见？”

她满脸通红——一半是因为生气，一半是因为尴尬。“我就是没遇上合适的人。”

“不，这不是原因。”

“你什么意思？你凭什么这么说？你又不了解我。”

“我很了解你。我就是干这一行的。”

“是吗？你都知道些什么呢？”

“我知道，一个像你这样漂亮的女人，如果没有男友，决不是因为没有遇到合适的，而是因为不想。”

“为什么我不想呢？”她问。

“有好多原因。你今天早上是7点钟到办公室的吧？如此看来，你是一个想干出一番成就的人。有了男友会分散精力的。而且，如果同事们知道你有了男友，就会对你不抱希望了。如果他们不抱希望，你就不能像现在这样操控他们了。”

她不敢相信自己的耳朵。“你太自信了！”

“是你要我说的。”

“你再往下说。”

他又喝了一口酒。“你知道和你认识的每一个男人都会失去主见。你之所以这么想是因为这样的事以前发生过。他很可能想在机会成熟的时候和你结婚，把你收入囊中，但你不想那样，你不想把自己的生活框死。你不知道自己真正需要的是什么，不知道将来想干什么。”

“噢？”她故意不理会他说的这些。“我想干什么呢？”

“我不知道。反正不是当律师。”

“你怎么知道的呢？”

“因为如果你想做律师，就不会那么快做出反应了。”

她摇摇头，一言不发。他的傲慢与自信激怒了她……但是她又不得不承认，他说的并不离谱。

“你知道你为什么会不去看自己的亲人吗？”她问。

“你想说就说吧。”

“因为你不喜欢有牵挂。你不想有人依赖你。为什么呢？以前让什么人失望过？”

“不知道你在说什么。”

“不，我说对了，不然你不会那么快做出反应。”

他笑了。她不知道他这是在表示退让，还是在说“你说得对”。

“你觉得，如果女儿没有父亲，会比有一个不值得信赖的父亲更好些？你怕让女儿失望，所以就提前做工作，不出现在她的生活中？”

他喝了一口酒。“算了，别说了。”

“为什么？难道揣摩别人的心思，比别人揣摩你的心思要有趣得多？”

“你根本就不知道我在想什么。”

“你在装傻。”

他狠狠地瞪着她。这男人身上到底有什么特别之处，让她如此感兴趣？她为何总想激怒他？是因为他鄙视她，说了些瞧不起女人的话？他没有雅量，所以她也变得针锋相对起来。

她知道他说的那些关于她的话都是对的，但是她丝毫不露声色。

本喝光了杯中的酒。“再来一杯？”

她一饮而尽，忍住没让自己皱眉头。“这次该你买了吧？”

他买了两杯。她不知道这样做对不对。喝第一杯的时候她就有点晕了。但是他问她要不要再来一杯的时候，明显带着挑衅的口气。她才不会退却呢。

你知道你有多蠢吗？她想。虽然想到了这句话，但她还是没有改变主意。

两人默默地坐了几分钟。侍应端上他们的酒，然后走了。莎拉抿了一小口，看着窗外发呆，这种晕乎乎的感觉让她陶醉。她喜欢这家酒吧，喜欢坐在暗处，好像躲在秘密城堡里窥探外面的街道。她可以很清楚地看见珍珠爵士乐俱乐部的入口处。

她突然明白了。见鬼！真是活见鬼！

“你根本没去对面的俱乐部，”她说，“你以为我会跟踪你，所以早早守在这里，看我是否会跟踪。”

他耸了耸肩。“差不多吧。”

“差不多吧？我明白了,你不是在等我。你是在等雇我的恐怖分子？”

“记得吗，我这人生性多疑？”

“我看你是个混蛋。即便你生性多疑，也不至于怀疑所有人。”

“你得常出来走走，看看外面的世界。”

“我看得不少。你小时候常来这里玩，对吗？所以你愿意住在城里而不是机场附近。你还想住得靠近北滩，对吗？因为你熟悉周遭的环境，可以布下这样的局。你希望我相信，你一直都是这么做的？你对每个人都这样？”

“需要的时候都这样。”

“如果我不是伊朗人，你也会这样吗？”

“我说过，需要的时候都这样。”

“你为什么不承认只是因为我是伊朗人呢？你看到伊朗人就不舒服。”

“我不需要向你承认什么。”

“当然。你甚至不必向自己承认。你没有勇气那样做。”

他用手撑住桌子，向她靠过来。“听着，亲爱的。你的生活不真实。你一直活在虚幻当中。我做的事都是为你好，好让你继续天真地活下去，可你却对我大发雷霆，因为我打扰了你做梦。很抱歉，我没办法让你变得清醒。”

他一仰脖子，饮尽了杯中的酒。

“你说得对，”她说，“我真正需要的是换一种活法。一个人四处流浪，一路除暴安良。我应该活得悲壮，舍小家为大家。那样活才算是开了窍。”

她向后一仰，像他那样喝光了剩下的酒。她觉得嗓子眼火辣辣的，一路烧到胃里。她紧闭双眼，拼命忍住不让自己咳嗽。

等她睁开眼，看见他正在看她。他一动不动，她不知道他在想什么。她伤到他了吗？她一直想挫挫他的锐气，可如今又后悔了。他讲她的话确实不中听，但她想，自己的回应是不是也太残忍了。他不仁，可你也不一定就需要不义啊。她想向他道歉，但又怕那样做会雪上加霜。

先伤了他，再来安慰他，就像是往他的伤口上撒盐。

“我想我喝多了。”她说。她希望他能听出她委婉的歉意。

“我送你回饭店。”他说。她以为他会嘲笑她酒量不好，可他并无此意。她想，刚才自己是太过分了。

两人一起走上哥伦布街，之后又拐到唐人街。这时，天上的月亮比刚才爬得更高，空气也比先前更冷了。昏黄的街灯下，周围的物体模糊不清，似乎是虚幻的。黑暗中的汽车、路标还有店面，全混到了一起。

她注意到，他们走路的时候，他一直在左右张望，而过街或拐弯时还会看看身后。这样的人你是没法从后面偷袭他的，她想，对他你只有正面攻击。她怎么想到了这个？她觉得奇怪。她意识到自己喝醉了。

饭店大堂里的枝形吊灯发出温暖的光，两人踩在地毯上，脚步声像一片寂静中的心跳声。在电梯里，他们没有交谈，她清楚地感觉到，他离她很近。他送她到房间门口，看着她从口袋里掏出房卡。进门后，她转身对他说：“我想问你一件事。”

“什么？”

“亚历克斯知道吗？”

“知道什么？”

“他有一个侄女。”

过了一会儿，他说：“他为什么要知道呢？”

“你从没告诉过他。”

“我们俩不说话。”

“为什么？”

“你有兄弟姐妹吗？”

她摇摇头。“没有。”

“嗯，那就不好解释了。”

“你解释一下看看。”

“那个说来话长。”

“难道我们没有时间吗？”

“没时间。你要好好睡上一觉，明天才有精力研究黑曜石。再说，我晚上还有事要做。”

“什么事？”

“明早告诉你。”

她欲言又止，想邀他进房，却又不好意思开口。

他们就这样站了一会儿。他看着远处，说：“你知道亚历克斯喜欢你吧。”

她压根没料到他会说出这样一句话。“什么？他才不呢。”

“不，他喜欢你。”

“他和你说过？”

“没有。他从没说过。”

“那你怎么知道的？”

他叹了口气。“他是我弟弟。”

他为什么要告诉她这个？他是想说……他本来是想进去的，但又不想伤害亚历克斯？他们关系已经很疏远了，亚历克斯连他有了孩子都不知道。既然如此，他为什么还要这样在乎他弟弟呢？再说了，亚历克斯也没有和她谈恋爱，他这样说真是滑稽。

“我不知道该说什么。”她说。

他笑了，眼神却很悲伤。“说晚安。”

她看着他，似有所盼。过了一会儿，她说：“晚安。”

他走开了。她看见他胳膊一动，一只手上多出一张房卡，另一只手上多出一把枪。她想,这到底是怎么搞的?他熟练地打开自己的房门,转眼就消失在门里。

她站了一会儿,觉得喝多了,有些迷糊,又有些怅然若失。他晚上回饭店房间还要拿着枪?他疯了,肯定是疯了。

她等了一会儿,但是他没从房里出来。

她进了自己的房间。什么也没有发生。她告诉自己,这样也好。

第二十二章　无尽的争执

亚历克斯按照本的要求，离开了房间。本只花了一分钟就确认房间里没有别人。每个人睡觉前都有自己的习惯。有人要洗个澡，有人要喝杯茶,有人喜欢在床上看书,还有人喜欢听音乐。本喜欢拿着格洛克手枪，将房间搜查一遍。

他坐在床边，想该干些什么。该死，他刚才都在想什么呢？他差点……天哪，他不知道自己差点干了什么。

都是因为有压力，伙计。今天早晨四季饭店外面……一场迟到的短兵相接。还有两杯马提尼。

是的,也许吧。但这并不能改变他差一点吻她的事实。吻她。见鬼，如果他没有赶紧走开的话，可能这会儿就在她房里了，那么，所做的事就不止是吻她了。

他看了一眼两间房之间的共用门。她就在那边，在门的另一边，很可能也在看着这扇门呢。如果他敲门的话，她很可能会答应。想想她看他的眼神……

他用手抹了一下脸。他刚才那么愚蠢，简直是在犯罪。身陷美人计这样的事他早就有所耳闻。他一直觉得这些家伙是笨蛋，而刚才，他自己也差点重蹈覆辙。

她的那些话让他很恼火。是的，的确是这样。她说的那些关于他家人的话……听了那些话，他既想干了她，又想揍她。她懂什么？他不去看自己的女儿——怎么，居然不敢说她的名字？她叫艾米。你女儿叫艾米——他不去看艾米，这是因为即使他去看了，他又会成为怎样的一个父亲呢？他所做的事情只能让他一个人默默地承受。他该怎么做？是不是要他洗净手上的血，回家说：嗨，宝贝，你今天过得还好吗？好，我的宝贝，我今天在阿尔及尔杀了两名恐怖分子，然后顺利脱身。我很幸运啊。如果我干砸了，美国政府将发表声明，宣称对我的一切行为毫不知情，如果我没能在被捕前吞下氰化物，我将被投进监狱，折磨致死。唉，今晚吃什么？

拜托。我这样做是为她们好。他不是一个好丈夫，也不会是一个好父亲。他不可能成为别人依赖的对象。他必须孤身一人。

那么，莎拉怕他这件事为什么让他如此不安呢？他应该高兴才对啊，因为这样他才能控制住她，才能让她对今早四季饭店发生的事闭口不言。只要她怕我，不怕她恨我。她承认她害怕他，而他又为什么会被她打动呢？他应该增强她的这种恐惧感，而不是结结巴巴地说一些废话，好像这一切没有发生一样。他居然还安慰她。他一定是疯了。

最关键的是，他对她还不了解。如果他不用怀疑的眼光看她，那他肯定神志不清。他现在应该赶紧睡觉，忘记今晚差一点要发生的一切。

差一点。这才是关键。好吧，他的确被她吸引住了。谁不会呢？她漂亮，否认这一点毫无意义。还有，她身上似乎有什么东西感染了他，一会儿让他想充当护花使者，一会儿又让他想将她推到墙边，用手摸她、吻她。

用手摸她。在酒吧里搜她身的时候，他这样做并没有任何其他想法，因为当时他只有一个念头：她可能带了武器。但是，一发现她没有带武器，他就放松下来，而且他心里其他的一些防备也烟消云散，因为她的手在他腿上上上下下摸着的时候，她看着他的那种眼神……

他长长地呼出一口热气。当时他没有对此做出任何反应。

他一直有种负罪感。但是为什么呢？这似乎不是因为亚历克斯和莎拉有什么关系，即使他们俩有关系，他也不欠他弟弟什么。

那他又为什么跟她说亚历克斯的事呢？也许是想转移她的注意力吧。也许他一直想解释，虽然他心里想，却又不能。

房间的电话响了。他拿起听筒说："喂？"心想，是莎拉？

"我想看看你有没有回来。"是亚历克斯。

"哦，刚回来。"

"你看见莎拉了吗？她刚才出去了。"

他不知道该怎么说。"是的，我看到她了。她在房里。哦，我待会儿还要出门，马上到你那儿去。"

他挂了电话，从猫眼里观察了下走廊里的情况，然后进了亚历克斯的房间。

"那家爵士乐俱乐部怎么样？"亚历克斯问他。

本差点忘了自己应该去过那个地方。"还好，"他岔开话题，"你有什么进展？"

"没有。我们试着在不同的环境下使用黑曜石，但目前还没有突破。希尔卓的编程笔记里没有什么有用的东西，或者，至少我们目前没有找到并利用这些线索。我下面准备抛开他的笔记，自己琢磨琢磨。"

"好。我出去办点事。"

亚历克斯扬了扬眉毛，问："什么事？"

本摇摇头。"就是有事。"他不是不信任亚历克斯，只是觉得没必要让他知道，而且行动的安全来不得半点马虎。

“算了，”亚历克斯说，“我心里还有一件事。等这件事结束了，我想你和我能不能……能不能到墓地去一趟。”

本皱起眉头。“为什么？”

“扫个墓，寄托一下哀思。你好一阵子没去了，最后一次去爸妈的墓是什么时候？还有凯蒂的？”

“我没去过。”

“我想也是。”

你看，又来了！本心想，又在对我指手画脚、说三道四。这一次是因为我没有像他那样迷信，在小土堆前面弯腰屈膝什么的。

“我从不扫墓，”本按住心头的怒火说，“但是如果你想去，我不反对。你自己去好了。”

“我不认为我这个要求提得过分——”

“错了，你一直都很过分。”

“你什么意思？”

本感觉到自己有点失控了。“我的意思是，我今天差点挨了子弹，而这颗子弹本来是为你准备的。我现在不想听你说什么我这个儿子不孝顺，或者我不是个好哥哥，因为我就是不想到墓地去。他们现在不就是蚯蚓之类的食物吗？”

亚历克斯脸绷得紧紧的。“你不要这样说话。”

“哪样？他们死了，亚历克斯。他们死了，不存在了。”

“是吗？那他们在的时候你干什么去了？妈妈死的时候，你都忙得没空来陪她。”

本觉得又惊又气，他摇摇头，想让自己摆脱这样的感觉。怎么会这样？经过这么多年，他们相隔遥远，而现在又陷入了无尽的争执之中。“你说什么？”

亚历克斯后退了一步，但很快又站住了。“你都听到了。”

本强忍住心中的怒火。“我陪过她，”一会儿之后他说，“她知道的。”

“她不知道。她只知道你一直忙着圆你的美国大兵梦，连她病了都顾不上。”

“我每天都给她打电话。亚历克斯，她知道我为什么不能回来。是她叫我不要回来的。”

“你不知道她那样只是为了让你宽心吗？你希望她对你说什么？求你回来？求你回来看看她？即便她求了，你也不会回来的！”

“噢，这么说就是你照顾她了？我也没见你跟法学院请假嘛。”

“我没有必要请假！我几乎每天都在！”

“你真是满嘴的漂亮话。你肯去医院陪她，是因为那样做影响不到你的学业，你可以一边陪她一边学习。你留在家里不是因为你要照顾她，而是因为你怕做别的事。”

亚历克斯抬高了嗓门。“她死的时候我在她身边，我拉着她的手。不像有的人，当时正在另一个时区睡得像个孩子呢。”

“她死前一个月就已经不省人事了，没有人知道她会什么时候死，”本说，“即便我在她身边，她也不会知道的。”

“她会知道，”亚历克斯点着头低声说，“她能感觉到。”

“她根本不知道！”本喊，“她的脑子里长满了肿瘤，她完全失去了知觉。哪怕医院一把火给烧塌了，她也不会知道！你为什么不敢承认，你在那里是为了自己、不是为了她？如果你有胆量干点别的事，你就根本不会在那里了！妈妈生病给了你绝佳的借口待在家里！”

“是的，这样我就可以和她在一起了！我很庆幸没有落下学业，但如果需要我做出牺牲，我一定会的。”

“随你说吧。只要能让你感觉好受一点，随你怎么说。”

“听你的口气，”亚历克斯说，“好像一点都不想她。你这个混蛋！”

“我想她。”本脱口而出。但实际情况不是这样。他从来没有想起过她，也没有想起过他们中的任何一个。想了又有什么用呢？

“是吗？你想爸爸？”

“不要问了，亚历克斯。再往下说，不会让你高兴的。”

“你想过他为什么会自杀吗？”

“我警告你，亚历克斯。”该死的，他到底怎么了？本记不得自己上一次警告人是在什么时候了。他讨厌警告，不管是真警告还是假警告，他都讨厌。你想干什么，干就是了，没必要提醒对方，让他做好准备。现在面对着他的弟弟，他的思想和行为怎么又像个孩子了？

“你想知道我怎么想的吗？”亚历克斯问。

“不，一点也不想。你赶紧闭嘴吧。”

“我想，在你自暴自弃的时候，爸爸也没了活下去的勇气。”

本的脸上一下子没了血色。他真想抓住亚历克斯的脖子，把他的脸往墙上撞。他绷紧了肌肉——上去揍他一顿，让这个混蛋知道这样做的后果很严重——但他还是忍住了。

他得出门。如果继续待在这里，他会揍亚历克斯的。

那会很不好，因为……

他转身出了房间。亚历克斯也许在后面喊了句什么，他不敢肯定。到了走廊上，他只觉得耳朵里嗡嗡作响。

现在他想杀人。这种愿望从来没有如此强烈过。还好，夜不算太深。

第二十三章　技高一等

本沿着 280 号公路朝南开去。他把速度定在 70 迈，如果不这样，满腔的怒火会逼着他超速。天已经晚了，路上汽车很少，当空的一轮新月照着沿途的山。

他早就决定，今晚还有一件事要做，现在正在路上。很可能这件事不会有什么结果，但看在上帝的分上，不管那个混蛋弟弟怎么惹恼了他，他还是要按照计划去看看。

他尽量不去想烦心的事，静下心来考虑接下来的行动。他渐渐感觉好了些。他就是这样。他擅长这个。

那帮家伙派人到饭店杀亚历克斯，这就意味着他们知道他的行踪，意味着他们可能不会费事去他家找他。但是，如果在损失了两个人之后，他们的人手还够用的话，也许会去亚历克斯的家。在没有别的线索的情况下，白天盯住单位，晚上盯住家，是唯一的办法。不管他们是谁，本努力站在他们的角度思考问题。他知道，作为目标，亚历克斯再次出现的可能性还是有的。亚历克斯没受过军事训练，很难摆脱日常的生活习惯；受到惊吓后，他会躲上一阵子，但过后会乐观地回归以前的生活。本碰到过这样的事，也利用过这样的机会。

他在四季饭店看到，对方的行动意图已经变了。他们不再想从亚历克斯那里了解情况，而是想直接干掉他。在此种情形下，他必须考虑：按照目前他们对亚历克斯的了解，他们会在他家的什么地方埋伏呢？

答案很简单。亚历克斯的房子与车库不在一起，两者由一条L形的小径相连，中间有一扇木门。在木门后面等。这样，你不仅完全隐蔽起来，还可以看见整条街上的动静。亚历克斯回家后，他把车停在路上或者车库里都没关系，你只要从隐藏的地方出来，用装了消音器的手枪打烂他的脑袋，然后走到你停放汽车的某条僻静的街道就可以了。

如果有人在那里埋伏，他的注意力肯定全部放在小径上，另外，他可能还会观察附近街道上的动静。他不会考虑到后院。他可能不会想到有人熟悉这里的地形，而且会利用这个优势。他不知道这个人以前上学时为了抄近路，每天都穿过后院和邻居家的院子。

他在波托拉谷镇出口下了280号公路，朝南驶过拉德拉购物中心，以前他母亲常在这里采购水果，父亲则喜欢在这里加油、给轮胎充气。父母的房子——如今是亚历克斯的房子——位于一条叫科罗拉街的死路上。附近多山，房屋分散，所以死路很多。他在拉梅莎路上向右拐，然后由埃里克路向左拐，一路上他觉得很不自在，因为拐弯时太顺手了，这里的路还没有忘记。

两旁种着树的街道上停了不少车，看上去像是雷克萨斯、奔驰和沃尔沃。他从这些汽车边上缓缓开过，朝车里望有没有人。车都空了，挡风玻璃和引擎盖上都布满了夜晚的露珠。

他靠边停车，熄掉车灯。他打开背包，从中取出一副夜视镜。这是一款军用夜视镜，如果要在外面买，得花六千块。它小而轻，完全可以塞进圣诞节时送礼物用的袜子。他戴上夜视镜，啪的一声打开，整个世界瞬间变成了清晰的绿色。太棒了！

他左拐上了艾斯坎尼奥街，这条街与科罗拉街平行，也是一条死路。艾斯坎尼奥街和科罗拉街之间隔着两排房子、院子和树。街上没有停车，也没有路灯。他把车停在两户人家之间的红杉树旁——他记得是列文家和安德鲁家，只是不知道他们还住不住这里了。亚历克斯以前常和这两家的孩子一起捉迷藏。他特意把车内灯的开关拨到关闭的位置上，打开门下了车，然后轻轻地关上车门。

外面的空气寒冷潮湿，有一股松树和泥煤苔的味道。他闭上眼，缩着脖子站了会儿，倾听周围的动静。风吹得树梢沙沙作响，远处280号公路上传来汽车奔驰而过的呼呼声。有多少个夜晚，他偷偷从家里溜出来，走在这条街上，闻着同样的味道、听着同样的声音？他记得自己有一次酒喝多了，就站在这里撒了一泡尿。他常想，要是父母睡着就好了，但以防万一，他也准备好了搪塞的话。后来——

够了。集中注意力。

对。他慢慢掏出格洛克手枪，走在列文家屋前草坪的边缘地带。他走得很慢，每一步都是先脚掌，然后脚后跟着地，小心翼翼，每一步都停下来看看、听听周围的动静。

走到亚历克斯家后院的那片木头篱笆前，50英尺的距离他花了4分钟的时间。篱笆不高，只有6英尺，与其说是为了不让人进来，不如说是为了不让家里那条名叫阿罗的狗出去。阿罗是条有点神经质的狮子狗，母亲很宠它，本一直对它敢怒不敢言。他踮脚站在一棵橡树的树影下，看着篱笆的另一边。他可以清楚地看见房子拐角处的那个地方，还有车库。那里没有人。他又扫了一眼院子，那里还是和他记忆中的完全一样。小时候，父亲给他们搭的那间更衣房，还有那只从没用过的洗澡桶，都在那里。本觉得像是走进了一座家庭博物馆，真让人感伤。

他扫了一眼院子，没有发现任何人，于是把格洛克手枪放回枪套，小心翼翼地翻过篱笆。之后，他又掏出手枪，观察周围的动静。没有什么不正常。

院子里的大部分地方覆盖着木片或者小石子，他尽量不走那里，而是在草地上走，并且走在暗处。他每走一步都停下来观察，注意听有没有什么动静。

车库旁边的那个伏击点真是太好了。他确认那里没有人，心想，很可能他们目前人手不够吧，或者，他们觉得亚历克斯今晚不会回来。或者这两者可能性都有。

但最好还是稳妥一点。唯一还可以用作埋伏地点的是房子的另一个拐角，那里朝着大街。在那个地方，看得见街上的动静，如果有汽车来了，再跑回车库也来得及。

他慢慢朝房子走去，不时停下来观察有无动静。在他就快走到房子左边的拐角时，身后传来了一个人的声音。那声音很低沉，但在夜晚寂静的空气中极具穿透力。

“不许转身。我也戴着夜视镜。激光瞄准器已经对准了你的脊椎骨。”

本有极短的时间考虑是立即转身搏斗还是听从对方命令。听此人语气沉着、自信，再加上他说出的情况，本决定，就目前而言，还是第二个选择比较好。

他一动不动地站着。那个家伙躲在哪里？根据声音判断，他一定躲在洗澡桶后面。

“把枪放下，拿掉夜视镜。”那声音说，“动作慢一点，慢一点。我的激光瞄准器是加在金牛左轮手枪上的。”

本知道这种型号的左轮手枪。它可以用410号霰弹，在20英尺远的地方打出一个拳头大的洞。

他迅速分析已经掌握的信息。听口音，这人是美国人，英语很地道。他知道本熟悉武器，否则就不会说出金牛左轮手枪。他目前还不想打死本，否则本早就死了。

也就是说，他们想从本身上得到一些信息。他很快就会知道那是什么的。与此同时，他也有一些优势。尽管这些优势微不足道，但在目前的形势下，有总比没有好。他闭上了眼睛。

“把枪放下，拿掉夜视镜。”那个声音又重复了一遍。

他没有动，而是等待着。他觉得那个人会再警告他一次的。而他也会利用这额外的时间来使自己的眼睛适应周围的黑暗——他马上就没有夜视镜了。

现在，他知道自己犯下了严重的错误。他原以为他们在某处埋伏好了等亚历克斯，但结果却是，他们做好一切准备，相应调整了策略和埋伏地点，等着他这样的专业人士自投罗网。他怎么没有想到呢。他懊恼万分。那帮家伙在四季饭店损失了两个人，他们知道自己遇到了强有力的对手。他们想到了他前面。

接着他突然明白了。那个女孩。该死的，就是她。不过他自己也是该死，因为他放松警惕了。她很聪明，能够猜出他今天晚上想干什么。他和亚历克斯耽搁的那一会儿，她可能在往外面打电话。回头再想想她在酒吧里对他搜身时的表现……她装得真像。

“再给你最后一次机会！扔下枪和夜视镜！否则就开枪了！”

本没有转身，他慢慢地举起拿着枪的手臂，好让对方相信自己绝对不会反抗。实际上，他这样做的目的是，让自己的眼睛多几秒钟宝贵的时间来适应周围的黑暗。格洛克手枪掉落在潮湿的草地上，发出一声闷响。

“好，现在扔掉夜视镜。慢点儿。”

枪套空了，他感觉肚子那里空空的。他慢慢解开头套，拿下夜视镜。他睁开眼睛，有一点适应了，但还不够。他展开手臂，丢下夜视镜。

“住在这里的那个人在哪儿？”那个声音问。

感谢上帝，幸亏他已经把亚历克斯安排在了另一间房里。他们肯定到那个女孩以为是他睡觉的房间检查过了。这只能拖延一会儿。几个小时后，亚历克斯醒来，很可能会去敲莎拉的门。本不在他身边提醒他，他肯定会送上门去的。

他没有回答这个人的问题。这家伙给了他三次机会扔下枪和夜视镜，现在本已经完全解除了武装，而且也几乎是个盲人了，他应该会有更多的耐心。

“他在哪儿？”那个声音问。

“我不知道。”本回答。

“我们不想伤害他。他有一些我们需要的东西。如果他交出来，我们就让他走。就这么简单。”

要不是离被霰弹打烂只有毫厘之遥，本可能会笑出声来。他知道这家伙在想什么——他想让本心甘情愿地把亚历克斯交出来。你不帮我们，你会死；帮了我们，你弟弟就会没事。这样的选择题很简单，是不是？

“我真的不知道。”本说。他眼睛朝左边瞟了一下，然后又朝右边瞟了一下。淡淡的月光下，他能看清东西了，而且，他对周围的地形地貌烂熟于胸。

“我告诉你怎么办。”那个声音说，“你告诉我他在哪里，我打电话给我们的人，让我们的人跟他谈。你和我呢，就待在这里，在他温暖的家里等消息。等我们的人给我打电话说，他们得到了想要的东西，我们就各自离开。怎么样？”

这一回，本忍不住笑了。“好。像童话一样美妙。”

他离房子的拐角有5英尺远，在目前的情况下，这一跨度简直就像大峡谷那么宽。在房子那边可能有样东西他能用得上。当然，首先要假设这东西还在那里。如果不在的话,即便他成功地跑到房子拐角处,也必死无疑。但是他想，亚历克斯并没有改变这里的任何东西，而且，这也是他唯一的机会了。

“听着，伙计，你现在的处境很不妙，但我刚才说的是一条出路。也许我是在耍你，但也许不是呢？相信我一次，错过这次机会，几秒钟后你就得去见上帝了。”

本不露声色，但他已经做好快速动作的准备。他大笑起来，尽管他的内心并非十分自信。此时此地，这一笑声显得那么不合时宜，那么刺耳，不管这个家伙多么训练有素，如果他想要搞清楚本到底想干什么，也得耗费他宝贵的几秒钟。

“有好笑的事吗？”那声音问。

“对我来说，是的。它就在你头顶的树上。”

说完最后一个字，本就像一颗出膛的炮弹似的朝拐角处扑去。他的那一招产生了预期的效果：他的笑声和他的话，暂时转移了那人的注意力，给他赢取了宝贵的时间。够了。他扑到拐角后面，听见金牛手枪在身后发出“砰”的一声,感觉到子弹从头顶上方飞过。他紧贴着房子,朝前飞跑。

那里有一个木柴堆。他要躲到那后面。这里一直就有一堆劈成对开或者根本没有劈过的木柴，上面盖着防水布，和房子并排堆放着。木柴堆离房子有两英尺远，因为父亲不想让白蚁轻易地爬到房子的地基上。感谢上帝，木柴堆还在那里，尽管没有他记忆中的多，但还是有三四英尺高。他微微屈膝，缩着脑袋躲在木堆后。

接着那人犯了一个错误。因为担心本会翻过篱笆逃走，而且他也自信地认为本现在基本上什么也看不见了，于是匆匆忙忙地跟了上来。本憋足了劲，等那人追过来后，突然扑过去，左手握住枪管，用力向左扭，另一只手卡住他的脖子，推着他直往后退。枪又响了，但枪口不是对着他。接着，他就感到那人扣在扳机上的那根手指断了，枪也脱手了。他立即调转枪口，把枪顶在那人的太阳穴上。那人打了个滚，躲开了。本这时突然看不见他的手在哪里，他知道，他准去掏藏在身体某处的另一件备用武器了。本用右手拿着夺来的手枪，对准那家伙的后背，扣动了扳机。枪口冒出一阵火光，他感到手里的枪向后一推。那家伙的身体猛地一颤，好像要躲避什么似的，然后就倒下了。本不敢松懈，还是用枪对着他，慢慢走了过去，他真想再朝他开一枪，但是又不想听见枪响。

没有必要再开枪了。410 号霰弹打烂了那人的后背，在淡淡的月光下，本看见那人的背上鲜血直流。那人伸手摸了摸伤口，把手举到眼前。“我完了。”他低声说，然后脸朝下倒了下去。

本继续用枪对着那人。他用一只脚把那人翻了过来，又摸了摸他颈部的动脉。没有跳动。他完了。

他找到自己刚才扔掉的夜视镜，重新戴上，又捡起自己的格洛克手枪。他走回那人身边，拉下他的夜视镜。那人是个白人，留着短发，大概 30 岁，说不定还不到。此人战术不错，但跟着本走过房子的拐角处，犯了大错。但即便如此，这样的错误也是可以原谅的，毕竟，他不知道本对这里的地形非常熟悉。他的装备也很精良——他带着金牛手枪，夜视镜和本的一样。

他蹲在尸体旁，想醒一醒脑，计划下一步的行动。他突然想起了自己曾经和爸爸在这里扔垒球，和阿罗扔飞碟玩，还有凯蒂，有一次，他用水枪往她身上射水，她笑着朝他扔烧烤酱。他看着地上的尸体，往事和现实让他不知所措。

好啦，他想，集中注意力。已经开了三枪了。声音很大。但是这块地方很空旷，而且周围的篱笆和树木也会消解掉一些声音，说不定人们睡得很沉，根本听不到呢，或者听到了也以为是其他什么声音，不会想到是枪声。或者再退一步，以为是枪声，但是想其他人会去管的。可能会有人拿起电话报警。本想，他不能在这里等下去了。

尽管不指望会有什么收获，他还是很快地搜了一下那人的口袋。他比那些俄罗斯人厉害。他是专业人士。他不会随身携带任何可以证明身份的东西。

他搜出了一些备用子弹。这没什么用。他还搜出了一只神火牌军用手电筒。还有……

一把汽车钥匙。钥匙环上没有吊着某家租赁公司的牌子，也没有其他可以确认他身份的东西，但这是一把沃尔沃汽车的钥匙。他过来的时候，看到路边停着几辆沃尔沃。估计其中有一辆就是这位死去的朋友的。或者，即便不在那里，也会在以房子为中心、方圆一英里之内。毕竟，这家伙不可能是空降到此地的。

他把尸体拖到洗澡桶后面。他拿了那人的金牛手枪和夜视镜——留在这里的证据越少越好——翻过篱笆，朝自己的汽车走去。他没有打开车前灯，开离了那里，等拐上埃里克路，他才打开车灯。他把车停在拉德拉购物中心停车场的最里面。进出拉德拉购物中心的路只有两条，本在目前这个位置上都可以观察到。如果警察来的话，他就静静地开走。

他耐心地等待，一边看着路上的动静一边思考。是把尸体留在那里，还是运走呢？无论怎么做都有风险。留下来，很快就会有人发现。在他弟弟家的院子里发现尸体，很容易让人们联想到他。好吧，再送他最后一程，让他在其他地方被人发现——如果他有这么幸运的话。

等了半个小时，依然没有警察到来的迹象，于是他折回艾斯坎尼奥街，将车停在原来的地方。他穿过院子，跳过篱笆，走到木柴堆那里。他拉下上面盖着的防水布，把那人搬到上面，拖到篱笆旁。防水布是塑料的，在湿草地上拖起来很容易。他将那人裹起来，扛到肩膀上，然后用双手和脑袋将他弄到篱笆的另一边，再把他拖到汽车上就不难了。

他开车出来的时候，从两辆沃尔沃旁经过，每次他都按了从那人身上搜来的遥控钥匙，希望自己能碰上好运气。但没有一辆车的锁被打开。好吧，先干正事，以后再来吧。后备箱里装着那人渐渐冷却的尸体，然后开着车四处寻找他的车，那样做太危险了。

两分钟后，他开上 280 号公路，朝北开去。路上他停下来两次：第一次是在圣安德烈亚斯湖，他在那里朝那人身上扎了几刀——为了防止尸体浮出水面，这样做很有必要——然后，他将那人的手枪、夜视镜以及用来扎他的那把刀和尸体一起扔进了湖里；第二次停下来扔掉了带血的防水布。之后，他开车回饭店，想到那个女孩，他冷冷地笑了。现在她看到他，该会大吃一惊吧。

第二十四章　病毒

本离开后，亚历克斯又一次打开他的手提电脑，继续鼓捣黑曜石和希尔卓的笔记。但是他的注意力无法集中。

也许他不该和本提扫墓的事。但本承受不来，并不是他的错。他只是给了个建议，希望哥哥能去祭拜一下，但这个铁石心肠的人却气得脸色发白。亚历克斯该怎么做呢？他觉得如履薄冰，担心一不注意就会令本勃然大怒。这简直是可笑。

此时，他很兴奋。他说出了一些刺耳的话，长期以来这些话都郁积在他心中，该是让本听一听的时候了。他刚才发怒了，而且是非常的愤怒，因为本没有陪伴病重的母亲，在她弥留之际不见人影，现在却反过来指责自己，照顾母亲不过是因为操作起来方便，而且因此不需要去别的地方，做其他的事。

方便吗？在母亲化疗期间经常呕吐的时候，我总是抱着她的头，我倒希望当时你能够在场。看着她像战俘一样一天天地消瘦下去，千方百计想让她多吃一口东西。妈妈，多吃一口你会好起来的，好吗？不吃？你想要吃点别的什么吗？我会给你买的，那没问题。我可以到购物中心的熟食店为你买。妈妈，你只要说一声就行。只要你吃，哪怕就一口，你吃吧，吃吧，妈妈。

当时他请了一名保姆，但保姆总有不在的时候。亚历克斯不止一次地处理过母亲的大小便失禁，之后还必须安慰她，想尽办法减轻她的羞耻感，维护她日渐崩溃的自尊心。

他清楚地记得，母亲听了他并不好笑的笑话后勉强地笑了一下。别那样，妈妈，你在说什么呢？还记得吗？过去你也为我做过同样的事情。他记得自己当时很绝望，因为他明白，母亲为了让他好受些，装出他这样做使她感觉好多了；他记得自己的绝望，因为他明白，真的明白了，母亲将不久于人世。

母亲大部分时间很坚强，但有时她坚强的外表会突然崩溃，她会莫名地大哭起来。我怕，宝贝。我很害怕。我这个勇敢的妈妈是怎么了？

亚历克斯闭上双眼，揉着太阳穴。他感到惊讶，往事竟然历历在目。过去几个月甚至几年，他未曾回想起那可怕的时刻，但此时，痛苦的记忆又清晰地浮现在脑海中。

当你对她撒谎说一切都会好起来的时候，你必须直视她的泪眼。等夜幕降临，你独自一人在暗处哭泣。你深爱的人就快要死了，你无法承受这一事实。但你不得不面对。不得不。因为没有人帮你分担。因为只有你在近处，因为你照顾起来方便。混蛋。

电脑上出现了屏保界面，是银河系或者类似的图案，一片无穷无尽的黑暗，遥远的星星和旋转的紫色云团。

见鬼。关于黑曜石，他什么事也做不了。他站起身来，在房里踱步。

尽管本拥有那么多枚战斗奖章，但他只是个胆小鬼；本说亚历克斯照顾母亲是举手之劳，但他自己却什么都没做；这些并没有让亚历克斯感到难受。令亚历克斯难受的是，本拒绝承认自己是造成一切事端的源头。只要本承认自己错了，亚历克斯不会再深究。但本那态度，好像他没有做过任何错事……这简直是错上加错。

凯蒂的死使父母备受打击，好像凯蒂的存在、凯蒂的生命一直在帮两人维护脆弱的感情，使两人相安无事。但是，失去了她，父母性格间的断层开始扩张，以前既看不见也无关紧要、如发丝般细小的裂纹，现在开始加深，直至整个家庭变得摇摇欲坠。

最初这种变化在母亲身上比较明显。她投身于社区的工作——为学校筹集资金，参与教会活动（后来忙得连教堂礼拜也不去了）。她的话也开始多了起来，总是喜欢在说话时开着电视机或收音机。她似乎总是在不停地动着，仿佛她不能忍受片刻的安静，必须有什么东西来占据她的心灵，来掩盖她内心的空虚。

父亲的反应和母亲截然相反：他本来就不是一个爱说话的人，现在变得更加沉默寡言。他有了眼袋，身体似乎也在缩水，肩膀耷拉着，原来那个自信、敏捷的人，现在变得步履疲惫。他大部分时间待在办公室，在家的时候也总是一个人找事做，他给车打蜡，在车库里修东西，关着门在书房摆弄无线对讲机。他和人交流时也主要是“好”和“不好”、“当然”和“好的”这几句话。本那个时候还经常在家，真正能让父亲显出活力的事情，就是和本争执在不在斯坦福读书、是否等到毕业后再参军。此外，父亲干什么事都索然无味。

凯蒂死了还不到一年，那个愚蠢、自私的本就说，他马上就要离开斯坦福参军去了。一个月后，他的父亲在办公室服用了大量安眠药。亚历克斯一直不知道所有的细节，但是他觉得，父亲精心安排好这一切，让同事来发现自己自杀，这样家里人就不会经受发现他尸体的那种痛苦了，好像给这个家庭再多一点磨难就会有什么差别似的。

父亲曾经留下一张手写的纸条，母亲让本和亚历克斯看了之后就烧掉了。亚历克斯当时觉得很奇怪，但是谁知道呢？亲人自杀留下的纸条有什么用呢？

纸条上写道，他非常抱歉，抱歉到让他觉得这样做对所有人都有好处。他再也无法承受那样的痛苦。想到凯蒂也许需要他，而他却不在那里，他就无法忍受。他们其余的人还可以互相依靠，他不能丢下凯蒂不管。

亚历克斯那时候刚上高二，但经历过一年前失去凯蒂那件事，他对于一些事情变得敏感了——尽管他并不愿意那样。父亲纸条上的寥寥数语，他看出了其中的深意。为什么父亲认为死去的女儿比活着的妻儿更需要他？是不是发生了什么事情，或者有人做了什么，让他觉得自己一点用都没有了？也许是因为希望大儿子参军之前先完成大学学业这唯一的精神支柱被抽掉了？他承受不了这样的打击，不是吗？本，你应该把你那伟大的计划推迟一会儿；父亲很脆弱，你这个以自我为中心、自我放纵的家伙让不堪一击的父亲彻底崩溃了。

本在家里逗留了几个月，但亚历克斯知道他只是做做样子。一天晚上，一家三口在一起吃饭，母亲的喋喋不休驱散不了席间的悲哀气氛。就在那时，本突然说，入伍的事情不能再拖了。他说了什么空降训练计划之类的话。亚历克斯知道，这些都是废话。

后来他们唯一的接触就是本打电话给母亲，亚历克斯接了不该接的电话，两人无话可谈，十分尴尬。母亲和本通话后，告诉亚历克斯有关本的点滴消息，而亚历克斯装出一脸高兴的样子。入伍后本回来看过他们，也许有六七次吧？为了不让母亲伤心，亚历克斯配合他们营造全家团聚的氛围，但他感到很不自在。他一直在假笑，有时候到了第二天，脸上的肌肉还在抽搐。后来，母亲死了，本做出了“巨大的牺牲”，出席了葬礼，之后就了无踪影。

现在尽管他沉寂了那么多年，尽管亚历克斯完全有理由恨他，亚历克斯还是给了他悔过、去死者坟上祭拜的机会，而他呢？完全不领情。

他站在窗口，眺望着窗外城市的灯光和远处的海湾，然后，又在房间里来回走着。他一直期望的是什么啊？他哥哥是瘟疫，是病毒，他带给别人的是痛苦。虽然他知道奥斯本是亚历克斯的老板，还在奥斯本面前装出自己好像是救世主。他抓住一切机会侮辱亚历克斯。他也侮辱了莎拉，因为他说这一切与她有关。他所做的一切就是给别人带来痛苦。

那天晚上本去了爵士乐俱乐部，这使他感到十分愉快。尽管要承认这一点让他感到自己很愚蠢，但是和莎拉单独呆一会儿他还是很高兴的。是什么原因，他说不清、道不明。这样的事不像会发生，不可能发生。然而……

莎拉很聪明。那天她想出许多黑曜石可能的用途，即便这些用途没一个是他们正在寻找的突破点，但它们都很有创意。她在希尔卓的笔记里发现，黑曜石不仅可以用来给网络加密，还可以给在网络间传播的信息加密；她还知道如何来实现这样的功能。但是，目前有许多已经投入商业使用的程序，比如 PGP[①]，它们可以执行同样功能。他们没能在黑曜石身上找到令他们兴奋的地方，更不用说可以彻底战胜其他程序的功能。

那一天，他不止一次地想，如果他有源代码该多好。那会很有用的。

---

① 一加密软件名。

如果有源代码，他一定会按莎拉的建议把它公布出去，那样他们的问题就迎刃而解了。

他又坐回手提电脑前。如果黑曜石尚未被人发现的用途背后隐藏着某种阴谋，黑曜石的发明人希尔卓怎么可能不知道呢？他的笔记里肯定有些蛛丝马迹。肯定有。

第二十五章　有点疯狂

本把车子停在加利福尼亚街，然后走回到利兹卡尔顿饭店。时间已近凌晨3点,街上看不到一个人。他认为,饭店外面不会有任何问题。这个时候，如果有人在等他，只可能在饭店里面。

这一天的早晨是俄罗斯人,晚上又是美国人。他不知道是什么意思。难道有许多利益集团都对黑曜石感兴趣吗？可能是吧。可能后台老板跟俄罗斯人的生意做砸了，又找了其他帮手。

如果有人在饭店里等他，他可以对他们进行偷袭。他在亚历克斯家干掉的那人，身上没带手机或对讲机。这意味着，他的同伙无从知晓他最后遭遇了什么。

维苏威酒吧之后，他上了当，以为那个女孩没问题，结果不够谨慎吃了亏。此前他运气一直很好，但现在他再也不能靠运气了。

饭店里一片安静。一名女子在前台向他问好，此外无论大堂还是酒吧，都没有人了。

他乘电梯上了六楼，然后走楼梯下到四楼。他一进楼梯间就掏出了手枪。这时候在楼梯上遇到的任何人，只要不是手提拖把和水桶，就可能不是好人。

走近莎拉房间的时候，他一直紧贴着墙，到了门口又低下身子。他担心有人正从房间里向外窥探。他把夜视镜套在头上，暂时还没有戴到眼睛上。他得做好一切准备，不管是防止有人埋伏，还是为了防止可能的危险。

在打开自己的房门时，他很紧张。处置炸弹的威胁和对付埋伏，所要做出的反应是截然不同的。他在门口停下来，看有没有安放炸弹，这时，他的身后就完全暴露给埋伏的敌人了。还好，房间的门都很结实，不大可能有人从里面朝他开枪。但是，怎么说呢，危险处处都存在。

他没有发现什么电线，也没有发现任何开门时会有电路接通的迹象。房间门的磁锁没有被人动过手脚的痕迹。他用左手插了房卡，右手将格洛克手枪拿在胸前。他慢慢把门打开一英寸，然后停住，手中的格洛克手枪朝着下面。门里没有什么。门框四周没有电线或其他不对劲的地方。他走进去，啪的一下关了主开关，整个房间一片漆黑。

他关上门，蹑手蹑脚地回到走廊上。外面可能有人在监视他。当然，尽管他在饭店外面转过一圈，但还是可能没看到那个家伙。他可不希望那人看到他房间窗帘后面的灯熄了，然后遥控引爆房里的炸弹。

他等了两分钟。好，如果真有炸弹的话，恐怕已经爆炸了。他回到门口，拉下夜视镜，走进去后又锁上了防盗锁。

他花了 3 分钟的时间，确定房间里只有他一个人；确定房间里没有人给他留下炸弹，用了 20 分钟的时间。

他背靠着床，坐在地板上，取下夜视镜。他长长地舒了一口气。上帝啊，这一天是怎么熬过的。他应该感到筋疲力尽，但因为紧张，却不觉得累。

好，还有一件事，然后就可以轻松了。

那个女孩子。

他有三种方式进入她的房间。第一种：从共用门进去，如果她那边没有上锁的话。第二种：他可以用他的房卡打开她的房间，只要她没把里面的防盗链扣上。对于以上两种办法，他都不是很乐观。第三种方式他认为最有希望成功：一脚踹开共用门。那门的木头很结实，但门是朝她房间方向开的，而且他踹过后，门周围的金属框会损坏。

他慢慢打开自己房间里的那扇门，想确认他和她的两扇门之间没有安放什么机关。他惊奇地发现，她那边的门不仅没有锁，还大开着。他很高兴自己房里的灯关了，还戴上了夜视镜。如果他没有这样，房间里会立刻出现他的影子。

他小心翼翼地移动着。他不喜欢莎拉那边的门大开，他怕会有陷阱。通过夜视镜，他看到她躺在床上，被子一直盖到脖子下，黑色的长发铺撒在白色的枕头上。她的右臂伸直了，搁在头上；左臂在被子下面。他白天注意到她习惯用右手，现在看到她的右手在外面，而且没有拿任何东西，感到有些放心。她好像正在睡觉，但是在维苏威酒吧里，她也装得挺像的，可以说是滴水不漏。他一边留意着她的动静，一边把整个房间看了一遍。没有其他人。

他走到床边，看了她一会儿。她的呼吸缓慢而平稳。他进来没有惊动她。

他注意到她房门上的防盗链被挂上了，这样，他就只有那扇开着的共用门可以进入这个房间。他一点也不喜欢这样。进入何处倒没什么关系，只是他不喜欢按照别人设定的方式进入那个地方。

他用格洛克手枪对着她，轻轻掀开被子的一角，露出她的左手。也是空的。

他取下夜视镜，放在床上，打开了床头灯。她猛地睁开双眼，一下子从床上坐起来，把被子裹在身上。“怎么回事？”她问，“你要干什么？”

“你好像不高兴见到我。”他说。

“我当然不高兴！你不能这样进我房间。你来做什么？你想干什么？”

“别装傻了，亲爱的。我知道你很会演戏，不过，套路太老了。”

她望着手枪，仿佛她刚注意到它。可能她真的就是刚看到。“你为什么用枪对着我？你疯了？”

他还是用枪对着她。考虑到自己习惯于睡觉的时候，把枪搁在手能够到的地方，他对她说：“你从床上下来。”

“滚！从这里滚出去！”

他一下子掀开她身上的被子，被子飞到对面的墙上，然后滑到地上。

她跳到床的另一侧，叫道：“滚出去！”

她身上只穿了白色的短裤和白色的背心，他一时怀疑自己是不是弄错了。但是，有多少战士在面对相貌甜美的女子时犯下过致命的错误啊。

他绕过床，朝她走去，枪口一直冲着她。“闭嘴，”他说，“把手放在我能看到的地方，否则我就开枪。”

她盯着他喘着粗气。“你疯了。你真的疯了。”

“你说得对，”他说，“我是疯了，所以才会做出疯狂的事。一天内有三个人想杀我，我不疯才怪。”

她没有回答。当然，她不会回答的。他靠近她，她退到墙角，夹在墙和床头柜的中间。

“有那么一会儿，你还真的把我给蒙了，”他说，“算你厉害。不过，现在游戏结束了。在亚历克斯家等我的那个家伙，死前什么都招了。他先还嘴硬，可后来还是开口了。”

“我不想听这些。”她说。

他又走得近了些。“那你之前就别卷进来。有一个好消息给你。我有一个问题。你的回答让我满意了，我就放你走。”

“什么问题？”

“谁派你来的？”

“你简直不可理喻！”

“你看，这个答案我不满意。”

突然，她冲到他面前。“不许再用看敌人的眼光看我。”她用手指戳着他胸口说，“我是伊朗人，你的眼里就只有这个！不管发生什么事，你都用自己的成见来看。为什么？为什么你总觉得我是敌人呢？”

他惊讶得差点往后退，但他站住了。刚才进来的时候他还充满自信，以为她会立即招供，或者先抵赖，然后被迫招供。可没想到她居然倒打一耙，而且还这么大声。他必须控制住局面。

“有人今晚打过一个电话，”他说。还用枪指着她突然显得很愚蠢。在这么近的距离，她又这么激动，随时有可能出事。他把枪放回枪套。“那人知道我要到亚历克斯家。这个人除了你，没有别人。”

“你究竟在说什么？我不知道你要去亚历克斯家。我根本不知道你到哪里去。你只是说你有事。”

“你可以猜出我会去那里。”话一出口，连他自己都觉得站不住脚。不对，那人问过他亚历克斯在什么地方。显然，亚历克斯才是他们的主要目标。他们可能还不太在意这个女孩，实际上，他们可能都不知道她已经躲起来了。无论那些人是谁，他们的消息来源还是有限的。也有可能他们把莎拉留到以后再收拾吧。

“你说的你今晚拷问过的那个人，”她问，“他告诉了你什么？我看都是你在瞎编，想编出话来吓我。”

确切地说，他并没有说拷问过谁，虽然他想要吓唬她。反正这里有什么不对劲的地方。她一个人在房间里睡觉，没有武器。她伪装得很好，但是这样做没有道理啊。

“你为什么不把共用门关上？”他问。

“我愿意。”

他知道她肯定有什么用意。“为什么？”

“关你屁事！”她说。她又想用指头戳他的胸口，这一回被他一把抓住了。

“我问你一个问题。”他说。他用力捏她的手指，把她推到墙上。

“继续啊，”她表情痛苦地说，“把我的手指捏断。再给我来个水刑[①]。你们不都是这样做的吗？严刑拷打，逼别人说你们想听的话。”

她为什么开着那扇门？应该是因为她想让他方便地进入她的房间。但为什么没有人埋伏呢？为什么她没有枪呢？这是什么意思？她为什么要让他能——

哎呀，你这个笨蛋。

就是这样。这很明显呀。这太简单了，你除非是瞎子，或者你故意视而不见。

他低头一看，第一次意识到她穿得那么少。

他松开她的手指，手掌撑在墙上，旁边是她的脑袋。“你为什么把门开着？”他问。

“我说过，关你屁事。”

天哪，她真美。他觉得自己以前注意到了，但其实没有，至少没有像现在这样。

“为什么？”他又问了一遍，这次声音更低了。

“我不会告诉你的。”她说。她想走开，可他的另一只手又撑在了墙上，这样从两边拦住了她。

“我要你告诉我。”他说。

“不。”

---

① 一种使犯人以为自己快被溺毙的刑讯方式。犯人被绑成脚比头高的姿势，脸部被毛巾盖住，然后泼水在犯人的脸上。

她的呼吸现在变得急促了吗？他知道自己是这样。

他又走近一步，他的嘴唇离她的面颊只有几英寸远。

“也许我已经知道了。”他说。

“你对我一点都不了解。”

“我了解一些。”说着，他又靠近了些。

她怒视着他，双唇微张，呼吸急促。他感到自己的心怦怦直跳，声音大得连自己都听到。

他又靠近了些，她急忙把头扭到旁边去。他的脸刚好碰到了她的脸，他的耳朵里全是她急促的呼吸声。他闻到她头发和皮肤的味道。他紧贴了过去。

他用双手抱住她的头，狠狠地吻着，心怦怦地跳，耳朵里嗡嗡作响。他感到自己在漂流，好像什么东西抓丢了，人在黑暗中随波逐流。此时他还是紧紧地顶着她，她也在顶着他。

他的头脑一片空白，只想着把她的衣服脱掉，其他什么都不重要，什么都是虚幻的。他用双手抓住她的背心，用力向相反的方向拉去。衣服撕裂的声音快要震碎他的耳膜。真美，她真美。

感谢上帝，没有比现在更幸福的时刻了。他像一个快要淹死的人，大口大口吸着救命的空气。她喘息着、扭动着，两条腿盘在他的背后，两手捧着他的脸亲吻着。他们扭在了一起。后来，他缓慢而小心地要松开，但她说：“不要起身，我要你。”他放松了一会儿。她搂住他的脖子，双腿还绕在他的背上，他听到了她的每一声喘息。

他看着她的眼睛，想说，你真漂亮，但没有说。他说：“抱歉。”

她笑道：“我可不觉得抱歉。”

“不，我的意思是——”

“我知道你的意思。”

他叹了口气。“我这一周很不好过。”

她看着他，柔声说：“我有一种感觉，你不好过的时间不止一周。”

“你想说什么？”

她犹豫了一会儿，然后说：“你有女儿、前妻，还有一个弟弟，可你从来不去看他们，甚至从不和他们说话。这事比糟糕的一周更叫你不好过。”

“这事很复杂。”

“听过这样的话吗？在你所有不融洽的交往中，有一个共同点——’”

“‘那就是你。’对，这话我听过。”

上帝啊，她真厉害。他想，如果他和她交往的话，他肯定说不过她。

“哎，”他说，“你在酒吧里说得对。我不能……我不能让他们依靠我。我的意思是，一年去看女儿几次，或者完全不见面，哪种做法更糟糕呢？第一种会让她觉得我经常不在她身边，令她的生活不完整。而第二种，她没有什么人值得想念的了，所以就不会有不完整的感觉。”

“我不明白。你是说如果没有人依靠你，你就不会使他人失望吗？”

“我不是这个意思。”

“你知道我是怎么想的吗？”

“亚历克斯总跟我说这句话，而我总告诉他我不想听。”

“可最后他还是说给你听了？”

“当然。”

“那我也要说给你听。打个比方，这事就像是偷窃。你偷了一份遗产，可遗产继承人压根不知道自己有继承权。她会想被偷掉的遗产吗？她会意识到自己被偷了吗？或者觉得没了这笔遗产，生活好像少了些什么？不，她不会。但是不是因为她不知道自己被偷了，你就不是小偷了呢？”

“你们在法学院学的就是这个？”

“话说回来，你和亚历克斯到底是怎么了？”

“各奔东西了。”

“得了，没人像你们兄弟这样。他不知道你结过婚，也不知道他还有个侄女。”

他的眼光躲闪，想着该告诉她什么，或者，是不是该告诉她。他不知道该从哪里说起。“我们有过一个姐妹。”他说。他从这里讲了下去。他不想多说，但是一旦打开闸门，就由不得他了。

“你家真不幸，”听完他的故事，她说，“我还以为就我家的问题多呢。”

他笑得很刺耳。“还提什么家？已经没人了。”

“还有你和亚历克斯啊。”

“亚历克斯认为一切都怪我。”

“他对你这么说了？”

“没有，但他的意思我明白。”

两人沉默了一会儿。她问：“你是为了摆脱你妹妹的事才要入伍的吗？”

“不是。我之前就决定了，但父母不让我去，他们给了我很大的压力，但我一直就想入伍。我小时候就这样想了。”

“我认为你入伍是件好事。”

他惊讶地看着她。“真的？我还以为你当我是个虐待狂呢。”

“我没那么想，只是想气气你。我说你入伍是件好事，是因为你自己想这样做。我多希望在自己父母面前，能够拿出像你这样的态度。但是……你在酒吧里说的也对。我不知道自己究竟要干什么。”

他没有回答。

她问：“你为什么要帮亚历克斯？”

他望着她。“这是在帮他吗？”

她笑了。“他没有必要知道这些。”

“是啊，我想那样最好。”

“告诉我，为什么帮他？你们关系那么疏远，可你还是回来了。”

他想了一会儿，连他自己也不清楚到底是为了什么。

“他需要我的帮助。”他只能这样说。

他希望她多问些话，也许这样就会帮助他想清楚其中的原因。

但是她却问：“你真的以为他……对我感兴趣吗？”

“看看你自己就知道了。”

过了一会儿，她说：“他是个帅小伙，有许多值得人喜欢的地方。但是……我不知道，他总是让我想起上大学时认识的几个朋友。”

“我使你想到了什么？”

她看着他，说：“你没有使我想起什么。但是同时，你又让我想起了什么。”

他摇了摇头。“我不理解你的意思。”

她笑了。“你没有必要理解。”

“对，可是——”

“嘘。你为什么不再向我道歉？”

“我很抱歉。”

她骑到他身上，两手撑在他脑袋两侧的地板上。她低头靠近他的脸，头发如瀑布般罩在他脸的周围。她盯着他的眼睛。

“这样道歉可不够。”她说。

他双手扶住她的腰。

“那让我换种道歉方式吧。”他说。

第二十六章　宛如梦中

激情退去，本告诉莎拉他得睡上一会儿，否则第二天人会精力不济。他们爬上床，本头一着枕头就睡着了。莎拉盯着他看，虽然也感到筋疲力尽，但还是兴奋得难以入眠。

她以前从未像现在这样过。从来没有。一个晚上两次。她和前两任男友在一起时，只是把男女交欢当作一件乐事，但并非必不可少。如今，她终于明白什么叫作欲仙欲死。经过刚才的两番折腾，她的身体痛并快乐着，一想到与他翻云覆雨的感觉，她就又想唤醒他再来一次。他们刚才没有采取任何保护措施，她知道这傻得可以。她应该为此感到不安，这是起码的，但奇怪的是她并没有这种感觉。也许以后会发愁吧，但现在还愁不起来。

她不知道两人以后会发生什么。她的前两任男友，她在跟他们亲热前已经很了解对方，了解是为彼此关系的发展打基础。而现在，躺在身边的这个男人，她根本不了解，如果说有那么点儿了解，就是他使她感到心惊肉跳。他是个杀手。事实上，他是她所痛恨的一切的化身。他满心伤痕、充满暴力、站在正常行为标准的对立面。所以这是为什么？到底是怎么了？

她笑了。为什么要想那么多呢？等他醒来，她要再引诱他一次。此刻她已非常满足，往后就看情况了。

他和亚历克斯的关系如何，她曾想多做些了解，但他一直缄口不谈，她也不想追着他问。

不过她还是想知道。她不明白，亚历克斯有什么理由责怪本。在莎拉看来，首先，那次意外不是本造成的。再说，即便本的决定与后来发生的意外存在因果关系，他的行为也并非酿成祸事的直接诱因，他在法律上无可指责。退一步说，就是他错了，人怎么可以像这样一直怀恨在心？跟自己的哥哥过不去？她提醒自己，她只听了一家之言。而本也没有对亚历克斯尽显兄长之爱。

但他为什么会回来呢？假如亚历克斯怪他给家庭带来不幸，那他现在的出现会不会是一种……道歉？赎罪？如果是这样，亚历克斯为何不能接受？

莎拉看着身边熟睡的本。起初，她觉得他是个野蛮人，但现在，她意识到之前轻信了他故意制造出的假象。他其实很聪明。他在酒吧里说的那些关于她的话……是的，他的话很伤人，但很有见地。

她想，是不是自己过于相信他的洞察力了呢？假如连一个笨蛋都能那么了解她，那只能说明她很浅薄。与其中伤自己，倒不如称赞他深刻的洞察力呢。

也许，她是在想方设法否认他的聪明吧？如果他聪明了，那她先前对他的判断就有失水准。

她轻轻地笑了，想这么多真是犯傻。她应该先把心事放下，抓紧时间补个觉。过几个小时，太阳就要升起来了，她和亚历克斯还要研究黑曜石的奥秘呢。

亚历克斯真的爱上她了吗？她看不出任何迹象。也许他同他哥哥一样，善于克制住自己的感情。看看他们家不为人知的历史吧，有些事她以前从没见过，也没有体会过。谁能说，平静的水面下没有另一股潜流在涌动呢？也许她有些想当然了，但他那么不动声色，她又能怎么想?

她对亚历克斯有些负疚感。假如本是对的，并且亚历克斯察觉到这儿刚刚发生的事，兄弟俩的关系将变得更加复杂。

就这样吧，没有理由让亚历克斯知道。她和本肯定不会把这事告诉他，而他也不会发现的。

她把头搁在枕头上，长长地叹了口气。她感到睡意袭来，进入梦乡前还想着本在酒吧里跟她说的话。所有的一切都宛如梦中。

第二十七章　两不相欠

亚历克斯蜷着身子坐在桌前。他的眼睛在电脑屏幕上扫来扫去，读着希尔卓的编程笔记，似乎读了上千遍。他彻夜未眠，把笔记顺着读、倒着读、抽着读。他想破译希尔卓的想法，但还是一无所获。

黑曜石的工具栏设计得很像典型的大众软件，主菜单一字排开，单击后出现下拉子菜单。用户可以自定义菜单，增加或隐藏某些功能。亚历克斯试了各种各样的功能，但没有一项能帮上他的忙。

他要寻找的是一个隐藏菜单。但它在哪里呢？肯定不在希尔卓的笔记里。亚历克斯已经把笔记背熟了，可还是没有一点发现。

会不会还有另一个版本？有些东西他连自己的律师都信不过？

也许有。但如果他有两个版本，为什么只做一个备份。为什么亚历克斯得到的是这个而非那个？讲不通。没有另外的版本，所有的都该在这儿。

另一个版本，他边揉眼睛边想，另一个版本。

他把光标指向菜单然后逐项移动：文件、编辑、工具。他选择了工具，然后把光标下移；宏，自定义……跟踪变化。

跟踪变化。

跟踪变化……从先前的版本中。

见鬼。会这么简单？

他点击“显示以前版本”，没有反应。

该死。

他滚动鼠标，把希尔卓的笔记往下翻。翻到半道，他突然发现，在一列关于宏命令的功能说明边上多出了一列蓝色数字。这些蓝色数字由 1 到 10，无序地排列着。亚历克斯盯着这些数字，有些发蒙。他继续把笔记翻到底，没有发现其他的变化。

他往上翻回到数字那儿。看起来，希尔卓在上一个版本的编程笔记里，曾经给这些功能编过号。为什么要编号？为什么这些数字是乱的？

其中肯定有名堂。希尔卓不会平白无故地把其他的版本修改痕迹统统抹掉，唯独留下这些数字。可见，他需要这个记录。他有意把它隐藏起来了。

好吧，试一试，看看有没有猜中他的心思。

他由步骤 1 到 10，输入那些宏命令，然后按下回车键。

什么也没有发生。

见鬼，他真的指望会发生些什么。

他把光标移到菜单栏，检查每一项功能。没有出现新的文件，编辑功能也是如此，工具……

他眨了眨眼，身子靠近屏幕。工具菜单出现了三个新的条目："新建"、"隐藏"、发送"。

"上帝啊，"他大喊，"是它，肯定是它。"

希尔卓在黑曜石里造了个复活节彩蛋[①]。它不是那种普通的搞笑版本。它看上去像是可以申请专利的全套技术。

它到底是什么技术呢？

他的心怦怦直跳，开始敲击键盘。他非常地投入，以至于忘了时间、

① 此处指发明者有意设计的隐藏信息，多见于电脑程序、电子游戏、网页当中，往往具有开玩笑的性质。

忘了身在何处，直到阳光照进他的窗户。

早上6点半，他洗了澡，换好衣服。他把本给他的枪放进口袋，枪的分量和体积明显能够感觉得到。他无法想象一个人随时随地带着一把甚至两把枪。

他走向本的房间，想把自己的发现告诉他。昨晚，那个硬汉在争论得不可开交的时候跑了，但亚历克斯并不后悔说了那些话。他倒是希望还能说得多些，也许那正是问题的症结所在。本反应迟钝，别指望他能理解什么，特别是那些他不想搞懂的事，除非你强求他。

他试了他的房卡，门打不开。见鬼，本肯定把门反锁了。他可能还在睡觉，得赶紧把他叫醒。

亚历克斯敲门，然后等着。不见动静。他又敲门，这回敲的声音更大了。过了一会儿，他听到了本的声音。

“等等！等我穿上衣服。”

过了半分钟，本开了门，身上只裹了条毛巾。“怎么这么早？”本问。

“我搞定了，”亚历克斯边说边往里走，“我把它破解了。我知道黑曜石终究是什么了！”

本关了门上了锁。“等一下，”他说，“我上趟厕所。”

本进了卫生间，亚历克斯扫了眼四周。一张床上的床套被扯掉了，地板上有一堆衣服，看上去像是本前一天晚上穿的外套和衬衫。

本出来时，穿了件饭店提供的睡袍。他在一张床上坐下。“说吧。”

“我们得叫上莎拉，她也应该听听。”

“她或许还在睡觉，你说呢？”

亚历克斯对本表现出的关心略感惊讶。要知道，昨天他还不愿意让莎拉停下来上厕所，现在居然担心吵醒她？

“她肯定想听我说，相信我。”亚历克斯说。他走到共用门边开门，然后敲另一边的门。“莎拉，我是亚历克斯。你起床了吗？我找到了我们要找的东西。”

“马上来。”他听到门的另一边传来的声音。一分钟后，她走了进来，穿着饭店的睡袍。她的头发盘在脑后，没有化妆，睡眼惺忪但美丽依旧。

亚历克斯很奇怪她和本都穿着睡袍。“昨晚就我一个人在干活？”亚历克斯问。他预料此话会有些滑稽，但两人都没笑，甚至都没说话。事实上他们看上去近乎尴尬。哦，是因为他把他们两人都弄醒了。

莎拉靠着门边的墙，问：“是什么呢？”

“我发现了复活节彩蛋，在黑曜石里。”亚历克斯说。

“复活节彩蛋？”本问。

亚历克斯点点头。“一种隐藏的文件装置。是程序员内置的一个应用软件，但并不显示，唯一的进入途径是输入一系列古怪的程序命令。希尔卓在黑曜石里植入了一个。他在编程笔记里做了命令备份，然后隐藏该文件，这样文件只能在对照前后两个版本的编程笔记后显示。”

“我听不懂，”本说，“什么是隐藏的装置？既然是隐藏为什么要有记录？”

“因为命令很复杂。它必须复杂，以防被人误打误撞给打开了。希尔卓怕自己会忘掉命令，所以把它隐藏在笔记中。”

“他不怕别人发现？”

“当然不怕。别人没有这个软件，它只是他放在律师那里的备份程序，律师怎么会去读程序软件呢？退一步说，即便我或者别人看到了，也不会想着要去查它先前的版本。哪怕有人真的找到了先前的版本，他留下的线索也说明不了什么问题。因为你得先知道某个东西被隐藏了，然后绞尽脑汁去想，就像莎拉和我。就是这样，也不容易找到。”

“那它到底是什么？”本问。

亚历克斯奇怪，莎拉此刻怎么变得这么安静。平时她听别人解释会不耐烦，总是迫不及待地要发表自己的观点。

“它是个木马病毒。”亚历克斯说，“表面上看，它能高效地加密普通数据，但其实，它是为加密病毒而设计的。”

“基于密码系统的恶意软件。”莎拉看着他说。

亚历克斯点点头，很高兴莎拉理解得如此之快。“对！恶意密码软件。”

“抱歉，两位，”本说，“我都快跟不上你们了。”

“好吧，”亚历克斯说，“你知道电脑病毒是怎么回事吧？”

“当然。一套代码偷偷植入计算机把原来的程序搞乱。”

“是这样，差不多。有两种发现病毒和拦截病毒的典型方法——签名法和探查法。签名法主要指杀毒软件收录已知病毒的清单后，自动拦截或隔离病毒。就像疑似恐怖分子的名字被列入了‘不准登机’的黑名单，一旦名字出现，那人就上不了飞机。你在键盘上输入的名字用病毒的例子来说，就是一种数字指纹。”

“哦……”

“第二种方法是探查法。在不知道病毒的情况下，通过分析典型的病毒特征判断其是否为病毒。还是拿乘飞机打比方，这就像分析乘客的行为状态。乘客的名字跟恐怖分子没有关联，不会引发恐慌，但是他的表现如果使我们联想起了恐怖分子，那他也登不了机。”

“行了，我懂了。”

“所以对于病毒写手来说，最大的问题是要避开杀毒软件的检测。假如是一种新病毒，不必担心它的签名被发现，只要担心它的特征。但是如果你把所有的病毒特征都去除掉了，虽然杀毒软件检测不到，但病毒也会变得毫无用处。”

"所以我们要谈的是隐藏问题。"本说。

"是这样。那就轮到加密技术登场了。用加密技术创建一个多形态的病毒。"

本扬了扬眉毛，亚历克斯意识到他还没有搞懂。他停了下来，想该如何向他解释。

"多形态就是指不断变化，"莎拉说，"我们再说代码，它变形时原来的运算规则保持不变。这个，通常来说就是加密技术在起作用。如果你对病毒进行加密，类似病毒的特征运行就会被隐藏在不断变化的伪装之下。反病毒软件无法找到目标。"

"那为什么以前没人干过？"本问。

"不是没人干过，"亚历克斯说，"一个保加利亚的病毒写手几年前用'黑暗复仇者'的名字创建了一个多形态的病毒引擎。还有几个人合写过一本这方面的书。但这种病毒通常有个局限——"

"你不能加密整个病毒，"莎拉说，"你必须留一点儿不加密的部分，用它来解密和运行加密的部分。而这不加密的部分正是反病毒软件尽力攻击的目标。"

亚历克斯笑了，对莎拉的插话很高兴。她已经安静了一段时间，这可不是她惯常的风格。

"但黑曜石加密了整个病毒？"本问，"它怎么办到的？"

"可能它并不支持所有的恶意用途，"亚历克斯说，"我还没有时间进一步测试。但它确实是个可以用来恶意加密文件的超级病毒。"

"我不明白，"本说，"一种用来加密的加密病毒？设计这样的东西有什么用？我的意思是，黑曜石的目的不就是加密吗？"

亚历克斯一时被难住了。"呃，是啊，"他说，"它表面上可以帮你自动加密数据，然后你可以自行解密。但咱们这么想，假设你读不到自己的资料了呢？假设某一天你回到家，却发现自家大门被别人上了锁，而你手上没有钥匙。即便作恶者并不打算偷你家的东西，但他却把你挡在了家门外。你被锁在外面，事实上这就等于你的整个家都被偷了，你变得无家可归。”

“目的呢，敲诈？”本问。

“这是一种可能，”莎拉说，“但也可能是要搞破坏。假设你锁住了一家大银行的所有数据，或者是纽约股票交易所、国防部的所有数据……”

“难道这些机构的数据没有备份吗？”

“当然有备份，”亚历克斯说，“但你可以让病毒长期潜伏并感染备份数据。即便备份数据没有问题，但原始数据被冻结了……想象一下它可能引发的后果吧。”

“行了，我懂了。”本说，“我懂了，该死！它还有没有别的功能？”

“我还在查。锁住计算机网络已经够可怕了，但如果再用它来偷数据，想想吧？”

他们沉默了一会儿。亚历克斯问：“谁可能躲在幕后呢？”

“肯定是有所图的人，”本说，“而且是能利用网络来达到目的的人。”

亚历克斯问：“我们下一步该干什么？”

莎拉耸了耸肩。“为什么不把它公布呢？公布可执行文件、希尔卓的笔记，还有你的结论。”

“你疯了？”本说，“你自己刚说过的，有人会拿它搞破坏。”

“我们不能肯定。亚历克斯发现它有一些恶意用途，这是事实；但据我们所知，它还没有现场测试过。”

本摇了摇头。“千万别试。你们一直在说黑曜石具有破坏性，但谁知道它的破坏程度会有多大？”

“信息需要自由。”莎拉说。

本笑了。“算了吧，这话听起来就像在说椅子需要自由一样。信息不需要任何东西。”“我的意思是——”

“我知道你什么意思，”亚历克斯说，“但是病毒也想要自由。我们不能公布黑曜石。我的意思是，想想它可能带来的危害。我们不能冒险。”

“好，”莎拉说，“但是如果那些寻找这东西的人认为我们知道它，或者认为我们有副本的话，他们决不会一走了之的，绝不会罢手的。”

本看着亚历克斯。“是的，他们不会。我昨晚去你家，有人在那里等你。”

亚历克斯突然有种反胃的感觉，一想到那晚在浴缸的情形，顿感生活暗淡。“发生什么了？”

“我以为有人会埋伏在那里等你，所以设计了反埋伏。可昨晚的埋伏不是针对你，而是针对我，或者是类似于我的人。我应该料到的，在四季饭店外的事发生以后，他们知道你有专业的保护——保镖之类的，但他们没想到会是我，所以我很幸运地逃走了。”

“你逃走了……在那里等你的家伙怎么了？”

“他可没那么幸运。”

亚历克斯看着他。他强迫自己不要去体会最后一句的言外之意，但他就是办不到。“你……你杀了他，在我们家？”他还是说了出来。

“那里没留下什么东西，如果你担心的是这个的话。”

“呃，是啊，我是担心那个。”

“行了。你不用再担心了。”

“但是……见鬼！本，如果这是自卫的话，我相信这是自卫，我们当时完全可以叫警察的！他们是该相信我们的。现场该有……我说，该有一具尸体。他们是会大大关注我们的，他们会的。”

“亚历克斯，自卫只是一种防卫。我可不想被指控犯有谋杀罪，然后指望一个好律师让陪审团相信我的防卫是正当的。”

“去你的，本，你葬送了我们的最好机会。”

本从床上站了起来。“我葬送的？我两天内干掉了三个来杀你的人，这叫葬送机会？亚历克斯，你是不是对我的表现不满意？你想要我干什么，替你坐牢？明说吧，你究竟想干什么？”

他们站在那里，怒视对方。莎拉说：“瞧，眼下的问题是我们究竟该干些什么。”

亚历克斯没听清莎拉的话。他很生气，不知道干什么好。他的那个狂妄自信、自以为无所不知的大哥，净干自己想做的事，从不考虑其他人，也从不在意事情的结果……

“我有办法查出令你不安的人的底细，”本说，“就要看你是不是同意了。”

亚历克斯很想骂他几句，然后走开，以后的事就听天由命了，他不再指望从这个混蛋哥哥身上得到任何帮助。

莎拉说：“我去隔壁房间，你们俩好好谈。”于是她回到她自己的房间，并随手关上了共用门。

亚历克斯看着本。“你怎么这么混蛋？”

本厌恶地摇摇头。“你真烦人。”

亚历克斯大步走到墙边。为什么自己就不能使他明白呢？为什么他不愿意听自己的呢？

他看着地板上的那堆衣服，衬衫有点怪，他说不上怎么回事。

他弯下身去。那些纽扣——全都没了，啊，这就是奇怪的地方。

怎么回事？为什么本衬衫上的扣子……

他一下子明白了。

睡袍。莎拉进来时的古怪模样。她的一声不吭。她和本尽释前嫌……

他看着床。枕头处没有睡过的凹陷，床单没有皱痕，床套被扔过，还是匆忙之中被扔回去的，仅此而已。是有人在匆忙间有意营造出一种他曾睡在床上的假象。

他想让别人以为他是独自睡的。

亚历克斯看着本。“你……你没有……”他说不下去了。

本和他对视了片刻，然后把目光移向了别处。

“哦，我的上帝。你干了。”

本舔了舔嘴唇。“听着，我在你家遭到伏击——”

“然后就得那么干？”

“我刚打过一场硬仗，有点发狂。”

“你想跟我说什么，说杀了人以后你必须跟莎拉睡觉？你别无选择？这事——别跟我说——这是我不能理解的军人的事，是不是？我说得够清楚了吧？”

本叹了口气。“亚历克斯，我很抱歉。”

听到这些空洞的话后，亚历克斯突然开始恨本，比以前更加恨：恨他所造成的一切，恨他让自己需要他，让他利用这个机会去……

“你不会感到抱歉的！”亚历克斯用手指着本大骂，“你永远不会感到抱歉的！不管你做什么，不管你造成什么样的后果，你永远不会感到抱歉的！”

“你在说什么？我刚才不是说了我很抱歉吗？”

“哦，鬼话！”

“你想从我这儿要什么，亚历克斯？说吧，现在就说，你要什么？”

“什么都不要。从你这儿什么都不要！”

“哈，行，那好，因为我不欠你什么。你从来都不会说谢谢。你只知道抱怨，压根儿没想过我在为你着想。”

“你为我着想？上帝啊，真是睁眼说瞎话。”

“睁眼说瞎话？”本质问道，“你说我睁眼说瞎话？我一直在想方设法地救你，就像上学时候那样。不过现在那些跟在你屁股后面的人，不只是要揍你了，他们要取了你的命。你以为我有义务保护你，所以连声谢谢都省了。哈，我受够了。老一套，我受够了！”

“你想让我为高中时的事向你表示感激，是吗，本？你害死了凯蒂。你害死了她。为什么你不——”

本出手之快，令亚历克斯猝不及防。他双手一推，把亚历克斯推到了身后的墙上。亚历克斯的头撞了一下，眼冒金星。本抓住他的衬衣，用力把他往墙上撞。他的手卡住亚历克斯的脖子。亚历克斯抓住本的手腕，想把他的手甩开，但力气不够。他说不出话，甚至不能呼吸。本嘴里喊着一些不连贯的话，呼出的热气喷在亚历克斯的脸上。亚历克斯抽出手来还击，但身体贴着墙，使不上力。他击中本的下巴，但无济于事。他感到呼吸困难，心想，*上帝啊，他想要杀了我，他真的想要杀了我！*他感到恐慌，用力抬起膝盖，但本一扭身，他没有踢中。他掰本的手，抓本的脸。本卡住他脖子的手更用力了。

一个遥远的声音在亚历克斯的脑中低语，枪。枪。枪。

他在口袋里摸枪，觉得整个房间晃动起来，一切都变得模糊不清。

枪。枪。枪……

本用膝盖顶了一下他的下身。亚历克斯一阵疼痛，头晕目眩，一时间感觉不到枪的重量了。本松开了他，亚历克斯倒在地板上透不过气来的，想要吐。

本蹲下，从亚历克斯的口袋里掏出那把枪，然后走开了几步。

“你想干吗，亚历克斯，想向我开枪吗？那就是你想做的吗？”

亚历克斯艰难地坐起来，抚摸着喉咙、按着腹部、用力喘气。

“你想对我开枪？”本又说了一遍，“你认为是我害死了凯蒂？爸爸？妈妈？你认为都是我的错？好吧，给你机会报仇。来吧！”

有什么东西扔在他旁边的地毯上，发出一声闷响。他瞥了一眼，是本从他身上拿走的那把手枪。

他喘着粗气，抑制住呕吐的欲望。我要杀了你，他想。

“来吧，硬汉！”本说，“没有勇气做你认为对的事啦？”

亚历克斯捡起枪对着本的脸。他想象着扣动扳机，想象着本被子弹射中后倒在地上……

“这就对了，”本说，“就这样。来吧，亚历克斯。我就是那个害死全家的人，是吗？都是我干的，都是我的错。开枪吧！”

只要扣动扳机。扣动扳机。那张脸上的假笑就永远消失了。

本厌恶地摇摇头。“我不要再等了，蠢驴！这是你的最后一次机会。如果想开枪，就动手吧。”

亚历克斯挣扎着站起身，还是喘不过气来。他根本就没有感到害怕，他最想要的就是看到本害怕。

那就让他害怕，动手吧！他先来杀你的，动手吧！凯蒂、爸爸、妈妈，动手吧动手吧动手吧动手吧……

共用门在他左侧打开。他瞥了一眼，是莎拉。

“住手！”她喊。

本朝她瞥了一眼，眼光再次回到亚历克斯身上。“最后的机会，蠢驴！”他说。

“亚历克斯！你发昏了吗？”莎拉说，“把枪放下，赶快把枪放下！”

上帝！他想开枪。一想到要向那个冷嘲热讽的混蛋哥哥屈服，他就感到恶心。

但是他不能这样，他知道他不能。他意识到，本也知道他不会开枪，而且他一直就知道这一点，这使他平添怒火。

他想都没想，扬起手臂，用力把枪砸向本的头。本的额头被击中，倒了下去。

莎拉喊："亚历克斯！"

"好吧，"亚历克斯说，"现在轮到你了，来吧。"

本坐起身。他额头上多出了一道深深的伤口，鲜血从里面往外流。他捡起枪。

"你要杀我？"亚历克斯指着自己的胸膛说，"你把其他的人都杀了，动手吧，把我也杀了！"

本用手抹了一下额头，然后用睡袍擦干了手上的血。"假如过去你要我关照你一点，"本说，"我会的。但我现在不了。我们两不相欠。你靠你自己吧。"

他走到地板上的那堆衣服前，脱了睡袍，好像亚历克斯和莎拉根本不在那里似的。他穿上裤子，套上鞋子，穿上那件没有纽扣的衬衫和外套。他捡起包，从包里掏出亚历克斯和莎拉的手机，把它们扔在床上，把包搭在了肩上。

"本。"莎拉喊他。他径直走过她身边，进了浴室，仿佛她不存在似的。几秒钟后，他出来了，额头上压了块毛巾。

"本！"莎拉又喊他。

本停下来看着她。"那是个错误，"他说，"忘了吧。"

他打开门，走了出去。门啪嗒一声关上，他离开了。

房间里顿时安静下来，气氛怪怪的。莎拉问，"到底发生了什么？"

"没什么。"亚历克斯说，突然间怨恨起她来。他把她带来就是为了帮助她，因为她可能面临危险。然而她却用跟本上床来回报他。亚历克斯为破解黑曜石绞尽脑汁，整夜未眠，而他们俩却“性”趣盎然。见鬼去吧！他不需要她了。他不需要任何人了。

“我要回家了，”他说，“办公室见。”

“你怎么能回家？”她说，“本刚刚告诉你——”

“我不想听！”他说，他的话比他原打算说的更刺耳。“就……像他说的，忘了吧，把它忘掉！”

他穿过走廊去房间里拿他的东西。他不介意是否有人跟踪他，他什么都不介意。如果有人要杀他，这也要算在本的头上。就像以前一样。

第二十八章　中止行动

本走了几个街区，去杰克逊街的中医诊所。早晨的太阳爬得不高，强光刺得他睁不开眼。他头上被枪砸中的地方痛得厉害，刚才发生的一切让他怒火中烧。但一路过来，他仍旧十分小心。

他没想到亚历克斯会用枪砸他。这让他意识到，一个门外汉也可以这么危险。世界上没有一个职业杀手会用手枪砸人，至少不会用一把子弹上了膛的枪砸人。这简直是……违反本能的行为。

当然，那把枪里并没有子弹，这一点亚历克斯并不知道。亚历克斯在地板上喘气的时候，本已经抽出弹夹卸掉了子弹。他知道亚历克斯不会看出来有什么不同，当他奚落他时只想让他感到丢脸，他确信亚历克斯没有勇气扣动扳机，肯定的。肯定是的。

头上的疼痛让他表情痛苦。他包里有快速止血绷带，可以用来包扎伤口，但现在离医院这么近……不妨去做个消毒处理，省下绷带以备急用。

是啊，他没看错亚历克斯的胆量，或者说，他的没胆量。但以防万一，他还是做了手脚，对此他并不后悔。那句话怎么说来着？史上最蠢的临终遗言是“你没胆量”。他没理由冒这个险。

他真正冒的险是先对亚历克斯动了手。因为当时他已经气疯了，与其忍着，不如爆发出来。他已记不清整件事情的经过，只知道亚历克斯一直认为是他害死了凯蒂，这次他终于大声说出来了。本听到那些话，然后……他干了什么？先是两眼通红，然后眼前一片模糊……他卡住他的脖子，不是吗？是的，卡得他透不过气来。

卡脖子？对了。你要杀他！你知道这一点，你感觉到了，你想这么做。

但是本让自己停了下来。他不知道怎么弄的，但是他停了下来，那才是重要的。

他走进急诊室，用假名和假证件填了表。很幸运，前面没病人。医生马上让他坐下，处理额头上的伤。

真不可思议。几天来他经历了两次枪战——加上之前伊斯坦布尔的事，为什么不把那次也计算在内呢？——他都毫发未损地安然脱身。反倒是他的弟弟，一个明显分不清格洛克26型手枪和石块间区别的人，弄伤了他。

这样想着，他差点笑出来。尽管他很愤怒，还是不得不承认亚历克斯是能拿出点勇气来的。至少他反击了，而且想到了用枪。

在缝了5针和取了两盒消炎止痛的布洛芬后，他走出诊所到前天晚上停车的地方取车。他考虑着他想做的事。没有新的命令，在伊斯坦布尔的事情之后，至少在一两周内他没指望接受新的命令。可以去布[①]拉格堡，利用那儿的靶场，保持状态。或者飞到卡布过几天。哦，在卡布潜水、去沙滩逛逛。对，这计划不错。

出去后他想朝南拐，想看看能否找到那辆沃尔沃。不是为了亚历克斯——让他见鬼去吧——仅仅为了满足自己的好奇心。仅此而已。

40分钟后，他来到拉德拉购物中心所在的街上。早晨这里很安静。他花了不少时间找到了那家伙的车——一辆银白色的沃尔沃S80。那车停在多斯洛玛街，真是选对了地方。若算直线距离，这儿离亚历克

① 墨西哥一旅游城市。

斯家只有半英里；开车的话则有几英里远。昨天那人显然研究过地形，知道借助夜视镜，他能在短时间内轻易地穿过院子，飞跑到亚历克斯家。所以，他把车停在了这个人们一时想不到的地方。

本用车钥匙遥控开门，看到沃尔沃车灯闪烁，就停好车走了过去。多斯洛玛街是条死路，两旁树木茂盛。周围没人，没人会看到他。

他检查了车底盘，没有发现炸弹；他又检查了汽车后门，因为如果有人要在车上玩花样，最有可能在驾驶座一侧的门上埋线。后门没有问题。他钻进汽车，快速地检查了一遍。车内是空的，没有登记文件，甚至没有汽车租赁公司的材料。只是在杂物盒里找到一样东西。一部手机。

找到了。

本把手机放进口袋，记下了汽车的识别号码。除了能查到这车是租来的，不大可能再获得其他的线索了。但谁知道呢？

他驾驶着自己的车，开到拉德拉购物中心停好。这家伙的手机是三星 T219，入门级手机，很可能是用了就扔的。他查了记录，只有一个呼入电话记录——区号是650，本地电话。电话在一刻钟前刚刚打来。那人肯定是在下车去亚历克斯家前，删光了通话记录，聪明。但是别人随后打给他的电话，他就没法控制了。

本按了“回拨”键，把手机举到耳边。响过两声之后，一个男人接了电话。

“我按你说的，给你打电话了。我还没有见到他。”

本的心一惊。见鬼，这声音有点耳熟，是谁？

“我知道你打了电话。”本哑着嗓子说。

“你在哪儿？为什么说话那么小声？”

“我在外面，说话不方便。你在哪儿？”

“我在办公室，不然还能在哪儿？他不在。”

他妈的。办公室。难怪他熟悉这声音。

是奥斯本。

本灵机一动，说：“这里出了个小问题，我需要见你。”

“现在？”

“是的。去停车场，站在你的汽车边上，我 5 分钟后到。”

电话那端停顿了一下。奥斯本说：“我认为这不是个好主意。”

“等你来了，我会告诉你发生了什么事。5 分钟。我们速战速决。”

他啪嗒一声挂断电话，不给奥斯本反驳的机会。本跟奥斯本说出了问题，让他感到有压力，没心思去想声音对不对劲。如果他还是听出了问题，意识到事情有诈，本也不想给他机会打电话求援。所以 5 分钟正好。

他沿着 280 号公路到佩吉米尔街，将车开进沙利文和格林瓦尔德律师事务所的停车场。如果奥斯本没在这里等，他也会换种方式找到他。这不是问题。

他在那里，站在黑得发亮的梅赛德斯轿车的旁边，紧张地左顾右盼。他穿着 T 恤衫和牛仔靴，样子滑稽。本将车停在他旁边，奥斯本一脸困惑地看着。趁他还没搞清楚怎么回事，本已从车里出来，手上握着格洛克手枪。奥斯本看见枪，眼珠子都要掉了。

“别吭声，”本说，“你只要打开车门，坐上驾驶座。要是你听话，我就给你个机会对我坦白。要是不听话，你就死定了！”

“我……我……”奥斯本结结巴巴地说。

本用枪对着他的肚子。“闭嘴，打开车门。”

奥斯本拿出钥匙，按了按钮。车门嘀了一声，车灯闪耀。本钻进后排，绕过儿童安全座，坐在奥斯本的正后方。

"开车。"本说,"放聪明点,我们只是谈谈。要花招的话,就杀了你。听清楚了吗?"

奥斯本问:"你想要我去哪里?"

"从佩吉米尔街下去,上280号公路。"

他们驶出停车场拐上佩吉米尔街。奥斯本问:"这是怎么回事?"

"问题由我来问,你只管开车。左拐上野狼山路。"

"野狼……为什么你要去那个没有人的地方?我们不能边开车边谈吗?"

他的直觉真灵光,本想。

"我说什么你做什么,否则你脑壳上会多出个9毫米的洞。到时,你脑袋里面会开花,但车上不见血。我会把你用安全带固定在副驾驶座上,走拼车道[①] 把你的尸体送回事务所。这主意不错吧?"

"好,好,到野狼山路。"

一分钟后,奥斯本按照本的指令转了弯。"走那条土路。"本指着一条低洼的土路说。

奥斯本照做了。他们顺着那条土路颠簸了一段,当野狼山的风景在他们眼前消失时,本说:"停车,熄火。"

"你要把我怎样?"奥斯本问。

本把儿童安全座搁到地板上,坐到副驾驶座的后面。这样,他可以看清奥斯本的脸。"我想知道你对黑曜石的看法。"他说。

"我不明白你在说什么。"

"亚历克斯申请专利的那项发明。"

"哦,我知道那项发明,我只是不明白你在说什么。"

---

① 为了节省燃油、减少环境污染,美国某些州的高速公路上,有一条车道是专供车内有两人或两人以上的汽车行驶。

本想了想。有两种可能性。一种是，奥斯本与一些唯利是图的人一起策划了这件事。另一种是，有外人在操纵他。究竟是哪一种呢？必须让奥斯本觉得本已经掌握了很多情况，这样他才会交代；为了给奥斯本造成这样的错觉，本首先要确立大致的正确方向，然后根据奥斯本的回答，本对情况的猜测会越来越具体。整个事情就是制造一种幻觉，这和算命先生为了欺骗那些轻信的顾客所做的一切很相像，关键是一开始就要让人相信你，要表现出知情，甚至无所不知的样子。

奥斯本害怕了，这是显而易见的。是啊，他正被枪顶着呢。但是，他的恐惧有些异样。

"他们怎么联系上你的？"本问。

"没有人联系我。我告诉你，我不明白你在说什么。"

本笑了。他从奥斯本的眼睛里、从他眉间渗出的汗里看出他害怕了。行了，这事不是他负责的，是其他人操纵他的。凭什么呢？

他朝车内的儿童安全座瞥了一眼。是家人遭到威胁了？不。奥斯本害怕的感觉不对劲，其中带着……羞耻感。

本对他了解吗？他只是见过他，在他的办公室呆过几分钟。亚历克斯说过泰国的事，不是吗？还有张奥斯本和泰国高官的照片。

"在泰国，不是吗？"本问。他明白如果他问错了，奥斯本会以为他在旁敲侧击，那样开局就搞砸了。

但他没有说错。奥斯本眨了眨眼说："不知道你说什么。"

不，我猜中了，本想，紧张的眨眼比测谎仪还要灵。

"照片？"本问，"录像？怎么回事？"

奥斯本摇摇头，一语不发。他的眼皮一直在跳，让人看着都觉得累。本能感觉到他很恐惧，车内弥漫着紧张的气氛。

儿童安全座，本想，一个有家庭、名誉和社会地位的家伙。

在泰国换换口味。嫖妓？有可能。跟人妖？他是娈童癖？在曼谷，你什么都可以得到。

好，这并不重要，但本知道如何撬开他的嘴了。

“有些事你要知道，”本说，“那些敲诈你的人也是我的敌人。你知道我如何对付我的敌人了吧？”

奥斯本一言不发。本接着说：“把我想知道的事告诉我，那些干扰你生活的人会滚开。永远滚开。如果你不告诉我，我就会认为你还要叫人干掉我弟弟。这样一来，你就成了……我的敌人。”

“不对！”奥斯本说，“我不想让亚历克斯死，我不想伤害任何人。”

“那你说吧，让我相信你。”

奥斯本往下看了看。过了一会儿，他说：“几个月前——”

“别往其他地方看，让我看见你的眼睛。”

奥斯本看着他，他的脸由于恐惧和愤怒变了形。

这就对了，狗东西。你感觉到了？你被我这个测谎仪缠上了。

“几个月前的一天晚上，我正要离开办公室。有个男人在我的车旁等我。他叫我的名字。‘大卫，’他说，‘很高兴看到你。’但是我不认识他。他……交给我一只马尼拉信封。他说他有一些东西不想让别人知道。并且他能保证没有人会知道。”

“信封里有什么？”

奥斯本犹豫了很长时间，然后舔了舔嘴唇说：“照片。”

“什么照片？”

“在泰国的照片。”

好的。本正在接近真相。有人知道黑曜石。虽然现在还不清楚细节，但从之前跟亚历克斯的谈话中已猜出几分。这些人想要让黑曜石人间蒸发，他们锁定了以下几个关键点：发明人，律师，专利局的人，专利局，专利档案系统，律师事务所。

“他们要你干什么？”本问。“他们想知道如何消灭黑曜石。我告诉他们办不到，因为它已经在政府的专利申请信息检索系统中登记了。但他们告诉我别担心。他们想知道怎么从事务所里把它删掉。他们想知道我们的文件归档系统是如何运作的，想知道密码、备份、所有的东西。”

“然后你就告诉他们了。”

“我……不得不这么做。”

这样才说得通。他们从专利申请表上知道亚历克斯在处理相关事宜，但是，如果他们要获得一些信息来使黑曜石消失，必须有个内应。

那么，他们又是怎么知道可以从这个家伙身上打开缺口的呢？先查公司的网站。你会看到合伙人、普通律师的名单以及他们的简历。你可以根据公开的信息确定潜在的候选人。你要找已婚的、有子女的、可以施加压力的人。发几封“国家安全信”[①]，然后潜入他们的生活：窃听电话，查看信用卡结算单，监控电子邮件。谁在逃税？谁有情人？谁私底下是个同性恋？谁经常去世界上主要的性交易活跃的城市？

下面要进入世博电脑订票系统或其他在线预订系统，了解他什么时候旅行，住什么饭店？那家伙是一家大型律师事务所的合伙人，他会住在城里最好的三四家饭店之一。潜入他的房间。做点手脚。安放针孔相机、隐形摄像机，或者一路跟踪他。获取证据后拿给他看。让他体会一下，假如他的妻子看到这些照片后心情会怎么样。或者把录像放到YouTube[②]上，将链接通过电子邮件发给他地址簿里的每一个人。

---

① 联邦调查局或中央情报局等机构出于反恐的需要，给银行、保险公司等机构寄出“国家安全信”，要求他们提供公民的个人信息。此种做法因为可能侵犯公民个人隐私而引起普遍反对。

② 总部设在美国的一个互联网网站，让使用者上传、观看及分享视频文件。

你掌控着他的生活，他的名誉，一切的一切。他被你吃定了。

“今天早晨你给谁打电话了？”

“是他，就是那晚在停车场等我的那个家伙。”

“他叫什么？”

“他让我叫他阿特里奥斯。”

“好。为什么早晨打给阿特里奥斯？”

“他昨天打给我。他在找亚历克斯。”

“你告诉他什么了？”

“我告诉他，亚历克斯那天早晨在，但后来不见了。那人让我有什么变化就打电话给他，而且要我隔一段时间就去看看亚历克斯回来没有。”

这倒与早先他在电话里说的话吻合。谁是阿特里奥斯？他替谁卖命？

“你怎么跟他联系？”本问。

“我有他的手机号，仅此而已。”

本想着他能用这条线索干什么。查到手机主人？像阿特里奥斯这样的老手，不可能登记真实信息。该死，看上去杀死这家伙断了唯一的信息来源，但当时他没有太多的选择。

手机在他口袋里嗡嗡作响，他拿出来一看，没有电话。他想，怎么回事？口袋里又嗡嗡地响了起来。

狗杂种。是阿特里奥斯的手机。

他拿出从沃尔沃车上找到的手机，盯着显示屏。区号 202。是华盛顿特区的。

“我要接这个电话。”本说，“握紧方向盘，看前面，闭上你的嘴。”

奥斯本言听计从。本按下“接听”键,把手机举到耳边。“结束了。”

他用早些时候跟奥斯本通话的低哑嗓音说。

“见鬼，你为什么不报告？”电话另一端的声音响起。

本已经想好几个不同的回答，但没想到那人会这么问。他愣住了，不知如何是好。

那个低沉的男中音……那个带着乔治亚州沿海地区味道的口音……

“豪特，”本说，“搞什么鬼？”

豪特顿了一下，问：“你是谁？”

“我是本。”

他又顿了一下。“本？你在搞什么鬼，孩子？”

“豪特，发生什么事了？谁是阿特里奥斯？我弟弟怎么成了目标？”

“你弟弟……谁是你弟弟？哦，上帝啊，你在说那个律师？”

本拼命地想从这团乱麻中理出头绪。豪特在装聋作哑？可能——

“阿特里奥斯怎么了？”豪特问，“他的手机怎么在你那里？”“阿特里奥斯死了。”

“哦，见鬼。你……哦，真是活见鬼。本，你知不知道自己惹了大麻烦？”

“什么大麻烦？我只是身陷其中，想要解脱出来。”

“听着，你马上中止行动。马上！明白吗？中止行动！”

“中止什么行动？”

“你还在旧金山吗？”

本突然警觉起来。

“是的，还在这里。”

“我也是。我们碰个面。”

“你在这里干什么？”

“负责那个被你搞砸了的行动。”

“你的行动目标是我弟弟。”

“我想我现在明白了，我以前不明白。万能的上帝啊，我们需要解决这件事。”

“你想要我干什么？”

“我在斯多克顿街的君悦酒店，一刻钟后大堂见。”

本对这建议感到很矛盾。一方面，豪特不可能在一刻钟里给他设圈套；另一方面，他不喜欢由别人提出见面地点。

不，他需要把事情弄复杂些，给自己点时间思考，确信他没有放弃主动权。

“我现在在你的南面，”本说，“要一个小时到那里。保险点，我们说定一个半小时。”

对豪特来说，这听起来不错。假如本同意这一地点并对约定时间不反对的话，意味着他相信他了。虽然他其实并不相信他。

“好吧。90分钟。”

本挂了电话，他看着奥斯本，奥斯本手不离方向盘。

“你知道发明人出事了，对吗？”本问，他的头又开始痛了，“你知道希尔卓怎么了？”

奥斯本直视前方，说话的声音高了八度。“警察说他死于毒品交易。”

“是的，那是警察的想法，他们在自欺欺人。但我问的是，你知道什么？”

奥斯本没有回答。这已经算是个答案了。

本的头痛得更厉害，这狗娘养的什么都知道。他知道他们要去杀亚历克斯，这与他当初自己想动手杀亚历克斯几乎没有区别。

他对自己的自相矛盾感到诧异。几小时前，他自己就想杀了亚历克斯，在某种程度上他甚至渴望这么做，但那不能与此相提并论。亚历克斯是他弟弟，也许这就是自相矛盾的原因。可能事情被搞得一团糟，确实一团糟。

他努力地思考是否奥斯本露出了破绽。如果杀了他会改变游戏现状的话，他愿意这么做。但是他考虑不了任何事情。他不知道该怎么办。他有些想杀了他。事实上，当他威逼奥斯本开车到这个荒凉地时，他就计划要杀了奥斯本。但是，看着他紧握方向盘，看到甚至嗅到这个人的恐惧时，他又不愿下手了。在战斗或自卫中，他冷酷地杀人无数，但是他从未在未经命令或者没有必要的时候杀人。他一生中越过很多界限，但他惊奇地发现，他不想越过这个界限。

他看着奥斯本说："下车，把门打开。"

奥斯本回头看着他，满脸哀求的表情。"不要，请不要。"

"蠢驴，如果我要干掉你早就干了。"

两人下了车。奥斯本举起双手，既像是请求，又像是投降。

"把钥匙和手机放到座位上。"本说。

奥斯本照做了。

"现在离车子远点儿。你会在刚才的停车场找到这车。慢慢走回去吧。"

本把车子开回事务所的停车场，停好车后钻进自己的车。他想要相信豪特。他以前一直相信他。现在他却对豪特产生了怀疑，心里很不快。

但可能还有解决的办法。或许一切会得到解脱。如果他能与豪特坐下来，听他解释……他可能会说些什么。也许他会取消行动。也许吧。

但是他首先要确定亚历克斯是不是还活着。

第二十九章　背后一蜇

莎拉出了饭店，打了辆车回她在米森区的公寓。她精疲力竭，整个人像是要虚脱了。昨夜，和本一夜缠绵……她不知以后会怎样，不知是否还想从中得到更多，但她深信，两人确实在疯狂中产生了情愫。然而今天一大早，他决然而去，那样子当她不过是一把他爱坐的安乐椅罢了。为什么？就因为他和弟弟打了一架？这就使她像垃圾一样被随手扔掉了？

或者，他与亚历克斯打架只是个借口。从她遇见他的那一刻起，她就知道他满心伤痕，她的理智告诉她，应该和他保持距离。现在，她气自己没有坚守理智，气本像垃圾一样将她抛弃。

亚历克斯。她并不打算伤害他。她甚至不知道自己能否伤害到他。木已成舟，他们日后如何在办公室相见？他是否还想与她共事？或者会以某种方式排挤她？

她意识到自己对工作，甚至感情的担心都太世俗了，或许她的脑子在有意去忽视她面临的真正危险。因为想得到黑曜石的人仍在某个地方虎视眈眈。如果说她以前有危险，那现在危险仍然存在。只是她不知道如何去化解危险，所以，就在为一些小事烦恼。

出租车在列克星敦街她的公寓前停下。她住的是一幢独立式公寓楼的一楼。她喜欢自己住的这条街，因为街不长，而且不是交通要道，两旁树荫下，附近的小孩子经常骑着儿童三轮车和自行车往来嬉戏。

她付了车资后跨出车门。离家只一天，但舒适、熟悉的环境仍给她梦幻般的感觉。

她踏上石板路走向前门。突然右边有个男人喊道："打扰一下，小姐。"

她吃惊地转过身来,因为下车时她没有发现有人。吃惊变成了恐慌，万一他们发现了她住的地方？本说过很容易找到。也许他们在这儿等她——

那个男人——一个戴墨镜、着绿色羊毛套衫、身材瘦削的亚洲人，与她保持着一段距离。他问："如果我想从这里到圣荷塞，该走 101 号公路还是 280 号公路呢？"

她的大脑条件反射般地开始思考这个问题。嗯，"她说，"这取决于你想到圣荷塞的什么地方。"

突然她觉得不妙。一个行人为什么要问这个问题？

显然是要故意分散她的注意力——

她的脖子被什么东西从后面蜇了一下，她赶紧伸手去拍并大声呼救。脖子上有个东西。她竭力想转身，但肩膀被一双强壮的手抓住了。她挣扎着，天似乎倾覆下来。她听到不知何处传来一声门响——是车门？车门拉开了。她最后看到的是戴墨镜、着绿色羊毛套衫的男人快步接近她，然后一切慢慢变成了灰色。

第三十章　总在抱怨

亚历克斯躺在家里的床上，眼睛睁得大大的。平常他一般不午睡，但昨晚在饭店里根本没睡，现在得补个觉。

他已经在家里绕了一圈，企图弄明白昨晚这里发生过什么。他的确在院子里有所发现：木柴堆被打翻了，草坪被践踏过，上面留着一些黑糊糊、黏兮兮的东西，他一猜便知是血。草坪被压平的痕迹通向篱笆。他脑子里浮现出本拖着一具尸体的情景。这事真的发生了。本真的在他们家的院子里杀了人。尽管暴行已经结束，但看到现场还是令他不寒而栗。他重新把木柴堆垒好，用水冲刷掉草坪上的血迹，想象加梅斯警探在那间审讯室盘问他时该如何作答。“血？我没有看到什么血啊。只是草坪需要浇水了。是的，是有自动洒水装置，但我有时候也爱自己浇浇水。”

最后，疲劳一点点地吞噬他的想象。他的眼帘慢慢地垂下了。凯蒂在向阿罗扔飞盘。电话不知在何处响起……

他猛然惊醒，电话。不是梦；见鬼！他应该把那该死的听筒从电话机上取下来。他接了电话。“喂？”

“是我，亚历克斯。”

是本。厌恶即刻使他肝火攻心。他停了停，然后说：“别来烦我。”

“亚历克斯——”

他把听筒放回话机上，重新躺下。一秒钟后，电话又响起。他不理它。

响了三次后，电话不响了。

他对本的对策就是把他当成死人，不怨不恨，把他视同已过世的爸爸妈妈和凯蒂那样存在大脑记忆中，也许他甚至能为他哀悼。那样他就能接受这个伤害，跨过这一关，生活得以继续，那才是他需要做的。本不存在了，那就行了，那还不错。

他不那么激动了。疲劳感又滚滚袭来，他开始打盹。

有人在咚咚地敲着前门。

他把闩锁朝上闩的，脑中满是那晚在浴室里发生的事。

“亚历克斯！”他听到本在叫，“亚历克斯！”

他想到本给他的那把枪。如果枪还在的话，他说不定会朝大门开枪。

他扯过枕头盖在头上。*他已经死了，这是场噩梦，他已经死了！*敲门声越来越大。“亚历克斯，开门，否则我把锁打掉。”本大喊，“你想如何对邻居解释？列文家？安得鲁家？塞尔温夫家？”

上帝啊！亚历克斯起了床，匆匆穿上睡袍。他下了楼，站在门前。“滚开！”他大喊。

“开门。”

“不开！我不想听你说话，只想叫你滚开！”

“亚历克斯，我数到 3 你还不开门，我就把锁打掉。1——”

上帝啊，撇开枪不说，这情形仿佛孩提时的旧事重演。

“2——”

“行了，行了！别开枪，你这个傻瓜。”

他开了门。如果本手上没有拿枪，他就被他耍了。本的头上缠着绷带，亚历克斯对此颇为满足。本把枪收回套中，走了进来。亚历克斯随后把门关上。

本看看四周。亚历克斯意识到，他离开这个家是不是已有 8 年了？

是的，好像是的。

“看上去没变。”本说。他用力吸气，脸上一副沉思的表情。“味道没变。”

“什么味道没变？

“它闻起来像……”

“像什么？”

本耸了耸肩说：“像家。”

亚历克斯几乎要说，不过，这不是你的家。但脱口而出的却是：“你来干什么？”

本看着他。“你的老板也卷进来了。”

亚历克斯差点笑出来。“奥斯本？”

“他们要挟他。他是他们的内应。”

“好啊，柯伦布①。可惜太晚了，我对这些不再关心，你走吧。”

“亚历克斯——”

“我们谁也不欠谁了，记得吗？不开玩笑，走吧。”

“你不明白。”

“不，我明白。我靠我自己，你也靠你自己。你走，本，你快走，离开我的房子。”

他故意把房子说成“我的房子”，但本似乎未加留意。“亚历克斯，你需要我的帮助！”他说。

“不！我不需要你的帮助，我不想要你的帮助——”

“不，你需要！”本气急败坏地喊，“你需要的，亚历克斯，你必须接受我的帮助！你要听我的话，不然我不会为你的死负责。你必须

---

① 柯伦布是美国著名电视连续剧《神探柯伦布》中的主角，此处亚历克斯是在讽刺本。

按我说的去做！如果你不，那你就等于是自杀。就不是我的错了！一点也不是！”

他们对视着。本喘着粗气，脖子上青筋暴突。“你认为我没受到伤害？”他说，“你以为我不后悔那天晚上没送凯蒂回家？为什么你要那样折磨我？你不认为我已经受够了吗？你还想要我怎样，要我说很抱歉？企求宽恕？你这混蛋到底想要什么？”

他声音嘶哑，停了下来。然后他转身，往墙上猛击一拳。亚历克斯听到一声巨响，感到地板都在震动。墙被打出一个窟窿，石灰落了下来。

本面朝墙壁，大口大口地喘着粗气。他抬起一只胳膊蹭了把脸，转身看着亚历克斯。他双眼通红，问：“你到底要怎样？”

亚历克斯看着他，几乎不敢相信自己的眼睛。本……他在哭？

“为什么你不告诉我？”亚历克斯问，“为什么你……从来没有说过？”

“因为你怨我！你总是抱怨我。”

亚历克斯不能否认这个事实。他猛地一颤，突然想跟本说抱歉。看到本的泪水，看到哥哥无法遏制的悲伤，他认识到，往事对兄弟俩的影响其实是一样的。

“妈妈和爸爸……他们告诉我，那不是你的错。”

本笑了。“是啊，他们对我也说过同样的话。但那不是他们的本意。他们想得没错，你也是对的。”

“我不认为我是对的。”亚历克斯说，他吃惊于自己说出的话。“我想……我不知道。”

他差点要说，我只是想找一个人发泄。是这话吗？他还要想想。

“还有爸爸，”本说，“当时多听听他的意见就好了。那时感觉如果不入伍，整个生命都在浪费，希望之窗就会关闭。现在回过头看，才认识到这是一派胡言。我本来可以等的。我应该可以等的。”

亚历克斯不知如何是好。他想他从来没这么困惑过。“这事……也许没什么影响。”过了好一会儿，他结结巴巴地说，“我想爸爸……那样做，也许不管发生什么，他都会去那样做的。”

本揉了揉太阳穴。“上帝啊，我感觉我可以睡上一星期。”

亚历克斯笑了。“你的头怎么样了？”

“痛！我真的没料到你会把枪砸过来。你也许会向我开枪，但不会扔枪。”

“在当时，这似乎是个不错的折衷办法。”

“我想也是。”

他们沉默了一会儿。亚历克斯问：“奥斯本真的卷进来了？”

“是的。咱们坐下细谈。”

亚历克斯坐在厨房的桌子上。本从橱柜里取出一只玻璃杯，在水龙头下接了水。“你来一杯？”他问。亚历克斯摇摇头，很惊讶本的熟门熟路。

本也坐下，告诉他一个惊人的消息。有人要挟了奥斯本，本所属的部门也牵涉其中，他的上司是整个事件的幕后策划者之一。

“你要去见他？”亚历克斯问，“你怎么能相信他？我的意思是，他一直想要杀我。”

“他可能不知道你是我弟弟。”

“你相信他说的？”

“我在努力查明真相。”

“如果他已经知道我是你弟弟，是不是会不一样？”

本叹了口气。“我不知道，这就是我要寻求的答案之一。我不会去他指定的地方见他。”

“那么，在哪里？”

“我要想想。帮我个忙，我走了以后，你到其他地方躲几个小时。”

“本，我不能那样过日子——”

“我们正努力改变这样的局面。这是最重要的。这样你可以回归正常生活，不用担心有人追杀你。”

“我不懂你为什么要相信那家伙。我认为与他见面是个错误。”

“我并不是相信他。相信我，我会小心的。但你听我说，你笔记本电脑里还有黑曜石和希尔卓的资料，对吗？”

“是的。”

“去某个地方,把笔记本带上。如果出什么意外的话,我也有个退路。”

“本，真的，我觉得这个主意不好。你和我一样精疲力竭，或许你没有想得很清楚——”

“相信我，好吗？”

“莎拉怎么办？”

瞬间，本的表情变得非常抱歉。“你的意思是——”

“不，不是那事。把那事忘了吧。她现在有危险吗？”

“跟你一样，或许比你少些。但我怀疑她现在不会听我的。”

亚历克斯叹道:“她也许也不会听我的。”

两人沉默了一会儿。本说:“我很抱歉，亚历克斯。”

亚历克斯摇摇头。他在饭店里表现得像个混蛋。莎拉并不是他的女友。他甚至没有勇气对她表白，他知道自己永远也不会那么做。他当时是在妒忌本，不过现在，他没有这种感觉了。

“你确信这是一个好主意？”他问。

本把关节捏得噼啪响。“不，我只是看不出还有什么更好的办法。

找个地方，轻松一下。待会儿我打你电话。”

本离开了，亚历克斯开始穿衣服。他不知道到哪里去，另一家饭店？他对饭店已经厌倦。该死的，他这么累，也许在图书馆就能睡上几小时。

他愿意相信本会把一切搞定，但是他做不到。为了黑曜石，他们已经杀了两个人。他的老板也卷了进来。他们进入了专利局的数据库和事务所的档案系统。他们不是那种经游说之后就能放手的人。为什么本认为，亚历克斯是他弟弟这个事实很重要？手足关系似乎更有可能会让本遭受厄运而非解救亚历克斯。为什么本就看不到这一点呢？为什么亚历克斯不能说服他呢？

他穿上衬衣，开始踱步。见鬼，本犯了个错误。他想打电话给他，但又觉得没用。本一旦有了主意，就没有人能让他放弃。

他意识到，自己一直在考虑本可能会遇上什么情况。然后他意识到另一件事，那是本真正希望他考虑的事：他不想要亚历克斯为他担心。他想起多年前，本把他从凯蒂的病房里带出来时那温和的样子，不知道为什么他们竟然疏远了那么久。

他不停地踱步。接下来干什么？就是坐着无所事事，希望他分析错了？希望本以某种方式转危为安？

不行，太冒险了。他必须做些什么，必须抓住机会。他拿起手机，打电话给莎拉。

他给她的语音信箱留言。“莎拉，”他说，“我是亚历克斯。我为今早的事感到抱歉。听着，我刚见过本，他跟我说了一些事情，我想你也应该知道。本现在去干蠢事了，而我……我得想办法帮他。打我电话。”

他一把抓过笔记本电脑，出发了。

第三十一章　陷入困境

本驱车来到帕罗奥多市区踩点。他快有十年没来过这里，这里的一切都发生了改变。即便一切没变，由于他看待世界的方式变了，他也不会再相信自己的记忆。

他走在商业街上，观察着周遭或改变或没有改变的事物，心中非常平静。他尤其注意小巷，了解小巷的尽头通向哪里，了解哪些街道只有一个出口，注意观察装有监控探头的银行和珠宝店的情况。当他对这座城市战术上的布局有了新的了解时，他颇感满意。然后他开始寻找合适的见面地点。一家名叫“酷派”的咖啡厅进入了他的视线。这家咖啡厅门外有块空地，他站在支在空地上的一张桌子前，发现可以清楚地看到街对面花旗银行的入口和临近的两家商店。如果坐在门廊的柱子后面，借柱子掩护自己，可以避开对面街上的人。现在，外面所有的桌子都已客满，但它们总会空出来的。真不行，他会用自己的方法让桌子空出来。

他走进咖啡厅。里面呈狭长的长方形，短的一边的尽头的窗户面向大街，长的一边有卖咖啡的吧台，对面是涂有绘画的墙。桌子紧挨在一起，即便是在傍晚时分，这里仍显得拥挤不堪。再往里走，本发现另一个房间，从开阔处进入，从前面看只能看到一半。他走了回去，找到了他要找的地方：一条消防通道，没有报警装置，从里面可反锁。它通向一条小巷，与其他小巷相连，有三个不同的出口。

他排队要了咖啡，然后掏出手机给豪特打电话。

“我到不了那里，”他说，“我要你到这边来。”

“你什么意思？‘这边’是哪里？”

“帕罗奥多。”

“怎么回事？你怕了？”

“像你一样，我总是疑神疑鬼。我在帕罗奥多市拉莫那街的花旗银行等你，它在大学街和汉密尔顿街之间。”

“明白，那里有许多摄像头。”

“有那么点意思。这样我们解决问题时会舒服些。你一人来吗？”

“就我和一个司机。”

“好吧，看交通情况，你过来应该要 45 分钟。我等你。”

他啪嗒一声挂断电话，站在吧台旁边喝咖啡边等。当坐在柱子后面的人起身离开时，他走过去占了桌子。位置很好，他的背对着墙，可以清楚地看到花旗银行，看到从街的两头过来的人，而他自己被周围的人掩护住了。

他呷着咖啡等待着，注视着大街。来往路人看起来都像是本地人：自信、富有、自在。他感到他与他们没有共性，他就像一个移民从遥远的他国回到这片他年轻时呆过的土地，却发现他不会说家乡话，忘记了服饰和习俗，忘记了规范。他不再属于这里，如果他曾经属于过这里的话。

一辆绿色的现代牌汽车在对面街边停下。副驾驶一侧的门打开了。一个黑皮肤的男人跨出车门，走进花旗银行。不用看脸，本从他光亮的后脑勺，宽阔的肩膀，傲慢自大、大摇大摆的步伐就可以判定，那人是豪特。

本看着司机。他是个亚洲人，平头，戴着墨镜，看上去和本差不多年纪。他头部微微转动，正在通过后视镜注意外界的一举一动。偷袭他不是件容易的事，而且他也不仅仅是个司机。汽车后座上似乎没人，但要安插一两个人躲在车窗下不被人发现并不费事。本觉得这里面隐藏着一些他看不到的东西。阿特里奥斯一直在单独行动，本不认为他们会这么快增加人手。

本等了一会儿，然后打了豪特的手机。

豪特立刻接了。“你在哪里？”

“酷派咖啡厅。街对面。”

“本，希望你不要跟我玩花样。”

“只是出于小心，头儿，是你教我的。”

电话里没有声音。本看着他走出花旗银行，过了街，他的头转动着，眼睛扫视人群聚集的地方，同本如出一辙。他看到本，轻微颔首走了过来。他拉过一把椅子，两个人以合适的角度对面坐着，但本仍然可以较清楚地看到街上的情景。这个人的出现——他的居高临下的威严——几乎是无法抵挡的。本没吭声，既不解释也不请求理解。

“你想要我说什么？”豪特压低嗓门说，“全乱套了。现在的问题是，我要怎么做才能让你安心？”

“只需告诉我真相。”本说，他对自己的莽撞感到吃惊。“你过去总是对我有话直说的。”

豪特点点头。“首先你要搞清楚，没人知道那是你弟弟。”

“算了吧，豪特。姓特雷文的你认识几个？”

“直到最近，只认识你。不过，我并非确定目标对象的人，那是阿特里奥斯的事。我所知道的是他确定了任务，要把发明人、律师和专利局的审查人一起干掉。我没必要知道更多。”

“你不想知道。”

豪特撇了撇嘴，说：“也许吧。”

“告诉我其他的事。”

豪特环视四周，俯身说：“有一个特殊计划，它由国家安全委员会直接管理，主要针对网络战。”

“这计划叫什么？”

“你没必要知道。“你甚至不该知道有它存在。都是些敏感的绝密信息。而我在未经授权的情况下给你解释，是在给自己下套。”

“它叫什么，豪特？”

豪特叹了口气。“你要我为我的罪过付出代价吗？”

“我只是不想让自己觉得你在向我隐瞒着什么。”

“这计划代号为‘妖怪’。”

“噢，妖怪’是干什么的？”

“具体我不清楚。我之所以知道它，是因为你弟弟申请专利的事儿。”

“好吧，把你知道的告诉我。”

“显然，所有的与加密技术有关的专利申请都得接受国防部的国家安全检查。你弟弟手上的黑曜石也接受了例行检查。但是，发明中的某个地方受到了当局的特别关注。长话短说吧，这项申请被一路送到了白宫。在那里，国家安全委员会负责‘妖怪’计划的人不喜欢他们所看到的。”

“为什么不呢？”

“我不知道。我只知道我应该知道的，就是一旦黑曜石落入不法之徒手中，它将可能破坏整个美国的网络基础设施。”

“噢，然后呢？”

“白宫的人作了决定。为了国家的安全，必须让黑曜石消失。了解它的人都要被消灭掉。行动分为两部分，其中国家安全局负责网络部分，我们处理现实世界中的人和事。”

“所以，发明人、专利局的人……那些都是你们的行动目标？”

“我只是奉命行事。”

“但是豪特，那些人……我的意思是，那些人都是美国人。”

“你知道是怎么回事，本，规则不是我制定的。”

本用手指在桌上咚咚地敲着。“我慢慢有些想不通了，有些规则不是针对敌人，而是针对我们自己的。”

“我也有同感，但重要的是，这是在挽救生命。有时挽救生命意味着牺牲，这你是知道的。这是一个不得不做的该死的决定，你我是否赞同无关紧要，我们的工作是执行这个决定。”

“听着，豪特，我知道事情是怎样的。逮捕某个人，把他当作敌人关闭在军舰的禁闭室、禁止他与外界接触、不让他与别人交谈，这是一种方法；处死他们……而且还是美国人？我们什么时候开始这样做的？”

豪特长长地叹了口气。“我同意你的说法，这是个糟糕的决定。没有人想要这样做。我们涉入其中并非因为此事轻松，而是因为此事需要有人去做。”

“嗯，但是——”

“一旦我们的敌人得到黑曜石，并用它来攻击我们，怎么办？假如他们关闭了电力网或者空中交通管制系统，怎么办？我们是否要对飞机相撞事件丧生者的家属道歉、因为我们可以不让这些工具落入敌手，但是因为我们谨小慎微没能做到这一点？”

两人沉默片刻。本知道他在某一方面是对的，但是……

他想到了莎拉，她曾说过稍微触犯点法律什么的话。

他摇摇头，将这一思绪从头脑中赶走。“那些俄罗斯人呢？”他问，

“他们是怎么回事？”

“他们和这个没有关系。那只是一个不幸的巧合。”

“你什么意思？”

“我们从俄罗斯驻安卡拉的大使馆截获的信息得知，他们注意到你在伊斯坦布尔的行动。我们正努力找出他们是如何发现的，发现了多少。”

“什么？怎么可能有人知道是谁在伊斯坦布尔杀了那些人？我什么东西都没落下，豪特。我进出伊斯坦布尔像个幽灵。”

“嗯，你留下了五具尸体。幽灵可干不了这事儿。”

“不管怎么说，总是要留下四具尸体的。”

“那是伊朗人的尸体。死了一个俄罗斯联邦安全局的人就完全不同了。”

“可你还是不能说明，为什么有人会把这事算到我头上。”

“我说过，我们正在努力把这事搞清楚。”

“那两个死在四季饭店的人呢？他们不是俄罗斯联邦安全局的。他们并非善类。”

“他们是俄罗斯黑手党，为俄罗斯联邦安全局卖命。”

本思索着。豪特说的并非不可能。但是……

“听着，”豪特说，“我可以让你弟弟逃得一命。我需要你保证黑曜石没有备份，保证没有人可以利用这个东西，保证你弟弟会忘记一切发生的事，永不对外人透露。你向我保证了，我就向国家安全委员会提要求，让他们永远不要打扰你弟弟。”

本考虑着。事实是，这刚好是他所希望的。他正准备这样说呢。一切都解决了。给豪特黑曜石的备份，让亚历克斯守口如瓶……毕竟，对他们而言，亚历克斯不像是个未知数。亚历克斯的哥哥是知情人，他可以为弟弟作担保。

他想了片刻，不知莎拉会怎么考虑这件事。她或许会说，不是无名小卒真好，有个能给决策层递话的亲戚真管用。

莎拉怎么样？他们还在追踪她吗？豪特能叫他们收手吗？

“那个姑娘怎么办？”他问，“那个叫莎拉·侯赛尼的律师？她也是行动目标？”

“她也跟专利有关。”豪特说，“与你弟弟相比，她是第三位的。”

“你不能让她不受追杀吗？”

豪特笑了。“你以为我是谁？魔术师？莎拉根本不是她的本名。她本名叫莎格哈耶·侯赛尼。你想要我跟国家安全委员会的人说，不要为一个知道所有黑曜石的事、名叫莎格哈耶·侯赛尼的人操心？”

“你的意思是，因为她的名字你要杀了她？”

“她曾是个安全隐患。”

本感到自己的心脏一阵收缩。“你什么意思，曾是个‘安全隐患’？”

“我们今早在她家门外把她抓了。”

本盯着桌子，这样豪特无法看清他的眼睛。他竭力在思考。抓住了她，说明她现在还活着？如果她已经死了，豪特不会这样说。他或许会说，她没了。

上帝啊，他们为了让她开口会干什么？他能够想象得到。他还知道他们之后会干什么。

各种想法闪过他的脑海。

不行，他要冷静。不。他冷静不下来。

他把拳头支在太阳穴上。*再想想！再想想！*

但他所能想到的是，他来这里是要帮亚历克斯的，而现在他却想……

不。这事不能再发生，他不愿意再让它发生。

他看着豪特，问：“你们打算把她怎样？”

豪特不以为然地挥挥手。“忘了吧。”

“回答我的问题。”本的声音像是在哀号。

“我已经回答了，我只能那样做。”

“你们把她抓到哪里了？”

“随它去吧，孩子。你已是自身难保。”

本摇摇头。“不，”他提高了嗓门，“不！不！不！”

“本，你是我教出来的，我们一起出生入死，我们这样的人——”

“告诉我，你把她抓到哪里了？豪特，请你把她放了。”

两人间的空气凝滞了。“最后一次机会，”豪特说，“你为你弟弟担保吗？我能相信你吗？”

本从未陷入过如此困境。他备感压力，整个人像是被压扁了。

他向左瞥了一眼。一个高个子、戴墨镜的人从柱子旁探出身来，他的手插在黑色的夹克衫内，盯着本和豪特。

见鬼。他向右看去。另一个人在人行道上踱步，面朝着他们，同样的姿势和目光。

咖啡厅里应该还有第三个人，或者就在消防门外。显然，他低估了豪特的人手状况。他们凭直觉或者按照计划已经行动起来了，就在他刚才分神的那一刻。

他为自己的天真感到恼怒。他应该看出端倪，但内心深处他还是相信豪特的。愚蠢。豪特一直教育他，完成任务比保全人要重要。他有点想笑。五个持枪的人僵持着，一触即发，周围是一些喝着咖啡的都市白领，他们想着最近的健身计划，对紧张的局势毫不知情。

“你打算怎么办？”豪特轻声问道。

本的脑中闪现出几套方案，任何一种都只有百分之十的逃生可能。如果可能，他愿意冒这个险。但是莎拉怎么办？亚历克斯怎么办？

“我有哪些选择？”他问，眼睛仍然不忘看着两边。

“你有两种选择。一是跟我走，让我们来处理；二是我们把你留在这里。本，我真的不想你选第二种。”

本用手指敲击着桌面，他想，他曾经发过多少次誓，永远不让这种事发生在他身上？可如今……

他知道自己可以在瞬间放倒豪特，但一秒钟后，他也就报销了。

“好吧，”他说，“我跟你走。”

第三十二章　短兵相接

亚历克斯开着自己的车，漫无目的地行驶着。他在想该怎么办。他知道他应该远离平常去的地方，这没有什么关系，但是他想要开着手机，因为说不定本或者莎拉会要联系他。他想，这就意味着他不得在某处停下来，以防有人跟踪他的信号。但是，老天，他累了。他希望能够去某个地方，哪怕是公园的长椅也行，只要让他的眼睛合上一会儿。

他不知道这个事情解决之后与奥斯本怎么相处。这家伙做了那些事后，他该如何看待这个人呢？

他回想起本告诉过他，他们在泰国拍下了奥斯本做丑事的照片和录像。本似乎很确定，事情就这么简单，但是……他们真的在事务所里选定了奥斯本，找出他的弱点然后加以利用？他想得越多，越觉得牵强。

他想起了奥斯本的自夸虚荣，想起他和硅谷、华盛顿的名人的合影。这家伙交际广泛，嗯，也许那就是他们要找他的原因。他在华盛顿是个名人——他甚至好几次就有关签证配额和资本收益税等问题向国会作证，在硅谷核心圈中也是个炙手可热的人物。在这件事上，可能……可能他比本估计得要陷得深。本过于相信自己的技能了，他多次对亚历克斯讲过，律师只不过是一群专说废话的胆小鬼。傲慢会使他狂妄自信，对精明、政治上见多识广的玩家如奥斯本之流缺乏判断。亚历克斯想得越多，越觉得本对奥斯本涉案判断上存在失误。他越确信本对奥斯本的判断存在失误，也就越确信本对他上司的判断存在失误。

他开车兜着圈，脑子也跟着转。够了。他要直面问题。

他开车来到事务所，他想起本的警告，把车停在对面街上办公楼和剧院的中间。他步行穿过佩吉米尔街，从后门进了大楼，直接朝奥斯本的办公室走去。他硬是排除了所有杂念——所有他可能犯傻的理由、可能出错的方法。他咽了口唾沫，但嗓子眼仍觉得干涩。

奥斯本脚蹬牛仔靴，把腿高高地搁在桌上打着电话。亚历克斯关上门,直接走了进去。奥斯本瞧了他一眼,那眼神像是在说“你不敲门”，然后继续打他的电话。就那么一会儿，亚历克斯对他的怀疑直线上升，人都要僵住了。他大步走到桌前切断电话。

奥斯本把脚从桌上放下。“你知道自己在做什么吗？”他问。他用劲扳开亚历克斯的手，开始狂摁号码。亚历克斯一把扯下电话机，向房间另一头砸去。电话机撞到墙上散了架。

奥斯本跳了起来。“你疯了？”他喊道，眼睛瞪得大大的。

亚历克斯看着他。他的心在狂跳，但头脑异常清醒。“你对黑曜石知道多少？”他问。

“什么都不知道。黑曜石是你的，记得吗？你哥哥全都已经问过我了。补充一句，是在他用枪指着我的情况下。”

“你很幸运，他没杀你。”

“哼，你自己能活着也很幸运。”

一下子，亚历克斯明白奥斯本欺骗了本。没有照片这回事。他惧怕暴露，但跟照片无关。否则他不会这样看着亚历克斯，仿佛他只不过是个讨厌鬼，也不会这么快就恢复原来那种不可一世的样子。

奥斯本桌上有块透明树脂的镇纸板，亚历克斯想都没想就拿起它，好像是拿了一块石头，朝奥斯本的头上砸去。奥斯本大叫一声，跌倒在地，倒下时脸猛撞到桌上。亚历克斯站在他边上，挥舞着镇纸，大口喘着气。

奥斯本左右翻滚，紧捂着脸，血从鼻子里涌出。“你这个小杂种。”他气喘吁吁地骂。

亚历克斯笑了。他感到非常痛快。

“我复制了黑曜石，”他灵机一动地说，“我把它以及和你有关的一切都发到了网上的一个新闻群里。现在它处于加密状态。但如果我一小时内不输入密码，它就自动解密，群发到一些其他的群里面。所以，你最好告诉我你知道的一切。”

奥斯本想要站起来。亚历克斯说：“待着别动，否则我把你的头打扁。”

奥斯本身子不动了。“你完了，你这个自命不凡的家伙！我只要打几通电话，你不只在这里呆不下去，整个硅谷都没一家事务所会要你。”

亚历克斯笑了。他知道这不过是他玩的花样，不过谈判的可能性已经出现了。他以前从未用镇纸来作为谈判的砝码，但显然其中的原理是一样的。

“你知道吗？”他问，“为什么你不把整个事情告诉圣荷塞警局？有个叫加梅斯的警察正在调查希尔卓的案子。他和阿灵顿方面的警察保持着联系，那些警察正在调查你们的人杀死专利审查员的事。你认为我需要提供多少情报去满足他们？他们准备彻查你的通话记录和邮件，无论你隐瞒了什么，他们都要把你查个底朝天。一旦他们查对了方向，他们就能找出你的问题。他们要搞犯罪者秀①，迫使你离开这儿，

① 警方遇到大案时故意把消息透露给媒体，让嫌犯在公众面前曝光，并借此制造声势。

我确信《圣荷西信使报》[1]、《旧金山纪事报》以及 KRON 电视台[2] 这类媒体的记者都将到场，会把这事搬上报纸和晚间新闻。所以不要企图用泰国的照片骗我。你不是非说不可。我只需让网络自行发布，然后就会在《圣荷西信使报》的新闻栏目里看到相关报道。啊，那真有趣。"

他把镇纸扔在奥斯本身上，转身要走。他这是虚张声势，就像在谈判中欲擒故纵一样。你心中明白这是一种策略，必须做出你真的要走、真的想走的样子。

他朝门走去，事实上他的手已经握住门把手了，这时奥斯本说："等等！"

亚历克斯开了门，往后看。"算了吧，你的运气不错。"

"好了，好了，算你狠。把该死的门关上，听我说。"

亚历克斯关了门，但仍把手放在把手上，这姿势仿佛在说，你有10 秒钟改变主意。

"我认识华盛顿的一些人。"奥斯本说。他从盒子里抓了一把纸巾，按住鼻子。"白宫的人。专门从事反恐活动的。"

"哦？"

"他们关注的有一项是网络战争。系统安全。所以当你告诉我有关黑曜石所能做的事时，我给他们打过一个电话。我只是想要帮他们做点事。仅此而已。"

亚历克斯笑了。"我佩服你的爱国主义精神，大卫。我知道这与拉近和他们的政治关系，让他们欠你一个人情，或者巴结那些将政府工作发包给你的客户的掌权者都没有关系。你很正直，不会想那些事。"

---

① 美国加州的《圣荷西信使报》为美国硅谷最有影响的报纸。1987 年，《圣何西信使报》有了网络版，被认为是世界上第一家网络报纸。

② 总部设在旧金山的 KRON 电视台是一家独立电视台，拥有美国西海岸最大的新闻部，每个工作日都播出超过 8 小时的新闻节目。

奥斯本把纸巾从脸上移开，然后又把纸巾盖了上去。“你有话就直说吧。”

“白宫的人对你怎么说？”

“他们告诉我，也许我可以看看报纸上关于某项计划的报道。”

“什么计划？”

“他们没说。我估计是国外情报监督法案、国家安全局国内监控之类的东西。我在《华尔街日报》上看过。在《连线》[①] 中有报道说，电信部门让政府能够监听用户电话。”

“还有呢？”

“他们说许多私营公司正在和他们合作，他们需要我们的帮助去反击恐怖活动。事实也是这样。这就是为什么电信部门在帮助监听‘基地’组织——”

“不要说了。我不关心政治或者你的理由。关于黑曜石他们告诉了你什么？”

“黑曜石有助于这个计划的实施。”

亚历克斯不明白。据他对黑曜石的了解，它可以用来搞搞破坏，或许敲诈别人，但是没有其他什么作用。他希望莎拉在这里就好了。她比他更了解政府正在忙些什么。“黑曜石能够帮他们监视别人？”他问。“那是我的理解。”亚历克斯想，黑曜石无疑具有其他用途。他在饭店刚刚破译希尔卓的编程笔记时，就已发现了很多。政府为了阻止其他人拥有黑曜石正在采取措施，但这并不意味着他们对黑曜石可以用作攻击武器的潜能不感兴趣。糟了，本去跟豪特见面，他对这个情况一点都不知道。他在哪？为什么他还不打电话来？

---

① 美国著名的网络电子类杂志，1993 年创刊。该杂志崇尚无线技术及数码并长期坚持此道，培养了一大帮“技术派”。

“还有呢？”亚历克斯问，“希尔卓怎么样？还有汉克·希夫曼，那个专利审查人？”

“我毫不知情。我的意思是，他们告诉我，他们想找一些人谈谈，但是——”

亚历克斯笑了。“‘谈谈’？他们杀了你知道的两个人。你指望我相信你说的，他们也只是想找我‘谈谈’？真是可笑。”

奥斯本没有做声。

亚历克斯说：“他们给了你什么好处？使得你这样……”突然他明白了。那些照片。新的电信客户。

“是生意吗？”亚历克斯问，“你干这一切……所以他们把生意给你做？”

奥斯本不愿接触亚历克斯的目光。“我只是在尽力帮忙。”

“这话你去跟警察说吧。”

亚历克斯打开门，走了出去。“等等！”奥斯本在他身后大喊，“亚历克斯！”

亚历克斯意识到，当他走过秘书工作区时，他们都抬起头，眼睛睁得大大的，耳朵竖着。他不介意，他继续往前走。

奥斯本赶上他，一把抓住他的胳膊。“听我说，”他说，“我要让你做合伙人。就凭我带来的生意，管理委员会的人会按我的意思办的。今年，没问题。”

亚历克斯停下来，盯着奥斯本的手。过了一会儿，奥斯本抽回了手。

“你知道，”亚历克斯说，“不久前，如果你这样说，我会信。”

奥斯本用力点点头。“相信我，我说的是真话。”

“但那不是关键，”亚历克斯接着说，“关键是，我不在乎。”

他走进走廊，奥斯本一路哀求着他，一直跟到楼梯间。

第三十三章　只是场谈判

亚历克斯在车上又联系了莎拉和本。两个都没有联系上。他把电话打到莎拉的秘书那里，得知莎拉还没来上班。他开始变得非常担心。

他不知道该干什么。或许他还可以研究一下黑曜石的其他用途，那些让政府垂涎三尺的用途，但他没有时间了。

如果他们抓了本怎么办？他看得出来，本已经准备好去相信他的头儿了。亚历克斯熟悉那种表情。他在那些急于交易的客户脸上看到过上百次。那些人愿意委曲求全，牺牲关键性的条件。他们安慰自己牺牲掉的条件无关紧要，因为一切会进展顺利，每个人都能赚到大钱。类似的表情他还在再婚前的富翁脸上见过。*见鬼，我们不需要婚前协议。我们相爱着呢。*

该死，他接下来该怎么办？

他的手机嗡嗡作响。他低头一看，是本的电话。谢天谢地。

他抓起电话，按下通话键，放到耳边。“本？你到哪里去了？我都担心死了。”

“本没事，”说话的是一个嗓音低沉、带南方口音的男人。“你一定是亚历克斯。”

恐惧一下子攫住了亚历克斯的心脏和喉咙，所有恐怖的回忆涌了上来——哦，不，哦，上帝，不——他开始剧烈地颤抖，不得不把车停在路边。

“你是谁？”他艰难地问。

“我是非常了解你哥哥，又不想让他受伤害的人。你应该能帮得上我的忙。”

“怎么帮？”

“交出黑曜石，孩子。我们只想要那个。每个人都会安然无恙。本，莎拉，每个人。”

上帝啊，他们把莎拉也抓住了？他一只手紧紧握住手机，另一只手抱着身体，在座位上前后摇晃。他竭力忍住眼泪。完了，全都完了。如果这些家伙比本还厉害，他怎么还可能反败为胜呢？

不要这样，想，开动大脑。

对。他还有黑曜石，不是吗？如果他有他们想要的东西，那他就可以谈判。

脑中有点条理后他平静了一点。这让他回归到擅长的方面。

他做了几个深呼吸，等呼吸稍微平稳下来后，把电话又放到耳边。

“我不认为我们之间有什么问题，”他说，“你要黑曜石，我要本和莎拉。”

“那太好了，”那人说，“没必要让事情变复杂。事情已经够复杂的了。”

看到了，就像一场谈判，你做得到的。

亚历克斯深吸一口气，然后慢慢地把它吐出来。“你有什么建议？”

“帕罗奥多市布莱恩特街上有一座停车楼，位于大学街和利顿大道之间。一小时后在四楼见我。”

“让我跟本说话。”

“很抱歉，孩子，我不能冒险，我不想你们两个互通信息。”

一个优秀的谈判手知道不要把目标与方法混淆起来。这里的目标就是确信本是安然无恙的，与本说上话是唯一的确认方法。

“问他一下，家里的狗叫什么？”亚历克斯说。

“什么？”

“我想确认他没事。我理解你为什么不让我跟他直接说话，但是大概你不反对换种方式证明他没事吧？”

那人犹豫了一下，说：“是的，我不反对。”过了一会儿，他说：“阿罗。”

“好，不错。现在……”他停了下来。他不知道任何有关莎拉的私事。他想问，你把本的衬衫怎么了？但是谢天谢地，他想到了更合适的问题。

“问莎拉，她在健身房锻炼时穿的是什么牌子的衣服。”他说。

又停顿了一会儿，这次时间更长些。亚历克斯好像听到那头传来某种声音……一种哽咽声？他不敢肯定。

那人说：“安德玛。”

好了，他们活着。

“我来见你，”亚历克斯说，“但有件事你得搞清楚。”接着，他用跟奥斯本说话时同样的语调说：黑曜石被加了密挂在网上了。如果他们中有人遭遇到不测，黑曜石和其他的一切都会被公开。

“你太小心了，”那人说，“我明白这一点，我尊重它，只要把我要的东西带来，我保证每个人都平安无事。”

电话断了。

亚历克斯抱着胳膊，前后摇晃身体，与内心的恐惧感作斗争。

思考，思考，思考……

但是他想不出什么。如果有备份的源代码，他们就可以把一切都公布了……

别急。肯定有备份。希尔卓是不会把带有隐藏功能的源代码交给专利局的。现在，已经出现了两种可执行文件的版本，就是说必然有两种源代码版本。希尔卓对可执行文件的备份很小心，他肯定在某处藏了源代码的第二个版本。

但在哪里呢？希尔卓的笔记里不会再有了，或者即使有的话，亚历克斯一时半会儿也找不到它。光盘里还有什么呢？亚历克斯使劲地想,唯一外部的东西就是那个 MP3 文件了。那首歌的名字叫什么来着？莎拉听出来的。《挽歌》，对。上帝啊，希尔卓不可能再选出一个更适合的歌名了。

但歌曲里什么也没有。他听完了。这首歌只是——

突然他有了主意。这是一个需要运气、非常非常需要运气的主意。他没有其他的机会，在接近绝望的时候，他强烈地想抓住这个机会。

他看着表。还有时间。他能够做成此事。他需要的是上网。

全凭运气了。

第三十四章　发布程序

本在商务车的车厢里听着豪特说话，他变得更加沮丧和愤怒。亚历克斯不知道自己在干什么。他去见豪特就如同飞蛾扑火。

他们是在一辆7人座的商务车里。莎拉和本坐在中排，莎拉位于驾驶员一侧，本位于副驾驶一侧，两人的手都被铐在身后。开车的是那个亚洲人，豪特坐在副驾驶座上，在酷派咖啡厅外包抄他的两个人坐在后排。

当豪特问他家里的狗叫什么名字时，本立刻明白亚历克斯要干什么。从战术上看，他的想法是聪明的；但从战略上看，那是个灾难。先确认本和莎拉都活着，然后做出令三人在半小时后统统被灭口的事，这样做有什么好处？

但是，他还是如实说出了狗的名字。他本来是可以反抗不说的，但又有什么用呢。他们会杀了他，最终还是会抓住亚历克斯。

当豪特问莎拉她健身时穿的衣服时，她先回答的是"SourceForge"。本意识到，这是他们早些时候在饭店谈到的一个技术站点的名字。她想告诉亚历克斯，别管他们了，把可执行文件公布出去，这比什么都不做强。她的直觉是对的，但豪特并不买账。他朝本身后的人点了点头，那人勒住本的脖子开始使劲。莎拉只看了一秒钟就修正了答案。

是的，她的直觉是对的。不只是战术上，战略上也对。因为只要豪特还有机会藏起黑曜石，什么都挽救不了他们的命。上帝啊，要是当时在饭店，他能想通这一点就好了。亚历克斯和莎拉能把事情办好，而豪特的行动会在那一刻终止。

他看着莎拉。她抬起头来看了他一眼，给了他一个凄婉的笑。这一笑把她的恐惧表现得一览无余。自从他们卸了本的枪，用枪抵着他进车坐到她身边后，她未曾说过一句话。她是聪明的。她或许知道他们都将死去。也许她是对的。

现在车往东南方向，行驶在福德希尔高速路上。本不知道这是为什么。他们告诉亚历克斯在帕罗奥多市见面，亚历克斯显然也同意了，但车开的方向反了。

他有时间思考，至少明白了其中的一些事。豪特肯定是把他出卖给俄罗斯人了。但是为什么？不管是生是死，他都要搞明白。

“你怎么知道是我的？”他问，“你知道他是我弟弟，但你是怎么把事情联系起来的？”

豪特很长时间没开口，本以为他不会回答了。但这时豪特转过身来说：“我不想你卷进来，那样对你对我都好。我要求你在安卡拉待命，可不久之后，你就在旧金山调用武器。这是一个疑点。出于谨慎，我们调查了亚历克斯的通讯往来。他给军队人事中心打过电话。然后我们检查了他的邮件，知道他和你还有联系。如果不是来帮他，你到这里还会有别的事吗？”

“我别无选择。”

“说到点子上了。亲情总归是亲情。但是我也别无选择。这次行动是我负责的。尽管你的行为可以理解，但你已经威胁到了我的行动。不管结果怎样，这都是我不得不做出的最困难的决定。”

“所以你把我出卖给俄罗斯人了？”

“决定了之后，怎么做有区别吗？是啊，你在伊斯坦布尔干掉了那个该死的俄罗斯人，我一直在替你平息危机。有些人想给你点颜色看看。”

“所以你替他们做了。”

“就像我说的，有区别吗？”

本想象着豪特联系俄罗斯方面，告诉他们，嘿，我们找到了那个在伊斯坦布尔杀死你们的人的混蛋。没人批准他那么干。如果你们想要他，他就是你们的了。我告诉你们一个地方，可以在那儿找到他。

真是快刀斩乱麻啊。这样既安抚了俄罗斯人，取悦了那些爱计较的人，解除了亚历克斯的保护，又把失控的行动拉回到了原先的轨道。

“我想你是对的，”本压住心头的绝望说，“而我也本该想到。你知道我为什么会没这么想吗？我以为，你会对我像我对你那样忠诚。”

豪特低下头去，过了一会儿，他再次直视本的眼睛。“我对你是忠诚的，孩子。我对我的人都是忠诚的。但是任务至上，这一点你也知道。”

“哦，我现在知道了。”

“本，我并不希望这一切发生，真的。”

他们来到洛斯阿图斯市的圣安东尼奥街。坐在后面的一个人说：“在这儿转弯。”

车子向左拐了个弯。他们来洛斯阿图斯市干什么？哦，他明白了。

他们跟踪了亚历克斯的手机信号，车厢后排肯定有仪器。亚历克斯，该死，我告诉过你他们会这样跟踪你。

“就这儿，”身后那人说，“信号中断前最后呆的地方。”

“开车绕一圈，”豪特说，“可能会看到他的车。”

本松了一口气。谢天谢地，亚历克斯终于有所意识，关掉了要命的手机。

但这仅仅破坏了豪特的偷袭计划，亚历克斯还是会在停车楼里露面。

他们沿着洛斯阿图斯市整齐的街道行驶，在各停车场转进转出。每次他们在一辆黑色 M3 前减速行驶时，本的心都会紧一下，好在每次都不是亚历克斯的车。

20 分钟后，身后那人说："等等，他又开机了，在……山景城，沿圣安东尼奥街往下开。"

他在搞什么鬼？已经关了机，为什么又开机？

"等等，他在动。"后边的家伙说，"在圣安东尼奥街上。朝 101 号公路。"

"他要去哪里？"豪特问。

"我猜是帕罗奥多市。"身后那人说，"停车楼。看上去他像是往 101 号公路上开。"

本的手机响了。豪特抓起电话说："你好。"他听了一会儿，又说："好，我们也在路上，谢谢打来。从现在起半小时，我们要把整件事解决掉，然后你们就可以走了。"

他关掉手机。亚历克斯肯定是因为害怕失去联系，又打开手机确认一切都好。

"不，等等，他上了阿尔玛街，"身后那人说，"还是往帕罗奥多市方向。"他们驶离圣安东尼奥街，驶入高速公路入口处的斜道。

搞什么鬼？为什么亚历克斯还不关机？

*因为他在开车。*上帝啊，他以为他在移动，别人就没法跟踪他？本努力不让自己发怒。他不指望亚历克斯会懂这些。这不是他的世界。但是该死，他们会在路上截住他，逼他把车开到路边，然后把他拖进车厢……如果他事先有计划，打算在停车楼里动什么脑筋的话，他们是不会给他机会的。

他们往西转向阿尔玛街，那是条双向两车道的马路。正午时分，街上并不拥堵，但仍有足够多的车辆可为跟踪者提供有利掩护。对此，亚历克斯显然不在行。

“是他吗？”司机问。

本向左靠去，透过挡风玻璃往外看，心怦怦直跳。看上去像亚历克斯的车，但他不能肯定。

“靠近点，”豪特说，“近一点点。”

车牌映入眼帘。本认出是亚历克斯的车。豪特说：“是他，现在减速退后，让中间隔几辆车。”

本的心跳得更快了，体内肾上腺素激增。他活动大腿、小腿和脚趾，向左右和前方张望，目测距离，盘算着机会。他想扭扭脖子但是不能，他只有表现出顺从的样子。

他看到的唯一希望是当他们要抓亚历克斯时设法阻止他们。如果亚历克斯看出对方没有交易的诚意，或许会明白唯一的机会是公布黑曜石。如果他能够逃脱，如果他能够把事情想透，如果他把黑曜石公布了……上帝啊，他想，他从未把整个计划的实施寄托在“假如”、也许”和“可能”上。

他们跟着亚历克斯上了爱迪生街。这条田园味十足的街道上，排列着一座座修缮完好的单层小屋。亚历克斯开始减速，沿环形交叉路口上布莱恩特街。豪特说：“抓住他。”

司机从顺时针方向切入环形道，然后加速驶上布莱恩特街，与亚历克斯的车并行。他猛地向右一打方向盘，撞上了亚历克斯的车。亚历克斯的车冲上人行道，一头撞在了树上。商务车来了个急刹车，拦住 M3 的去路。

司机按下开关，车厢门滑开，坐在后排的一人准备往外跳。本悄悄挪动身体，把后脑勺和脖子抵在座位上，抬高膝盖，猛踢那人腰部。那人大叫一声飞出车门，脸狠狠地在侧门上撞了一下。

本乘势跃起，从开着的门跳下去，以肩着地，就地一滚。他半蹲身子，伸展反铐住的双臂，把手铐绕过屁股、大腿、小腿……

商务车里传出喊声。他听到开车门的声音。快点，快点……手铐在脚脖子处卡住了。他调整姿势，用力把手腕朝前伸。

手铐深深地陷进肉里，就在他快要绝望的时候，手铐的链条滑过了他的靴子。

他准备站起身，但有人抓住了他的头发，并使劲往下按他的头。他只能看见地面和那人的双腿。那人一条腿向后，摆出用膝盖进攻的架式。该死。本扬起双臂，双拳猛击那人裆部。

那人痛得大叫一声，松开了抓住本头发的手。本扭动脖子，想尽快恢复战斗力。后排的另一个人向本靠近，本双臂一振，想用手铐勒住那人脖子，但却砸在了那人的牙齿上。

莎拉跳下车，手还反铐在身后。她看着本。“快跑！”他喊。

那人一把推开本的手臂，再次抓住他的头发，用手臂去卡他的脖子。本一扬拳头，及时破解了这个锁喉招数。“快跑！”他又喊。

莎拉像只鹿似的逃开了。一秒钟后，本身后那人叫了一声，抓本的那只手松开了点。本回头一看，明白了：莎拉跑到那人后面，在他的胳膊上咬了一口。莎拉像只小猎狗似的缠住他。那人腾出一只手要揍她。本交叉双臂，把手抬到那人下巴底下，用手铐卡他的脖子。那人眼珠一鼓，舌头吐了出来。本觉得软骨摩擦得嘎嘎响，痛得厉害，手铐链条深深陷进他的肉里。

突然，本眼前一黑，他抬头看天，不知道怎么回事。他正在卡那人脖子，然后……

他的头一阵抽痛。有人……一定是有人在背后用手枪砸他的脑袋了。他朝商务车看去。那个亚洲人押着莎拉回到车上。豪特……豪特抓住亚历克斯的头发，用枪指着他的太阳穴。

不，他想，但是话没有说出来，不。

亚历克斯拿着手提电脑。上帝啊，他把黑曜石带来了？完了。

“上车，本，”豪特说，“不然我就让你弟弟的脑浆溅你一身。”

本站起身，蹒跚着走向商务车，感觉好像有人在他的后脑勺上打了个孔。

“没事，”亚历克斯说，“我带来了他们想要的东西。”

“亚历克斯……”本欲言又止。他无话可说了，他们都死定了。

这次，他们把本和莎拉铐在了一起。他的手腕在流血。“这就是对抗的结果。”他跟她说话，想让她在他们仅剩的时间里感觉好些。

他们发动了汽车。后排那个被本在背后踹了一脚的人呻吟着，而被他卡了脖子的那人咳嗽得厉害，听上去像是要把肺给咳出来似的。

豪特转过身，用枪指着本。“好吧，孩子。”他对亚历克斯说，“咱们简单点儿。我想要你让那个死人彻底死掉，把你设置的程序给关了。”

让死人彻底死掉？亚历克斯干了什么？难道他设置了只有他才能关闭的发布程序？上帝啊，他做的一切只能使他在死前备受折磨。

“我需要连接网络。”亚历克斯说。

“亚历克斯，不要，”本说，“他们会杀了我们，一旦你——”

“他不听话，我就杀了你们。”豪特平静地说，“就像我说的，本，我不想事情到这地步，但是任务至上。”

“开到山景城，”亚历克斯说，“那里整个城镇都可以无线上网。”

本面露苦色。“见鬼，亚历克斯——”

“本，我知道我在做什么。”

“不许说话。”豪特说。

本闭上眼睛。他的头很痛，手腕也痛。他们完全没有机会了。

车上静悄悄的。本把注意力都放在肉体的痛苦上，因为他知道，精神上的痛楚更难捕捉。他成了傻瓜。他相信的一切并无规则可言……豪特冷酷无情，所以他会拿着枪，而本被铐上了手铐。本一直骄傲地认为自己是个现实主义者。如今，在快要死的时候，他才看清现实，并不得不面对它。他意识到，自己不过是个愚蠢、天真的笨蛋，而那些真正的现实主义者围成圈把他困在其中，想要剥夺他拥有的一切。

当他们到达山景城的海岸路时，亚历克斯打开电脑。“好了，”他说，“我连上线了。”

他们把车开到街边，停下。

“开始吧，”豪特说，“好了后给我看。”

“已经好了。”亚历克斯说。

豪特皱了皱眉。“已经好了？你什么意思？你告诉过我需要解密，输入一个验证码终止程序发布过程。”

“我那么说是怕还没来得及给你看，你就伤害本和莎拉了。”

豪特的表情僵在那里，像是给冻住了。“你做了其他的事，是不是？”

亚历克斯点点头，一副小时候那样胸有成竹的样子。本突然觉得有了一线希望。

豪特调转枪口，对准亚历克斯的脸。本屏住了呼吸。

“什么？”豪特问，“你做了什么？”

亚历克斯调整了一下电脑显示屏的角度。“在这儿，你自己看。”

豪特未加理睬，他的枪口没有移动，眼睛紧紧盯住亚历克斯。本太了解他了，知道他就要开枪！他感到呼吸困难。

然而豪特放下了枪，他接过电脑，默默地看了一会儿屏幕。

“这是什么？”他问，“StatCounter？我不明白。”

“哦，这是一个跟踪下载流量的网站。”亚历克斯说。他往前靠了靠，指着屏幕，“瞧，从这儿你能看到有多少人从 SourceForge 网站下载了程序。再看这儿，这是 Slashdot 网站的程序下载量——哇哦，半个小时就有 100 次的下载量了，真让人兴奋。我还把程序发给了麦咖啡和诺顿[①]。”本的头痛得厉害，胃也跟着绞痛起来。他有点哭笑不得，甚至想要呕吐。

豪特绷紧了脸，面孔如大理石般冷峻。“哦，你这个可怜、愚蠢的杂种！”他摇着头说，眼睛仿佛黏在了屏幕上。“你不知道自己干了什么。”

“我知道我做了什么。”

“你引起了混乱，孩子，混乱！美国是世界上网络最发达的国家，这玩意儿的流传就像病毒一样，没人会比我们更容易受到伤害。”

“不，你没有搞清楚。我不止发布了可执行文件，还发布了源代码。”

“我们有所有的——”

“不，你没有。希尔卓还留了个备份。他把它藏在他喜欢的一首歌的副本里，上传到了一个文件共享网站。我花了不少时间才找到正确的文件——它只比其他文件大一点。我用黑曜石替它解了密，现在每个人都有它的备份了。”

“那我们就遭殃了。整个国家都遭殃了。”

“我不否认会有人想利用它搞破坏。但你知道吗？此时此刻，在上千个地下室和车库，许多脸上长着粉刺的黑客和电脑爱好者正在钻研这个东西，他们的人数一定比你想得要多。一些人会想尽方法利用它，而另一些人会想出招数防御它。网络就像一个生物体，人是它的 T 细

① 麦咖啡（McAfee）和诺顿（Norton）是两家著名的杀毒软件生产商。

胞[1]。不管你杀死多少人,也阻止不了这样的东西。它是比特[2]。是信息。而且——”

“而且信息需要自由。”莎拉说。

“话说回来,”亚历克斯说,“导致混乱只是它的一部分。或者说,它根本就不会引起混乱。”

豪特盯着他。“你什么意思?”

“拿你们的内应奥斯本的话来说,国家安全委员会对黑曜石不感兴趣,因为它可能破坏网络安全。他们要它,是为了一个国内的间谍程序。”

“奥斯本跟你这么说的?”

“你可以去问他。”

豪特阴着脸,半天没说话。然后他说:“我想我会去问的。”

本说:“他们利用了你,豪特。被他们愚弄的感觉如何?”这话问得不太理智,但知道豪特像自己一样被愚弄了,他感觉多少好受了点儿。

豪特又看着屏幕,慢慢地摇了摇头。

“看那儿,”亚历克斯说,“就我们说话这会儿,又多了20次的下载量。现在传播的速度加快了。”

“妖怪跳出了瓶子。”本说,“回华盛顿告诉他们,为时已晚了。告诉他们你白忙活了一场,你这个傻瓜。”

豪特长长地吐了一口气。他合上电脑,看着亚历克斯,然后看着本,再看着莎拉。

“行动结束。”他说,“任务失败。我失败了。”

他示意坐在后排的一人。“解开手铐,放他们走。”

那人说:“但是——”

---

① 淋巴细胞的一种,在免疫应答中扮演着重要的角色。

② 表示信息的最小单位。

"照做。"

那人犹豫了一会儿，然后弯下身子替他们解开了手铐。他把头偏向本的耳侧。"事还没完呢，混蛋。"他恨恨地说。

"也许你还没听清我说的话。"豪特说，"任务结束了！"他一字一顿地吐出最后几个字，车厢内回荡着他浑厚的男中音。

本活动了一下双手，手指麻木了，手腕因为流着血而滑溜溜的，血肉模糊。

三个人下了车。豪特摇下窗户，看着他们。

"也许妖怪是跳出了瓶子，"他说，"但有些人事后还是会觉得，留下某些人是个威胁。我会去跟他们说，你们不是。在这件事情上，我欠你们。不要做让我难堪的事，否则你们会后悔。"

他看着本。"这是个任务，本。执行任务就是如此。现在你得弄明白，自己能不能认同这个标准。我不会替你做决定。"

本搓了搓手腕，点点头。其实，他并不知道将要做什么。一分钟前，他还想跟豪特同归于尽。现在……他不能肯定了。

"走。"豪特说，商务车绝尘而去。

本转向莎拉。"你没事吧？"

"我得走了。"她说，一个劲地点着头。

"嗯，当然，我们可以一起——"

她举起手，后退了一步。"不。我只是想……想一个人待着。"

本说："莎拉，等等。"

她摇摇头。"就像你说的，这是个错误。"

亚历克斯说："别走，莎拉。我们需要——"

"忘了吧。"她说，随即转身跑开，没有往身后看一眼。

几条街外就是地铁站。本猜她打算回家。"让她去吧。"他说。

“你认为她一个人会没事？”

“我想，如果豪特想动手早就动了。”

“他不担心你会报复他？”

本努力想理出个头绪来。“他可能担心，但……不，那样他就不会放我们走了。他像是对我们有点歉疚。”

亚历克斯苦笑了一下。“我可没怎么看出来。”

“他跟我说过，他不想接手这个任务。我想……也许有个理由让他停下来，他感到解脱了。”

“对此你不能肯定。你怎么能相信像他那样的人？”

本想了想，所有可以用来解释的话都是毫无用处的陈词滥调。

“我不能。”说这话时，他感到一阵心痛。

他们沉默了半晌。“告诉我你做了什么。”本问，“你公布了黑曜石？”

“是的。但只是在一些技术网站。我没有在莎拉说的政论博客上公布，没有时间。”

“这样更好。你的公布方式豪特能接受。如果事情政治化了……面临的审查会让他觉得有威胁。像豪特这样的人，最好别让他感到你是个威胁。话说回来，你怎么找到源代码的？我没弄懂。”

亚历克斯笑了。“我想喝杯啤酒。一起去？”

本想了想。喝杯啤酒……和亚历克斯？

“你的车怎么办？”

“可能已经被拖走了。我会说是被偷了。”

“那好，喝酒去。”

他们一起往前走。“喝完酒，”本说，“如果你想，我们可以……去墓地。”

亚历克斯看了他一眼，然后移开视线。“你不一定要这样。”

“不，我想去，我想和你一起去。”

他们走着，午后的阳光照在脸上暖暖的。“告诉你，我早知道这是个陷阱。”亚历克斯说。

本笑了。陷阱？“你看的都是些什么电影啊？”

“呃，我只是知道你想相信这家伙，但实际上你不应该。我得想办法了结这事。”

本一把揽过亚历克斯的肩。“你干得很棒。”

亚历克斯没有答话。本过了一会儿才意识到，他的弟弟哽咽了。

亚历克斯清了清嗓子，说：“谢谢。”

本捏了一下他的肩膀，什么话也没说。他感到自己的喉咙也有点哽住了。

第三十五章　打破常规

清晨6点半，太阳出来没多久，莎拉到了仪式咖啡馆。自从这一切发生后，她就没来过这儿，现在生活又恢复了正常，她应该很高兴才对。但是她并不开心，反而觉得心里不是滋味。

重回办公室让她感觉怪怪的。奥斯本下落不明。每个人都在谈论这件事。她溜进亚历克斯的办公室，问他发生了什么。他跟她说："我想这是对奥斯本的惩罚，也是对我们的警告。"

"你不认为我们应该说些什么？"

"我想，我们还没有发疯。"

"你哥哥怎么说？"

"一样。"

她想她本来是应该害怕的，但是相反，她觉得有些沮丧。她想告诉他，她为她和本的事感到抱歉。在经历了所有的事之后，这事理应显得无足轻重，实则不然。也许，旧事重提会使事情变得尴尬，比现有的状况更让人难堪。于是她点点头，离开了亚历克斯的办公室。此后，两人都尽量躲着对方。

她走进咖啡馆，盖比像往常一样站在吧台后面。"嘿，莎拉，"他说，"惦记你好几天了。"

"嗯，我有点事。"

"希望现在都解决了。"

“嗯，我想是的。”

“那就好。照旧？”

她叹了口气。“照旧。”

“来两杯。”她身后响起一个声音。

她转过身，其实早知道是谁。

“你来这儿干吗？”她问。

本说：“我想见你。”

“好吧，你已经见到我了，现在可以走了。”

本把钱递给盖比。

“我的咖啡我自己付。”她说。

“下次吧。”

莎拉摇摇头。她想要生气。事实上她是生气——更多的是生自己的气。她气自己看到他比看到谁都兴奋。

“我们谈谈好吗？”他说，“我在外面等了半小时，都快冻僵了。我真的需要杯咖啡。问一句，我刚才点的是什么？”

“黑眼睛。”

“听着有点瘆人。到底是什么？”

“一杯里加了两份意式浓缩咖啡。”

“要命，你每天喝一杯这个？我想一周喝一杯就够了。”

他现在很迷人，她想，*真该死*。

他们走到吧台的尽头等咖啡。“关于那天你所做的，我一直没找着机会谢谢你，”本说，“你应该跑却没跑，那需要很大的勇气。”

“我当时想都没想。”

“嗯，看得出来。”

她没有接话。

他问："怎么了？"

她望向别处。过了一会儿，她说："我该做点什么。"

"做什么？"

"把事情公开，联系博客，把我知道的告诉他们。"

"你知道什么？"

"别装蒜，我知道得不少，这你知道。"

他朝她温柔一笑，笑得很真挚，不想要惹毛她。"是啊，你知道得不少。但你认为我们的人没处理过类似的公共事件吗？我很同意，这事不好，但不好的事岂止于此。让我告诉你吧，就我们喝咖啡这会儿，他们已经在销毁记录、更改化名、伪造犯罪现场了。事儿都是这么干的。这些人知道如何保护自己，莎拉。他们擅长这个。曾经有比你比我强的人想把他们拖下水，可又怎样？他们还在那么干。"

"所以你就高兴了？"

"我没什么感觉，本来就是这个样子。也许信息需要自由，但自由……自由需要一个像我们那样的部门。"

"你信这话。"

他摇摇头，有那么会儿，她觉得他看上去有种莫名的悲伤。

"瞧，"他说，"我们目前达到了一种微妙的平衡。我想，豪特说他收手就真是收手了。"

"奥斯本怎么了？"

"你知道他怎么了。"

"我也可能像他一样，对吗？"

"如果你给豪特一个理由，嗯，会的。"

"你在威胁我吗？"

他脸上再次显露出悲伤。"不，我不想你怕我，那是我最不愿看到的。"

她移开目光，望向别处。她知道他说得对，知道政府能用什么办法开脱责任——见鬼，多少年了，这些事情就在她眼皮底下发生着。她必须承认，公开此事更多的是为了尊严，而不是为了改变什么。

她犹豫不决还有另一个原因：她不想伤害本。这个理由比其他事情更让她感到羞愧，羞愧又转为愤怒。

“嗯，可你不觉得自己出现的方式很好笑吗？”她说，“在饭店的时候，你偷偷溜进我房间，现在又鬼鬼祟祟地跟在我后面。”

她起先没看他，但过了一会儿，还是回头瞥了他一眼。他看上去好像在忍着笑。也许是因为她提到了饭店房间的事。她不得不承认，那事很难不叫人回味。

“你真的想让我低声下气地求饶，是不是？”他问。

她想了一会儿。“你不觉得那是应该的吗？”

他的表情严肃起来。“听着，”他说，“那天晚上的事……对我而言，发生的时间太糟糕了。可是，那也是最美好的事情。”

“说完了？”

“我不知道。我还不习惯低声下气的。”

现在轮到她忍住不笑了。“我想你应该多练练。”

“好。你听这句怎样？我还想见你。”

她摇摇头。“那又有什么用？你代表的一切都是我痛恨的。”

他移开目光，摇了摇头。她满以为能听到他那惯有的、爽快的回答，可他却没有，或者不想给这么一个回答，一瞬间她着迷了。

“我的意思是，我甚至不知道你住哪儿，”她问，“你住哪儿？你有地方住吗？”

“我居无定所。但是……我想在旧金山待上一段时间。想离家近点。”

“哦？待多久？”

“不知道。你能忍受我多久？”

“我不确定。”

“不用急着回答。我想先去趟马尼拉，让我女儿知道她还有个父亲。但回来以后，都听你的。”

她没有回答。她不清楚正在发生什么。她感觉好像有些跟不上。

咖啡来了，她往自己杯里加牛奶和糖。本抿了一口。“哇，”他说，“你就是靠这个打发时间的？”

她摇摇头。“我不知道怎么办。”

他看着她。“这不是真正的你，对吗？”

“我不知道。”

“那么你想做什么？”

她呷了一口咖啡。“我在想呢。”

他耸耸肩。“休息一段时间，去旅行，把事情想清楚。”

“你说起来简单。”

“就是那么简单。”

“哦，真的？”她问，“所以你才要去马尼拉？”

“是啊，我有几件事要想清楚。”

“比如？”

他眯了下眼睛，她想，是不是自己逼得太紧了。但如果让他用高人一等的语气跟她说话，她肯定受不了。

“比如这一周发生的事。”他苦恼地说，“比如我是不是像自己想的那样，是个好人。”

她看着他。“那你为什么不承认呢，弄得好像这只是给我的建议似的？”

他的表情柔和下来。“我还不太习惯承认某些事，觉得有点低声下气的。不过，我愿意学。”

她忍不住笑了，两人默默地喝着咖啡。

“你是对的，”她说，“事情结束后，一切都像是一场梦。”

他点点头。“的确如此。”

“然后你出现在这里。我又在做梦了吗？”

“你没有做梦。”

“你怎么证明？”

“嗯，我可以捏你一下。”

她看着他。“我的公寓跟这里隔着两个街区。为什么不上那儿捏我呢？”

他们快步往前走。她知道这是个坏主意，但她不在乎。或许她再也见不到他了，对于这个问题她不想多想。她可以以后再想个明白。她会的，会想明白的。她相信这一点。